存在感

新笔记叙事

李庆西 著

人民文学出版社

图书在版编目（CIP）数据

存在感 / 李庆西著 . -- 北京：人民文学出版社，2022
ISBN 978-7-02-015216-2

Ⅰ．①存… Ⅱ．①李… Ⅲ．①散文集－中国－当代 Ⅳ．①I267

中国版本图书馆 CIP 数据核字 (2022) 第 026610 号

责任编辑	卜艳冰　胡晓明
装帧设计	李苗苗

出版发行	人民文学出版社
社　　址	北京市朝内大街 166 号
邮　　编	100705
印　　刷	上海盛通时代印刷有限公司
经　　销	全国新华书店等
字　　数	190 千字
开　　本	890 毫米 ×1240 毫米　1/32
印　　张	9.75
版　　次	2022 年 4 月北京第 1 版
印　　次	2022 年 4 月第 1 次印刷
书　　号	978-7-02-015216-2
定　　价	59.00 元

如有印装质量问题，请与本社图书销售中心调换。电话：010-65233595

作者，约 2000 年在杭州烟霞洞（李章摄）

目 录

序（吴亮） 001

前记 001

个人阅读史 001

在场/不在场 075

四十年樽俎之间 235

序

庆西兄的写作越来越自由了。

回忆,现实,此刻,荒诞。

所有的书,读过,编过,评过。晕眩恍惚,无限量,无取舍,无法结束。

庆西兄为什么要用"存在感"做书名呢?我没问,好像有点揶揄的味道,还有点快意。

在我看,这个"存在"或"存在感",绝对不是一个哲学概念,也不是文学修辞,而是一个寻常的词、可笑的词、大众的词。

甚至,还有一种难以定义的"趣味":跟风、模拟、窘境、辞不达意及闪烁不定。

这几天看你的《存在感》,我拿去括号,进进出出。

熟人,声音,故事,客体,往事,同行,凝结,怀疑,问题，形象，幻影。

浮出最多的是书，黑暗中的书，光天化日之下的书，一直谈论的书，床头上的书，手边的书，正在读的书，写了一半的书，还有永远写不完的书。

庆西兄你这本薄薄的散体集，我翻了又翻，无法穷尽。
漫无边际，亲切，茫然失序。
暗示，涣散四处，重复，沉陷。
那些文字全是你，我们曾经的存在，虚幻的存在吗？
写下来，就算存在。描述，你称它是一种"新笔记叙事"。
如同漫天大雪纷飞，看一眼，回头望，眷注于它，
是这样吗？

还记得，八十年代，我们相遇，
你我读的书并不相同，一无所有。
慢慢，同道中人，一个一个一个，
就像子平兄后来常常说的，
我们是同代人，我们互相影响，
撞击，接近，
好像我们慢慢存在了，起码，我们有点存在感了。
书，只有书，维系着我们，
除了书，还有我们的写作，别无他物。

我们是强力读者,同时也是无用读者,难道不是吗?

难道,庆西兄所说的"存在感",真的还有别的涵义?

庆西兄,我知道你的《存在感》所在的位置,

永远是,书房,凌晨,午后,更多是深夜。

在那个不变的书房,将自己抛入,

此在,曾在,彼在,恍惚在,莫须在,

无边寂静无边往事无边风月。

我知道庆西兄在哪儿,

或猜想,

他庞杂的记忆庞杂的趣味庞杂的修辞庞杂的讽刺。

这二十年来,

他的写作风格让我迷醉,

反语,荒诞,冷僻,俚语,流行风,无意义,无厘头,大众化,

仿学院派。

一九八四年夏天,杭州城站,

我们第一次相遇,

你手举牌子向我们招手,

牌子上写着:德培、吴亮,

三位眼镜彼此看看,这一幕,庆西兄不会忘记吧。

你斜穿马路,买了一盒西湖牌香烟。点上。那时节,德培还不会抽烟。

庆西兄在前边走,我与德培跟在后边,真像梦幻一样,想象一下,写下来,写下来就是存在,多好!

吴　亮
二〇二一年一月九日

前　记

本书由三部分组成：个人阅读史、在场/不在场、四十年樽俎之间。这些混合着记忆与感触的札记，陆续写于最近两年。

前边两部分最初写在微信朋友圈里，不能说只是写着玩儿，是从那些记事中梳理自己的认知和情感，自有特别的意义。写阅读史时每天在微信圈里发一二则，发到二十则左右，赵园先生来问，你这些东西是不是要写成一本书？那时倒没想过这些。几乎与此同时，《扬子江文学评论》的编辑王晴飞发来微信询问写作计划，我说大概写一百则左右吧，他说他们想用，我颇受鼓舞。在微信圈里发到四十则的时候，韦健玮兄表示喜欢，想要拿到《北方文学》连载。健玮是我大学期间宿舍上下铺的哥们，但既已答允别处，只好跟他说另外再给你写吧。于是，又另辟一题，还是先在微信圈里发给朋友看。健玮不时上来点赞，我这就更来劲了，结果比阅读史那块写得更多（其实阅读的记忆也是这块的主体）。当然，还有许多朋友和未曾谋面的微信联系人给予关注，并建议我将这些文字汇集成书。书中第三部分内容有所不同，是之前给《上海文化》写的回忆文章，胪述八十年代以来自己所亲历的文坛往事。

现在将三者合为一书，说是敝帚自珍，说是野人献芹，都有那个意思。年届七旬之际，从记忆中翻检出这些谈资，也算是"倚老卖老"。不过，书写的内容能与朋友们的精神生活有相通之处，使我觉得晚年的写作不仅是聊以自慰，大概亦能接会更多的读者。其实，书本和书本以外的世界，都有不少原先未曾意识到东西，那些记忆尽是碎片化的印象，其中并不涉及任何重要事件，零零散散抖落开来，倒也让自己重新思考了一些问题，包括对阅读本身的进一步理解。说来我这一生比较简单，除了在北大荒下乡九年，大学毕业后在工厂待过一年，其余的年头不是在校学习就是从事图书杂志编辑工作，总之都与书籍相伴。即使在农村和工厂的十年，读书亦是人生要事，阅读的记忆成了生命中最重要的一部分内容，除此还有一些亲历的文学活动和出版事件。所以，对我个人来说，今生今世亦是一种文学存在。不似"诗与远方"的高蹈和浪漫，实不无"道在屎溺"的感知与体悟。

书名取作"存在感"，并非哲学意义上的存在，略似网络微信所谓刷存在感。采用这个嘲谑性俗语，不是非要作为自我解嘲。在个体意识很容易被泯灭的时代，往往只能从阅读和日常生活中寻求某种寄托，作为性情、趣味或曰心灵之归宿。因之，记录这些往事与随想，我想藉此尽可能写出自己真切的感怀之言，尽量不作人云亦云的说辞。书中有一则回忆早年听一位前辈谈读书的门径，虽说跟治学无关，却使我后来对文本特性产生某种领悟。那时向老人请教，太史公《五帝本纪》记述的事情是否可信？《项羽本纪》鸿门宴那番描述是否虚构？等等。老伯劝我别费这种脑筋，正史上这么说，你不相信也得相信。他是说，历史是因那种书写而存在，所以你没法证伪。他劝我多读野史笔记，那时我还没读完范文澜的《中国通史》，他从书架上取了《涌幢小品》《五杂俎》让我拿回去看。现在理解他的意思是，史官的记述很可能是带有某种大意图的建构，而野史笔记多是士夫卸职归田后的遣兴之作，多少能够见其个人心性。这种文本分辨，使我在阅读中注意到叙述主体的存在方式，显然对自己的写作亦有启示。

我一直羡慕古人笔记和读书札记的著述文体，因为行文随意自在，并不羁束于学理之中，亦往往无意识地逸出思想樊篱。局蹐苦逼之世，文体与叙述之率性，总还让人能够喘一口气。想起《中庸》所云"天命之谓性，率性之谓道"，宋儒疏曰"性即理也"，本来或是一个富于思辨性的命题，可是将一切归诸"理"，难免颠覆了日常认知，又何来率性之说。理学倘若真是心性之学、性命之学，自古以来读书人不至于有那么多的压抑。明儒关于心性的讨论多少是一种进步，明季士人重心性，讲性灵，像何心隐、李贽诸辈几乎摸到了新思想的起点，只是苦于未能迈过儒学内卷化的泥淖。有人认为正是当日知识者的分歧与争斗，导致帝国的崩溃，可是那种黑暗之国还有存在的理由吗？这又扯远了，看来也不能一味地率性而行，这一不小心就不知扯到什么地方去了。

非常幸运地得到师友们鼓励和嘉许，有吴亮兄热心为本书做序，更赖育海兄和胡晓明先生费心操持编辑出版事宜，这里一并致以诚挚的谢意。

李庆西

二〇二〇年十月三十一日

个人阅读史

|1| 十几年前某次饭局上,老A问我什么是"核心家庭",我不知道书本上是怎么定义,问他是否读过《三只熊》,托尔斯泰写的。三只……熊,是吧?他说给他女儿念过,小孩的图画书。我说,那三只熊就是一个"核心家庭"。老A龇牙,真像是按计生宣传口径写的,难不成熊爸熊妈也是毕其功于一胎?这倒是个问题。也许是对应小女孩的视角,藉由小熊产生自我/家庭认同?小时候读这本童话书时,各家都是一堆熊孩子。

|2| 时间太久了,小学语文课的记忆已十分淡薄,那时的课文多较粗劣。好的也有,高年级有一篇课文是契诃夫的《万卡》。一个乡下孩子在城里店铺里做学徒,受尽各种欺凌,给爷爷写信要求把他接回去。信中倾诉平日遭遇,夹杂着回忆乡村生活有趣的片断(记得有圣诞节前爷爷带他上山砍枞树的细节)。可是,这封寄给"乡下爷爷收"的信终而不可能送到爷爷手上。这个让人

产生悲悯情感的结尾,将人生的残酷投射于幼稚心灵,至今犹觉凄恻。

|3| 初中时候,读过最好的一部外国小说是儒勒·凡尔纳的《神秘岛》。故事一波三折,充满知识性和趣味性。海难和荒岛生活,自是因袭《鲁滨孙漂流记》的套路,只觉得比鲁滨孙的故事有趣,因为有许多诡异的情节。最后火山爆发之前,流落岛上的居民被"邓肯号"搭救,回到了新大陆。这结局让人有些遗憾,为什么不让他们在岛上一直待下去呢?那时候喜欢这种乌托邦想象,一个独立于世自给自足的小社会在脑海中挥之不去。

|4| 初中课本中喜欢的是《曹刿论战》《核舟记》《口技》等文言文,还有鲁迅的《故乡》《祝福》、孙犁的《荷花淀》、柳青的《梁生宝买稻种》这些现代文。不喜欢的是周敦颐的《爱莲说》、高尔基的《海燕》、朱自清的《春》、杨朔的《荔枝蜜》《雪浪花》一些所谓托物寓意抒情无边的俗滥套路。那时候说不出怎么不喜欢的道理,按Z公子的说法,课堂上被叫起来朗读一遍,浑身寒毛倒竖。但麻烦的是,写作文若是缺了这套让人寒毛倒竖的笔法,就别想拿高分,因而绞尽脑汁也要将山河大地草木虫鱼编织到自己的狗屁文章里。

|5| 老B说我向他借过一本《史记选》,一直没还他,五十

年前的垃圾债谁还记得。倒是留着最初的阅读记忆，太史公撰述的人物纪传，最早是从那个选本里读到。当时最有感觉的是《魏公子列传》一篇，公子、隐士、美人、力士……历史像一部罗曼司，信陵君以江湖之道应世，借重侯生、朱亥那些岩穴隐者挏止危局，读来实在过瘾。那年月见天在田垄里扛活，累得像狗，老B指着一望无垠的田垄说："舜发于畎亩之中……"

|6| 下乡前一年，读了一些书，第一遍读《红楼梦》就是那时候。更迷于诗词古文，找来各种选本和诗话之类，从《唐诗三百首》《古文观止》《宋词选》到仇兆鳌《杜诗详注》，还有浦起龙《读杜心解》，还有《沧浪诗话》《白雨斋词话》《人间词话》。又辗转托人借来一部《诗韵集成》，手抄了一百零六韵部和常用词语。老B拿来一部《文心雕龙札记》，说你要是不从刘勰这儿往下捯，一切都白搭……这哥们寻古更甚，两月不见，满嘴四六。真是开卷有益，发蒙而后发憷，读《碧鸡漫志》方知这不是个好玩之处。那年十七岁。入魔之夏，多事之秋，苏军入侵布拉格，老B带我去黄龙洞寻觅康圣人"天地不能久"的楹联。那时候开始抽烟。氤氲之世，无问西东。窜伏涸中，只是有个安顿。

|7| 金圣叹腰斩水浒，不欲将强盗纳入体制，不让宋江们招安，结果一部水浒只见梁山好汉的抗争与聚合，做成了一种革命文本。很长时间里，金圣叹被称之"反动文人"，心想这个定性准

是上头弄错了。但看全书，梁山泊故事既是众多悖谬的集合，又具有完全自洽的叙事逻辑，其复杂的政治伦理关系最耐人寻味。最早读水浒在小学四五年级，读的就是七十一回本，说到梁山聚义为止。那时完全没有"娜拉走后怎样"的思路，没想过宋江们上山以后怎样。

|8| 八十年代读海明威，当时有中译本的大抵都读过。喜欢他的短篇，《印第安人营》以及整个尼克系列，《白象似的群山》《麦康伯短促的幸福生活》《乞力马扎罗的雪》《老人与海》……几乎每篇都好。至于那几部长篇，感觉《太阳照样升起》稍好，《永别了，武器》《丧钟为谁而鸣》就逊色不少。长篇确实容易走入通俗套路，尤其在海明威这儿总是离不开男女邂逅和教谕的主题。

|9| 福克纳作品读得不多，好像只有一长一短，长篇是《喧哗与骚动》，短篇是《献给艾米莉小姐的玫瑰》。这长篇绝对够分量，尤其适宜教授们在课堂上分析和阐释，书中的四个叙事时间节点如何对应耶稣受难与复活，又是怎么作为反转式象征手法喻示康普生家庭的没落，还有意识流和神话模式……其妙处多多，都可以作深度解读。我自己倒是最喜欢昆丁那一章关于钟表和时间的叙说，让人产生时间之外的想象。但总的说，这种"七宝楼台"式的长篇读起来比较费劲（适合教授们在课堂上讲解），所以后来就没有再碰过福克纳其他长篇。显然，艾米莉小姐的家长里

短更适合自己口味，腰板笔挺的老小姐，铁灰色的头发，阴森森的大宅……那种从容不迫的叙述即时生成了老电影式的场景，老房子里都是故事。

|10| 塞林格的《麦田守望者》很刺激，可我更喜欢他的短篇集《九故事》。书里不是叛逆的怪小孩就是古怪的恋人，那些悬疑而怪诞的叙事中混合着凄苦和梦幻意味。其中最棒的一篇是《为埃斯米而作》，X军士与少女埃斯米的短暂交往给人带来一种心醉神迷的感觉，转过来又是另一对男女用情感夸张的书信文字构筑的虚假世界。对了，Z军士写给女友的信件皆由X军士捉刀润色，这本身隐含着一种颠覆性话语，而信中提到打死野猫的事件更惹出一番闹剧。他那个研读心理学的女友，竟作为一个战地心理个案邀集教授和全班学生进行讨论……在塞林格看来，大人们热衷这类小题大做的"狗屁"事情（如今的说法是"无聊的事情很专业"），正是这个社会精神腐败的表征。

|11| 前些年给北大出版社编《古代文学经典读本》，其中有"唐传奇"一章，动笔时又重读《霍小玉传》《昆仑奴》《红线传》《虬髯客传》那些作品。回想最初的阅读，是在北大荒农场的土坯房里，不记得当时读的是哪个本子，汪辟疆的《唐人小说》还是张友鹤的《唐宋传奇选》，那时候传到我这儿的书籍多半没有封皮。油灯下读王积薪听妇姑行盲棋的故事，颇有一种江湖臆想的

幽眇之义。磨勒那种深藏不露的侠士，隐逸之中自有天地。至于红拂、红线、聂隐娘，更像是太史公游侠刺客之女版。那些侠士侠女身后隐然闪露官府与民间之外的第三空间，不能不让人想入非非，去想象古代社会的美妙之处。

|12| 老A做股票以后将万寿亭的海鲜摊位盘出去了，大概同时又做期货。那会儿我还在出版社上班，他竭力主张拿图书做期货销售，跑来介绍芝加哥粮油期货是如何操作。不拘常理的思路总让人脑洞大开，我不做销售不搞投资，也该质问自己为什么就不能生活在别处。他喜欢读间谍小说，推荐我看勒卡雷的《柏林谍影》《锅匠、裁缝、士兵和间谍》。他从我这儿拿走一套《博尔赫斯全集》，下回就来跟我讨论博氏《小径分岔的花园》：你看出没有，博尔赫斯才是真正做空的玩家，勒卡雷却是出货补仓忙个不停……

|13| 纳博科夫的《洛丽塔》是惊世骇俗之作，八十年代末育海、老曹和我做"兔子译丛"，就有这一种，是大陆最早的译本之一。后来读他的小说集《菲雅尔塔的春天》，感觉更有味道。二十几个短篇，差不多都是寓居柏林的白俄侨民的故事。初看之下，那里边的芸芸众生很难被纳入喧嚣躁动的时代语境，纳博科夫有意避开意识形态话题，仅以哀怨的笔调叙说一个个灵魂孤岛，却不乏各种超越现实的奇思妙想。纳氏还有一部《文学讲稿》，据

说是许多文青必备之书。九十年代初三联首出中译本，译者申慧辉女士赠我一册，读后颇觉失望，我在《闲书闲话》中专门有一节批评这本书。

|14| 大一那年，从学校图书馆借到莫拉维亚小说集《罗马故事》，非常着迷于那些普通人的故事。因图书馆有借阅期限，为了将书一直留在手边，到期了我就不断续借，大概一两年后才归还。那是一个从俄文转译的本子，译者非琴，上海文艺出版社一九六二年出版。但从中文看，非琴的译笔很不错，后来再也没见过这个译本。九十年代末，已有上海译文新据意大利文翻译出版的《罗马故事》，见封面相当艳俗就没买。后来还是忍不住去买了一本，重新看了几篇，感觉与当初大相径庭。

|15| 在北大荒那些年正是中苏交恶，但苏联小说仍在知青中大量传阅，影响最大的是柯切托夫《州委书记》《叶尔绍夫兄弟》那几部长篇。后者尤为著名，系文青必读之书。柯切托夫对赫鲁晓夫时期相对宽松的自由化路线（我们称之修正主义）十分警惕，其作品无一例外贯穿党内斗争主题。但并非只是敷衍意识形态教条，书中描述的生活场景倒是有色彩也有情调，莫斯科来的阿尔连采夫也是风度迷人（这是个反面人物）。平心而论，在书荒年代算是一种可供消遣的读物。那时农场新来一位书记，颇有文化人范儿，我们私底下就称他阿尔连采夫。在网上看到，有人

回顾当时的阅读体验，将柯切托夫的手法归结为"斗争哲学＋小资情调"，倒也贴切。一九七二年以后，又以"内部发行"方式出版了柯切托夫的《你到底要什么》《落角》，还有沙米亚京的《多雪的冬天》，亦一时洛阳纸贵。

| 16 | 知青年代，传说中的《基度山伯爵》(旧译《基度山恩仇记》)一书最为稀见，我离开农场之前一直无缘得手，据说整个农场找不出一本。但有人读过，是外场知青窜访带过来的，一周之内传阅十几人。从那以后就有几个会讲基度山故事的说书人在各分场游窜。那年我在农场干校当差，学员是来自各分场的基层干部，其中有三分场一个刚提拔副连长的上海知青，每天晚上在我们宿舍里开讲基度山。干校教职人员和学员中总共十几个知青，都聚在那屋里。那人嗓音富有磁性，用上海腔普通话绵绵不绝地道来，听着就像是外国小说应该有的那种声腔。伊夫堡黑暗的地牢，神秘而睿智的法利亚长老，邓蒂斯钻进裹尸袋……说到紧要处都没人喘气儿。晦暗的窗棂间透着老树阴影，窗缝里发出扑簌簌的声响，大伙儿屏息敛气，被讲述者的声音带入夜的诡异之境，让人置身某个遥远的空间。

| 17 | 我读大学时，汪曾祺的《受戒》《大淖记事》已享誉文坛。一九八五年，他的《晚饭花集》刚出版，我就买了一本。第二年夏天去北京组稿，有幸见到汪老，又获赠签名本。那是我最

喜欢的小说集，不知反复读了多少遍，直到九十年代初还经常搁在案头复习。自己买的那本早翻烂了，如今书架上只剩签名本。八十年代末和九十年代初与汪老又见过两回，有次私下谈论到他的作品，他问我喜欢的是哪几篇，我提到《星期天》《八千岁》。他好像感到意外。近年重读他的主要作品，又觉《异秉》更好。

与汪曾祺，1991年摄于杭州洪春桥

|18| 汪曾祺的《晚翠文谈》是我和育海兄做的责编，书里的每篇文章都仔仔细细读过。那书里没有任何石破天惊之语，倒是一再强调中国传统和现实主义，而且生怕别人把他跟西方现代派扯到一起。譬如有人质疑他为什么写"无主题小说"，他说自己

的小说都是有主题的,只是主题不能让人一眼就看出来。他不谈任何有争议的话题,刻意躲避意识形态陷阱。其实,他大部分小说明显就是"去主题化"叙事。他写旧人旧事,完全没有政策思路,拒绝为理论做注脚,更不顾什么章法和套路,其中有些意思确实不是能让人一眼就看出的。

|19| "香稻啄馀鹦鹉粒,碧梧栖老凤凰枝。"王力《汉语诗律学》用这两句杜诗解释律诗的倒装句式,让人一看就明白。但老T不明白的是,作诗为何要这么拧巴?老T做书商那阵子来过杭州,我在武林路一家小馆请他吃章鱼火锅。他说这年头做书也拧巴,不叟点书号周转不过来,席上口占一联:"火锅揽入小店客,章鱼嚼剩老汉须。"

|20| 尼采有一本薄薄的小册子《历史对于人生的利弊》,批评当时的德国教育只看重知识而不注重人格培育,以致人人都"随身拖曳着一大堆不消化的知识石块",尤其是对"历史的威力"的崇拜,大大损害了现代人的个性和生命力。尼采对历史的拒绝自然有其现实针对性,因为它已经成为一种新的神话和神学,所以他不得不强调:"文化只能从生活里生长而开花,相反它在德国人这里像是插上了一朵纸花……"文化何以只是成为一种装饰物,这是一个大问题。二十年前读到这书,大有醍醐灌顶之感。

| 21 | 去年秋天写了一篇评论黄子平八十年代文学评论的文章，写作时除了重读那些被评论的评论，还重读了被评论的评论所评论的作品，其中有王安忆一九八五年发表的《小鲍庄》。小说通过一个村庄水患引出的事故和抗洪事迹表彰，刻画国民性之昨世今世之世相百态，用神话信史野史乃或坠子曲一类民间讲史话语与故事本身形成互文性，串起古老的英雄叙事与当代神话的堆栈。黄子平特意拈出"语言的洪水"的命题，提示"当代叙述"一再重写的经验和预期。重读此作，尤其感到传说和谣谚作为一种对应叙述起着关键作用，无疑使作品产生了灵动和超越的特点。

与黄子平，2007年夏在大连

| 22 | 九十年代中期，对孟森著作大发兴趣，当然首先是《心史丛刊》和《清初三大疑案考实》的叙史手法。其书中那些个案考证，材料层层铺排，叙述从容有致，可谓针脚细密。其书乍看多有八卦关目，如董小宛、横波夫人、丁香花案、太后下嫁、世祖出家等，坊间皆有传说。孟氏亦是故事手法，却为之厘清事实。上海陆公子开玩笑说，孟森把那些好玩的疑案都给推翻了，有点煞风景。在陆公子处见有孟森的《明清史讲义》，借回去看了一年多。那时这套书不好买，本欲匿而不还，被一再来信催索。

| 23 | 大概是一九七四年，有一种叫《摘译》的杂志在知青中不胫而走。那是上海出版的内部发行刊物，摘编外国书刊上的作品，有小说、散文和电影剧本等，当时算是一个窥视域外的小小窗口。它刊载过一部美国畅销小说《爱情故事》，作者西格尔，后来知道那人不算什么名家，但当时觉得这小说相当动人。詹妮得白血病死了，奥利弗冲破世俗观念的爱情还是落空了，除此没有什么太曲折的情节。可能是它的语调吸引了我，它的第一人称（奥利弗）叙述语调有点像马克·吐温的《哈克贝利·费恩》，但哈克的腔调偏于发噱，奥利弗桀骜的口气中有着青春的真诚，多年以后读到《麦田守望者》，感觉是沿袭塞林格的路数（但不像中学生霍尔顿那么狂野）。

| 24 | 流寓西方的苏联作家沃依诺维奇是"非英雄化"思潮

的代表人物，国内译介他的东西不多，只是在《外国文艺》杂志上读过戴骢先生翻译的两个短篇《半公里的距离》和《我要做个正直的人》，那是八十年代。按我们的标准，《我要做个正直的人》应该算是中篇，大概有五万字。我很喜欢沃伊诺维奇的幽默和反讽笔调，那种第一人称的自嘲叙事。很多时候他必须弄虚作假来维护自己的正直，所以在维护自我的同时又失去了自我。所以每一次较真，不是弄得一身骚就是脑袋撞出包来。一连串鸡毛蒜皮的小事，串成一个失败的人生。沃伊诺维奇的主人公尚用本真的谎言维护自己的道德感，可是在谎言的本真叙事中，所有的真实已经退场，谎言只是用以维护谎言。

|25| 大抵四十年前，忘了在什么刊物上读到科塔萨尔的短篇《被占的宅子》，觉得这写法太大胆，太有想象力了。没说什么理由，他们住宅的一半就被占了；也没说什么情况，另一半又被占了，半夜里兄妹俩只得仓皇逃离。奇妙的是，小说里的侵占者并未现身，是一种无形的力量在挤压他们的容身之处。我很晚才意识到，世上的许多事情似乎都不需要什么理由。你可以理解为荒诞，也应该视为常态。

|26| 《世界文学》二〇一六年第三期刊有美国作家乔纳森·弗兰岑的小说《粗鄙共和国》，据介绍是其长篇新作《清纯》的一个单元。故事背景是冷战时期的东德，一个叛逆的官二代替

受害少女伸张正义，设局谋杀某官员。情节很狗血不是，但其中自有一种救赎的逻辑。由于有父亲特权的庇荫，他幸免于牢狱之灾，结果亦消解了救赎之义。有趣的是，当柏林墙被推倒之后，他变得惊恐和忧虑，开始担心自己以恶制恶的行径会被追究，因为他就要失去体制的庇护……

|27| 博尔赫斯的散文诗《一个梦》，梦见禅房和诗人，继而不断复述有人在禅房作诗。中国民间也有类似的版本，或是作为母亲哄孩子的讲述：古时候有座山，山上有座庙，庙里有个老和尚，老和尚对小和尚说：古时候有座山，山上有座庙，庙里有个老和尚，老和尚对小和尚说：古时候有座山……故事嵌入元故事的叙述层，形成周而复始的自我复制。内容无所谓，叙述本身就是一切。当叙述将叙述者变成了被叙述者，自然就成了主宰一切的力量，就像鲁迅说的"革命，革革命，革革革命，革革……"，革命者变成了被革命者，转过来被革命者又开始操控话语，形成一种无限循环。

|28| 上一次读《1848年至1850年的法兰西阶级斗争》大概是一九七四年，当时是上边布置的学习，不会真有什么体会，却也装模作样用红铅笔在书上画了许多杠杠。可是，下边这段话是用现在常用的荧光笔标出——不对，肯定是前些年又读过——"在路易·菲力普时代掌握统治权的不是法国资产阶级，而只是这

个资产阶级中的一个集团：银行家、交易所大王、铁路大王、煤铁矿和森林的所有者以及一部分与他们有联系的土地所有者，即所谓金融贵族。他们坐上王位，他们在议会中任意制定法律，他们分配从内阁到烟草专卖局的各种公职……"马克思对七月王朝的描述真是鞭辟入里。按老B那套说法，正是资本做空了资本主义。

|29| 早年读竹垞词不大有感觉，那时喜欢豪放一路，朱氏虽不乏"十年磨剑，五陵结客"的豪迈气格，比之辛稼轩刘后村的悲凉忧愤，总觉不够来劲。"最难禁，倚遍雕阑，梦编罗衾"一类，更有酸涩不奈之感。明亡不过二三十年，已是势去时非，读书人精神归属终于发生问题。竹垞少壮之年混迹江湖，与顾炎武屈大均辈广通声气，亦胸怀复明之志，而五十岁以布衣举"博学鸿儒"，士林中难免"奔走逐食"之讥。但竹垞入仕，又何尝不能理解为文人用世之志。只是做官以后，自有一种复杂心境，作文填词日趋小心，愈见其婉约精雅。前人对竹垞集中艳词评价甚高，一半由其文字真色生香，一半则是深有寄寓。"任高高下下，萧萧撼撼，策策悽悽"，这类频频出现的叠字句，期期呐呐，哀而不怨，亦成意境。竹垞做官做得不顺心，后来还以咏古诗开罪高士奇，为此大触霉头，那真叫"未到酒醒时候已凄凄"。

|30| 老B迷金庸，喜读周作人南怀瑾，更喜宋人纂疏的

《大学》《中庸》。老A去了趟日本，饭局上扯日料种种，正说樱花虾如何好吃，老B冷不丁问我：子产为何不毁乡校，又为何不禳火灾？他说是"请教"，其实是考我。我如实说没读过《左传》，他不信。他记得我书架上有影印阮刻《十三经注疏》，有杨伯峻的注释本。可他也不想想，我这把年纪还怎能从头学吹打。又欲讨论某公新著，我说这一阵在看明清三国戏本子。老B摇头叹曰：老兄阅读水准严重下降！

|31| 天宝十年，杜甫作《秋述》，曰："秋，杜子卧病长安旅次，多雨生鱼，青苔及榻，常时车马之客，旧，雨来，今，雨不来……"寂寞冷落中自是极易感受世态炎凉，"四十无位"的杜甫自然意识到自己已是"弃物"。但孤独之中仍有期待，果然有魏子踽踽而来，把他高兴坏了。杜甫的悲情之秋，让我想到马尔克斯小说《没有人给他写信的上校》，亦是寂寞和等待的主题。作为内战幸存者的上校也一直在等待，等待着他的退伍补助金和军功章，却什么也没有等来。潮湿的雨季，狂热的斗鸡，小镇生活的苦难与狂欢，上校在困窘中艰难地保持人格尊严……这个老人的孤独实是被剥夺的生命残余，比起那个家族自行退化的百年独孤更让人感受切肤之痛。

|32| 九十年代末，赵园先生出版《明清之际士大夫研究》一书，我读后给《读书》杂志写了一篇书评。其中有这样一

段话——

在逐项讨论明清之际士人话题时，本书大量引述王夫之、黄宗羲等当世名儒的时论与史论，作为一种评价，亦作为一种"复原"历史文本的手法。这一点尤可注意。比如，第四章"言路"一节，所举王夫之《读通鉴论》《宋论》中对言路"偾事"的批评，不能不说是一种较为清醒的认识。但作者指出，王夫之的批评思路中仍然缺乏对"士"的自我估量的反省，也夸大了言论在朝廷政治中的作用。这里，正是借助王氏言论，凸显了儒者的思维定势，批评者与被批评者同样落入"毛举鸷击""繁称曲说"的套路。这就是作者所谓"以言论批评言论，亦难免以避免悖论性质"。又"清议"一节，引王夫之"一得罪于清议，则百行不能掩其非"之说，又引顾炎武"一玷清议，终身不齿"诸语，揭示了清议的另一面，即"士群体对于个体的支配"的言语霸权。作者对这种反省予以重视，是因为"评估清议、士论者，往往自身也在所评估的文化现象中"。将批评文本纳入其所指文本，在历史语境的同一性上即见出其丰富的涵容，亦更能见出那些遗民的反省意识以及他们与晚明士人的精神联系。这是贯穿本书的一个基本方法。

|33| 《高卢战记》记述恺撒第一次攻打不列颠时，正是月圆

之夜，登陆的船只全被大西洋潮水冲毁，差点绝了后路。两千年后，丘吉尔撰写《英语民族史》，作为前海军大臣和杰出的战时首相，他惊诧于恺撒的低级失误——"月圆时海潮高涨，可是恺撒却不懂这个道理。"月望生潮，中国人早就知道，王充《论衡·书虚篇》谓："涛之起也，随月盛衰，大小满损不齐同。"就年代而言，王充比恺撒晚了不多，罗马人怎么就那么蠢呢？老A说，不是蠢，是因为地中海没有潮汐，罗马人的海洋知识就来自家门口那片水塘。

|34| 《儒林外史》之儒者，不外乎名士与选家。名士有真假之分，选家概与实体书店共谋，如马纯上、匡超人、卫体善、随岑庵、萧金铉诸辈，已将编选科场墨卷做成产业，还有诸葛天申、季恬逸、郭铁笔那些人也都麋集这条产业链上。这攒书生意实是兴隆，马二先生刚在嘉兴选完一部书，马上又被杭州几家书店请去。更厉害的是匡超人，数年间推出九十五种，自称其选本"外国都有的"。吾国配合举业应试之教辅读物可谓源远流长，宋代坊刻纂图互注经子一类便是供士人帖括之用，更有便于科场夹带之巾箱本。不过，像马二先生这样编选时文墨卷却是明人创制，顾炎武《日知录》十八房条谓："杨子常（彝）曰：十八房之刻，自万历壬辰《钩玄录》始；旁有批点，自王房仲（士骐）选程墨始。"顾氏考证，弘治时已有坊刻时文，"但不多耳"。到吴敬梓时期大概已是铺天盖地，像明代朱方《经义模范文》、清初俞长城

《名家制义》都是当日有名的科场攻略。

|35| 几年前，与黄德海电邮中讨论过叶兆言小说《很久以来》，原信抄录如下：

德海：

你评《很久以来》的文章拜读了，感觉写得很好。你用"推测"的叙说来分析小说的叙事意图，在充满理解的前提下展开别具一格的批评视角。这一点给人很多启示。我很赞同你对这部作品的一些基本看法，譬如作者试图讲述普通人命运无奈的"野心"，譬如小说总体上写得"平淡"而"拘谨"，等等。当然，文章最后"没有找到一个时代乱象的根源，也没有卓绝千古的结论"的提法，我觉得对于一部小说而言，显得有些苛求。这里或是用语不够精确，我多少明白你的意思。我也认为这部作品没有真正实现作者的叙事意图。

我觉得叶兆言确实是有某种"野心"，是想跳出历史主义的宏观视角来表现革命时代的个人命运，同时表现群体的麻木。他故意淡化欣慰的政治色彩（一个与张志新命运相仿的女性），他避开了所有人物的政治诉求（从竺德霖到小芊），他试图从人物之间的生存关系上展开故事……所有这一切，都表现了作者试图探索新路的意图。

作者想法很不错，但是小说确实没有写好。在艺术表现这一方面,你没有深究。或许,在当今的长篇小说中,这部作品不算太坏,由于叙事意图的复杂性,其中的暧昧也给人提供了思考的契机。吴亮的文章就以自己的阅读方式撑破了小说固有的叙事框架。

吴亮对小说叙事意图的看法,跟我们有所不同。或者说,他不欣赏作者"咏叹调风格"的暧昧。吴亮的文章华丽而精彩,在一系列的思辨和质疑中,将作者未能充分表现的东西给呈示出来。譬如,关于"政治肉联厂"暴力美学的深度阐发,就是一种极为贴切的延伸性解读。在小说中,这或许是作者有意设置的一个隐喻,但那番宰猪杀鸭的情形只是概述性写法(库切《铁器时代》中描写弗洛伦斯丈夫在禽类加工厂的操作就极为精彩),读者很可能作为一个"段子"一笑而过。吴亮似乎更愿意从事情应该具有的意义上"重新想象"——这一点,作者本人倒是做得不够好。也许是作者用了"我"写这样一部小说的元叙事框架,其暧昧与语焉不详之处,激起了吴亮作为一个批评者的参与意识,也引起了你的"推测"。

吴亮和你都提到叶兆言的"节制",但我认为作者意图固然如此,但很可能是力有不逮。小说的失败之处,很大程度上是缺乏细节与场景描述,也就是说缺乏肌理,造成表现力不足。整个故事几乎都是概述性交待(虽说叶兆言的概述性文字有其优势),很少有直接进入场面的描写,很少有栩栩如生的呈示，甚至人物对话都不多。也就是说，在通常的小说技巧中，他调动的手段很少。一个有经验的成熟作家为什么会这样写？我当然不是很理解……［以下删去数句］

拉杂地想到这些，跟你讨论，也请指教。

李庆西　二○一四年四月十三日

| 36 |　知青阅读中，带有情色意味的情境描述最受大家关注，盖因这类图书甚少，《红与黑》写德瑞那夫人和玛蒂尔德小姐的情场争风，就算是泛"黄"的一类（东北话称"带色"，色字念 sǎi，第三声）。我在《小故事》一书中约略说过农场知青争阅《红与黑》的情形——书只有一本，排队等着看的人太多，主人S君将那书拆成一二十沓重新装订，让大家互相轮换着看可加快流通。如此打乱章节顺序，各人经眼的文本都是随机编排的叙事，很可能是于连被砍了头，又好端端的在侯爵府上混事，打碎了日本花瓶跑回埃里叶去爬德瑞那夫人卧室窗子……起初拆开的书页还能凑成一本书，后来缺了几沓，那漫漶之处就拉出了空当。或许没有了瓦勒诺先生更好，于连还少了点羁绊，更能让人拓开想象的空间。真是应了那句老话，有多少个读者就有多少个于连·黑索尔。

| 37 |　知青阅读活动有一个特点，就是现在人们常说的"共享"。因为处于同一封闭环境，各人手里的书籍实际上成了集体

共有资源，而先前的阅读情况则取决于各人的生存环境。在七十年代或之前的书荒时期，家庭背景以及所处城市和学校差异，决定你能够看到哪些书或不能看到哪些书。上山下乡将这种知识分配平均化了——虽说知青中拥有图书的是少数人（他们大抵来自书香家庭，或是有门路的干部子弟），但那些人跟你毕竟朝夕相处，只要你想读，他们手里的书也总能到你手里。现在想来，在北大荒那九年光阴，唯一的好处就是打破了之前的阅读界限。正是在农场里，我才第一次读到《三国演义》，读到《十日谈》《欧也妮·葛朗台》《叶甫盖尼·奥涅金》，读到三言二拍……某人箧中竟有朱光潜《西方美学史》、王力《汉语诗律学》，我拿来看了好长时间。

|38| 上大学后，能够接触到的书籍渐渐多了，开始有了选择的考虑。但选择往往亦不由自主。本想一头扎入创作，系里却一再申饬，学生写小说是不务正业（岂料如今每个中文系都开设创意写作专业），于是不幸地投向文学理论和批评。当时这方面书籍很少，课堂上讲的还是以群的《文学的基本原理》，跟之前读过的季莫菲耶夫《文学原理》没有多大区别，都是将现实主义作为政治正确的意识形态教条。一个偶然的机会，得到一册赫拉普钦科的《作家的创作个性和文学的发展》，当时苏联作品皆为"内部发行"，这反倒使人对它抱有某种期待。可苏联人的文论总是写得很绕，这书好像是想讲点个性和审美感觉什么的，你还没能确定

那种感觉，它又兜回社会主义现实主义的大道理。若干年后，当我们走出那片贫瘠地带，又蹈入欧美文论家们植入符号学和社会学的九宫八卦阵。

|39| 中国文论起于对《诗经》的阐释，从孔子的"兴观群怨"到毛诗、三家诗，产生了最早的文论话语。但最早的文论话语还在《诗经》本身。如，《小雅·四月》："山有蕨薇，隰有杞桋。君子作歌，维以告哀。"行役中的诗人以歌吟表达苦感的心声，且歌且行便是文学之发生。《毛序》认为这首诗是大夫讽刺周幽王贪残构祸，完全不切诗旨，但有一点还是说对了，就是其中有讽喻。有时候，阐释者的解说显得有些多余，不如作品本身的言辞说得更明白，更具审美概括力度。在《王风·黍离》中，"彼黍离离"本来是作为起兴的景物描述，可是"黍离"本身却被情感化了，因为它描述的风景让人想到湮圮的宫室宗庙，于是"黍离"成为一种故国之悲的意象。

|40| 在农场土坯房里第一次读《包法利夫人》，大概是嫌其不够"黄"，没有多少感觉。再次阅读忘了是八十年代什么时候，读后还是不懂它的伟大，总觉得这个揭示理想与现实冲突的故事多少有些概念化。大约十年前又重读此书，有一点仍有疑惑：作为现代小说它许多地方还是沿袭罗曼司的粗线条，缺少丰富的细节表现，就叙事形态而言是否尚带有"中间物"的痕迹？也许像

福楼拜自己说的"小说正在等待它的荷马"。另则,爱玛这种渴望诗和远方的性格,我们身边的社会里亦非少见(这大概就是其典型意义),最后若不是自杀,恐怕弄不出那种悲天悯人的效果。

|41| 老A跟我讨论回忆录的可信度问题,我认为某些作者存心作伪的可能性不能完全排除(譬如胡兰成),但记忆本身是有偏向的。如纳博科夫《说吧,记忆》,有关其家族谱系那些连篇累牍的叙述(甚至跟普希金也扯上某种关系),与其视为夸饰的不实之辞,不如说这些东西是纳氏大脑里的活跃因子。按J.M.库切的说法,这叫记忆的可塑性。他在《好故事》(*The good story*)的第三章里提供了一个有趣的案例:"我大腿根部有一道疤痕。这疤痕就在那儿,肯定发生过什么事儿。但我唯一的记忆只能由我母亲提供,她告诉我那是一九四二年发生的一个事故,我缝了三针,要不就是四针还是五针。'可是你非常勇敢。你没哭。'于是我就成了那种不哭的小男孩。记忆中某个事例的植入方式,会产生影响未来的力量。"(据文敏译稿)一九四二年,库切才两岁,被植入了勇敢的意识。纳博科夫回忆录自称三岁时就有记忆,显然他自幼就被植入贵族的荣耀与自矜。

|42| 产生于东汉后期的《古诗十九首》是开创五言古风的文人诗,知青时期稀里糊涂地读过。那时只是照着陆侃如、冯沅君的诗史脉络去找作品,并未琢磨这些诗歌的文学史意义,直接

的印象是其格调不高。十九首，没有人生寄托，亦无一关乎江山社稷和天下苍生，大抵直露地表白诗人的离愁别绪或是一己之忧。至于《青青河畔草》荡子妇凭窗大秀色相，《青青陵上柏》对贵胄生活的艳羡，《今日良宴会》流露的功名富贵之念，照王国维《人间词话》的说法就是"淫鄙之尤"了。之前读唐诗宋词多能感受家国情怀，脑子里自然烙下诗三百"思无邪"的诗教传统。其实王国维说得很明白——"然无视为淫词鄙词者，以其真也。"许多年以后，我才理解，这个"真"字恰是诗界稀缺。前人称之"句平意远"，称之"意致深远"，就是因为它没有任何矫饰之态，全是直截了当的感伤与感悟。

|43| 这辈子读得最久的一部书是《三国演义》。最早读的是小人书。上海人美社从一九五六年至一九六四年陆续出了六十册《三国演义》连环画，我和邻家男孩M合伙搜集这套书。差不多快集齐了（好像只缺尚未出版的两三种），M考上技校去了外埠，那些宝贝都让他带走了。后来难得碰面，我绝口不提书的事情，不想弄得像孙权向刘备讨要荆州似的。知青时期读到竖排繁体字版《三国演义》，感觉跟自己脑子里的故事梗概差不太多。那时除了武将排名的学问，主要是接受了刘关张"忠勇节义"那一套，不能真正认识书中复杂的伦理关系（尤其是政治伦理）。最近这十几年来，将这部大书作为暮岁消遣，读出了早年未曾想到的许多问题，又与《三国志》等史书对照阅读，从"三国如何演义"

的叙事立场出发，看取小说家与史家各自表述之旨。《读书》杂志卫纯先生见我写了文章，鼓动我在该刊开了"老读三国"专栏，还有一些发在《书城》和《中华读书报》。后来有了成书规划，在三联相继出版了《老读三国》《三国如何演义》二书。吴彬女史亲自为后书做责编，又亲自邀黄子平兄作序，实是倍感荣幸。

|44| 很晚才读到卡森·麦卡勒斯《心是孤独的猎手》，一连读了好几遍。作者用女孩米克的视角串起了小镇故事，那些若即若离的人物关系，那些若隐若现的情感触须，早已逾出私人话语的阃限。可是公众的兴奋点又在哪里呢？人心疏离自是公共话语的缺失，但孤独的声音并不只是内心喟叹，书中展开了无处不在的忿争和街头呐喊。贫困的焦虑，成长的困扰，种族与阶级矛盾……有深怀使命感的黑人医生考普兰德，为黑人民权事业奔走呼告；有工运分子杰克，揣着马克思的书四处流浪，喝一口葡萄酒都在琢磨酒滴中的剩余价值；还有咖啡馆老板比夫，一个庸庸碌碌而颇具江湖道义的怪人，每日里都在打探天底下大事小事。然而，工运活动家与黑人领袖终而没能谈到一起。正如比夫暗恋着米克，而米克钟情于哑巴辛格，辛格的心思却在另一个哑巴安东尼帕罗斯身上。全都是一种错位关系。辛格一死，人之间的纽带就消失了，又一次印证诉说与倾听的虚妄。

|45| 早先读弗吉尼亚·伍尔夫《到灯塔去》，没有觉得特

别好,大概是因为她的写法偏于细碎和朦胧,不易建立一种概述性的记忆。渐入老境之际,不再非要去归纳什么,再看那些琐碎的细节,那些东拉西扯的文字,倒是变得贯通无碍,更有意境了。就像在画画的老姑娘莉莉,看见拉姆齐夫人和小儿子坐在树枝摇曳的窗口,心里突然感到某种激动人心的东西——生活不再是人们日常的一个个零散的小事件拼凑而成,而是卷作一团,变成了一个整体,像一个波浪,把人带上浪尖又抛落下来,猛地推到海滩上……人去楼空,荒凉的老宅就像沙丘上的一只贝壳。莉莉眼前总是出现拉姆齐夫人的幻觉,可是那个男人在哪儿?灯一盏接一盏地熄灭了,卡迈克尔先生房间里还亮着蜡烛。十年之后,她依然站在这个地方,拉姆齐先生他们的小船终于驶过海湾。窗户铰链发出吱吱嘎嘎的声音,男人们依然活在自己的诗歌和哲学里。

| 46 | 博尔赫斯不妨一读再读。他最早的一个小说集是《恶棍列传》,其中有一篇《蒙面染工梅尔夫的哈基姆》,说的是蒙面骗子的故事。篇名中的梅尔夫是地名,哈基姆本来在那座古城做染工。后来此人套上面具就成了先知,用一种拐弯抹角的宗教手法将自己抬升到神灵地位,然后作为上帝的"影子的影子的影子",主宰天下大事。蹊跷的是,其以牛头面具显灵假托于一部阿拉伯手抄古籍,可是那部书的原本早已遗失,而一八九九年发现的手抄本被认为是伪作。也就是说,骗子的话术源自某种僭述,实际上也就是博尔赫斯杜撰的文本性话语。谁说不是叙述先于存

在，世上一切事端都可能来自某个说法。

|47| 杜甫、苏轼都是那种无所不能的诗人，二人心性迥异，老杜苦逼，大苏洒脱，忧者乐者，心中都能装下这整个世界。不但因物赋形的手段超强，更能体验人情物理，如"感时花溅泪，恨别鸟惊心"，如"江城白酒三杯酽，野老苍颜一笑温"，此等佳句后人难追。更令人称羡的是，把握具体情境每每恰到好处。如"灯前细雨檐花落"，如"沙头忽见眼相猜"，如"缺月挂疏桐"，如"转朱阁，低绮户，照无眠"……无我中有我，无我之境我亦在场。实际上就是王国维说的"不隔"。

|48| 读巴别尔的《骑兵军》，想到作家的感觉、体验与情怀。这一组系列短篇像是战地速写，是作者根据自己在一九二〇年苏波战争中的亲身经历写成的，一九二三年就大体完稿，这样的创作在作家意识中不可能抹去那种"现场体验"。显然，这跟托尔斯泰写《战争与和平》的情形大不相同。巴别尔写理想与现实的歧途，写那些血腥与混乱，并不是一种带有总结性的反思历史的究诘，而是以即时感受来表现历史的困惑。他是以时空转换而不是以性格成长来推进故事。写到部队开进小城别列斯捷奇科，两三千字篇幅中散散落落地嵌入了几百年的历史印记，那些看似不经意的细节微妙地叙说着革命与恐怖，战争与犹太人的世俗生活，旧日的恶臭与新政的荒诞……政治委员在广场上宣讲共产国际代表大会精神，

那些"被抢得精光的犹太人"却已完全失去了生活的方向……

|49| 小学课文大多枯燥乏味,除了契诃夫的《万卡》,不过《雁窝岛》那篇给我带来了诗和远方的想象,使我第一次知道北大荒这个地名。偏偏后来还真的去了北大荒。当时知青分配只有两个选择:不去北大荒就只能去浙江农村。我内心更愿听从远方的召唤,因为之前读过一部开发北大荒的长篇小说《雁飞塞北》。那书颇有边塞诗的刚健风格,亦不乏男男女女,就是现在所说的小资情调;革命浪漫主义的虚拟人生和旖旎多彩的塞北风光,对那时不到十八岁的我很有吸引力。应该说,当时爱好文学的知青多半都读过。读大学期间,宿舍里还聊起这部小说。同学东刚说他跟这书作者林予很熟,说他就在哈尔滨,可以带我见见作家本人。找了个星期天,东刚带我去了林予家里,现在想起来林予是我认识的第一位专业作家。当时他还不到五十,看上去显得苍老,跟那个年代大部分文化人一样,待人很热情,坐下来就跟我聊创作,询问我的人生经历。我开玩笑说,就是您的《雁飞塞北》规划了我的人生,是让您给忽悠来北大荒的。他肯定不是第一次听到这个说法,便有些尴尬地自嘲说:我那书真是造孽不浅。后来又去他家拜访过几次,他对我当时的写作多有鼓励和指教。他夫人赵润华老师是《小说林》杂志的编辑,曾发过我的几篇习作。

|50| 这十几年来,库切的小说读过十几部,老A问我最喜欢哪一本,我想应该是《内陆深处》。那是一个弑父故事,孤独的

玛格达干掉了庄园暴君，被解放的佣工成了新的主人……许多情景是现实与梦境的交错叙述，真真假假莫辨其详，那一切也许只是玛格达耽于幻想的叙述。当亨德里克粗暴地占有她之后，她意识到"他要的就是我的这份羞耻感"，可她又想："亨德里克也许占有了我，但这实际上是我拥有一个拥有我的他。"

|51| 也许库切更出色的作品是统称"外省生活场景"的三部自传性小说，《男孩》《青春》和《夏日》。"外省"即前殖民地南非，相对大英帝国而言。库切大学毕业后跑到伦敦写字楼里做"码农"，是漂泊在大都市的"外省人"。那种疏离感和困惑的体验都写在《青春》里边。读《男孩》，我才知道，南非白人有两种：一种是英国人后裔，一种是来自欧洲大陆，后者也被称为阿非利堪人。库切家族是阿非利堪人，但库切父母在家里不说自己的母语，而是说英语。从这些细节中，可以看到两次布尔战争以后南非白人社会的分化。库切自幼两种语言都会，但家里让他读英国人的学校，这便给他从小带来了语言上的困惑，文化的困惑，其实是一种身份认同的困惑，当然还包括宗教（罗马天主教/基督教）的困惑。许多有意思的主题就产生在这种种困惑之中，在个人与世界相遇之际，任何微小的细节都可能埋入宏大叙事的伏笔。但库切牢牢把握着自传性作品书写日常卑琐的权利。男孩约翰懵懵懂懂地走入这个世界，却留下耻辱和羞愧的记忆。日后逃离了种族冲突日益加剧的南非，依然在人生的岔路口徘徊不定。当他

成为盘桓在大英博物馆里孤独的精神流浪者,却陷于高雅与高尚相悖的歧路彷徨。成长就是从简单的认知开始,逐渐去领悟人生哲学,这样的人生不可能被英雄化。从自我的视角审视自我,将自己作为他者来观照,这是库切的妙招——藉此传递一个时代的风云变幻,描述许多别人很难处理且又不能忘怀的历史场景。

|52| 库切小说篇幅都不太长,《福》是最薄的一本,但这本书设置了学院派的机关布景,比较难读。这是对笛福的鲁滨孙船难故事的改述,但主人公由克鲁索换成女性船难者苏珊·巴顿,星期五则被割去舌头而不能表述自己;这或许是"黑人无声"的隐喻。但是,缺乏文字能力的苏珊也不能书写真相。所以,除了对笛福文本的改写,《福》本身还是一个三重叙述的故事,从苏珊、星期五(身体语言)到丹尼尔·福(笛福原名)和库切,恰如库切评论博尔赫斯的文章里所说,在语言叙述中,过去(历时)被还原成一系列叠加的现在(共时)的状态。这部小说让我认识了另一个库切。

|53| 王元化先生晚年在庆余别墅养病,我去上海有两次正好住那儿,有机会听他聊过一些事情。有回说到读书消遣,王先生说他喜欢十九世纪的欧洲小说,如果不是视力不行了,还想再读一遍《约翰·克里斯多夫》。我插话说,这部小说应该算是二十世纪的作品吧。说完就后悔,倒不是觉出放肆,是马上意识到应该听他说完。王先生的意思是,罗曼·罗兰的作品都是十九世纪

的精神气脉，他很耐心地做了解释，让人听了心悦诚服。我说起知青时候读过这本书，也读过他的另一部长篇《欣悦的灵魂》，对罗曼·罗兰不是特别喜欢。王先生问为什么不太喜欢，我当时说不出什么道理。后来想到，也许是因为自己性格的关系，感觉罗兰的主人公意志太强盛——那种英雄气不同于三国水浒故事里的英雄好汉，对我而言，那不是一种简单的审美对象，而是对应着自我的残缺，每每觉得自己太卑微。显然，一个人的精神气亦决定了他的审美趣味。

|54| 前年，贺圣遂兄送我一套《三国戏曲集成》，煌煌八卷，十二大本。我读了前边三卷，即清代以前的杂剧和传奇，清代花部和昆曲京剧都还来不及浏览。元剧三国戏与之前的宋人说话都是三国文学叙事的重要源头，从中亦可看出"三国如何演义"之衍化路径。有趣的是，三国戏从元剧开始就确立了尊刘抑曹、崇汉贬吴的叙事立场，而明清杂剧传奇更是有意避开蜀汉失败的过程。至清代，讲史演史更是各有其招，一些剧目竟已放手重构历史，如周乐清杂剧《定中原》、夏纶传奇《南阳乐》，都是蜀汉灭魏吴二国而一统天下的反转叙事。允禄所撰二百四十出连台大戏《鼎峙春秋》，实际故事只到诸葛亮南征归来为止（那是蜀汉最辉煌的时刻），后边则以十殿轮回将曹魏人物打入地狱，让献帝和蜀汉人物超升仙府。这些出奇的想象自是弥补历史之缺憾，果然"汉室可兴"。厉害了，我的蜀！

| 55 | 九十年代在明史资料里转悠了几年,又重读陈寅恪《柳如是别传》,渐渐有些体会。是书重点在于第五章"复明运动",寅恪先生主要兴趣不是柳如是,是钱谦益,故以很大篇幅考辨钱氏与当日复明运动之关系,述其暗中交通东南海隅鲁王、唐王及郑氏所部,乃至广西永历瞿李诸辈。所论"牧斋参预郑延平攻取南都之计划,又欲以白茆港逃遁出海"云云,系据钱氏《金陵秋兴》诸诗推测之说,未必皆能坐实其论。另有一个似乎有力的证据是,顺治四年(或曰五年)牧斋因受复明分子黄毓祺牵连坐狱四十日。但因黄案罹祸,亦未能证明其确已参与谋反。不过,寅恪先生的推测往往极为精彩而有趣,也使人更愿意相信历史的溟漫之处本来有一个更富戏剧性的故事。应该说《柳如是别传》并非严格意义的史学专著,而是一部很特别的叙史作品,作者自谓"忽庄忽谐,亦文亦史,述事言情,悯生悲死",亦自深具文学匠心,说来也是寄怀之作。当然,史学大师的文学想象并非无中生有,做了贰臣的钱谦益的确是有复明之愿(我称之"文化复明"),只是完全不同于那种地下抵抗活动。有关这方面的看法,我写在了《〈玉剑尊闻〉及钱吴诸序》一文中。当年梦公主编《中国文化》,来信约稿,我寄去文章时附信说明观点可能与他不同,后一字未改刊出固是前辈宽宥,不知是否亦有冯爷葛爷的面子(其时冯、葛二兄共襄编务)。

| 56 | 八十年代弗洛伊德热,坊间一书难求。老A拿来一本

据台版影印的《梦的解析》来炫耀,却不肯留下让我看几天。他指着封底"内部发行"的字样说,现在还在搞内部配送的,只有这本书了。我不知道他有什么七姑八姨的内部途径,也没问。后来吴亮给我搞来一本。书页字很小,排得密密麻麻,而且影印的墨迹偏淡,阅读极费目力。我看了前边以"符号法"和"密码法"释梦的不可靠的讲述,后边就没再看下去了。那时候《上海文学》周介人他们搞活动经常喊上我,一两年内跟吴亮见了七八次,每次都有一大帮人听他讲弗洛伊德。吴亮擅于讲述理论问题,弗氏的"精神分析法"陆陆续续从他那儿听得来,这让我想起知青时期听人讲《基度山伯爵》。后来,弗洛伊德的作品大量出版,我买过几种,一直搁在书架上没看过,就像买到了基度山却束之高阁。

|57| 早年陈平原出过一本读书札记《书里书外》,是我和育海策划的"学术小品"之一种。其中写他往芜湖、南京、苏州、上海、杭州等地图书馆访书之行,细述琳琅触目之状,多见其情致意趣。想起平原君那篇文字,心底忽而怅然有失,自己平生阅读与公共图书馆竟无瓜葛。当然,不能说一点没有。大学时在学校图书馆借过几本小说。到出版社后办了一张浙江图书馆的借书证,清楚记得只去过两次。那时省图还在大学路,走进阅览厅见四周书架上尽是印制粗劣的武侠言情。到卡片柜上查到谢国桢《明清之际党社运动考》和几种古人笔记,抄下书目递给工作人员,等候良久,被告知有的被人借走有的不能外借,反正最后空

手而归。后因编辑一本现代文学研究专著，去省图查阅二三十年代出版的柔石小说，才知道民国版本都归古籍部收藏，普通借书证不能借阅，还须单位开介绍信。马上回社里开了证明又去孤山脚下的古籍部，管理员看了介绍信，又查验了我的工作证（那时还没有身份证），还有一个头儿模样的人过来盘问为什么要看这些书。审查通过了，去书库找出《三姊妹》《旧时代之死》那几本破烂的"旧平装"（那时才知道这是他们的术语），说只能在这儿看，不能带出去。于是坐在那个闷热的阅览室里看了一整天。跟平原君的访书记相比，我的记忆中实在没有一丝愉悦之感。从那以后我就不再与图书馆打交道，用得着的书我尽量自己买，或是设法从私人手里借。前年去北京，有一天步行路过白石桥，文敏要进国家图书馆去看看，我就在门口等她，死活不进去。当然，现在的公共图书馆不再是当初那种衙门作风了，听说反倒是服务很好。文敏就常去浙图看书和借书，说那儿的食堂饭菜可口还便宜，还有免费停车，冬天盥洗室有热水，每次去总有许多人拖着塑料编织袋在里边洗漱和休憩……

|58| 二十年前有一次从北京回来坐飞机，旁边座上是一金发碧眼的女老外，捧着一本书看得津津有味，是竖排繁体《西游记》。空姐送餐时，我把餐盒递给她，她问我是否看过这书，中国话说得相当不错。我说当然看过，中国人都知道孙悟空的故事。她问，六耳猕猴是有六只耳朵吗？我不是很有把握地说，应该是

与文敏，2008年夏在杭州西溪秋雪庵

吧。又问六只耳朵各在什么部位，我只能告诉她，"六"是指"六路"，即上下前后左右。她在自己脑袋上下前后左右比画着——是这样长的吗？我不记得书上是怎么说的，更不记得幼时看过的小人书上是怎么画的，那会儿只想搪塞过去，学老外腔调哼哼着yeah！yeah！可是问题又来了——你们老话是"眼观六路，耳听八方"，这个假悟空为什么不是八耳猕猴呢？yeah！yeah！我说丫就是六只耳朵……心里暗忖,以后遇上老外跟你扯中国文化千万别接茬!

|59| 八十年代流行拉美魔幻现实主义作品,有一次杭育向我推荐一本《胡安·鲁尔福中短篇小说集》,说其中《佩德罗·巴拉莫》一篇尤其不错。读后果然觉得好,其他各篇也都有味道。鲁尔福的笔调偏向日常口语,有点漫不经意地扯东扯西,但那种口气让人相信生活本身就浸透着历史与哲学。那是墨西哥的江湖叙事,起义者和流浪汉,杀手与圣徒……我喜欢这种题材,那片满目疮痍的土地上除了苦难还有想象和情感。鲁尔福往往采用梦幻与暗喻,意识流与时空交错,把一个完整的故事拆散又重新拼镶。这样,形成一种错综复杂若隐若现的叙事线索,甚至生者与死者的界限也模糊了。在鬼魂昼行的科拉马村,那些亡灵都在讲述佩德罗·巴拉莫的故事,迷离惝恍的魔幻气息扑面而来……

|60| 近年读过两种巴恩斯的小说,对这位英国小说家略有所了解。《终结的感觉》写一个不伦之恋的故事,情节剪裁颇见功夫,最后才抖开包袱。存在之荒谬中贯穿着一条"责任链",以一连串的个体责任锁定了整个世界。从事情发生到终结的感觉,充满或然性和许多不确定因素,看上去叙述相当琐屑(从头到尾带有窥私特点),但整个追寻的过程亦贯入了柯林武德所谓"构造性"的历史想象,透露出一个具有延伸性的宏大题旨。《时间的噪

音》是关于肖斯塔科维奇的传记小说，有着真实的人物和历史背景，从题材到叙事手法都跟《终结的感觉》完全不同。在作者带有想象和虚构的描绘中，表现一种懦弱的反抗。这部小说中译本刚出版时，《新京报》编辑约我写书评，我没写，因为觉得时下懦弱的表达也很困难。文敏倒是没想那么多，给另一家刊物写了书评，懦弱者的言述也有不同的表达方式。

| 61 |　一九八四年，理论界关于异化问题有过争论和思想交锋，因为连带着人性和人道主义问题，对文艺界出版界影响都不小。可是，异化之说很快就备受诋毁。本来我对哲学概念没有深入探讨的兴趣，但报刊上都在讲这个事情，看了那些文章，又去看马克思论涉异化的著作，《关于伊壁鸠鲁的哲学笔记》《黑格尔法哲学批判导言》和《1844年经济学哲学手稿》等。自然的异化，人的自我异化，劳动的异化，劳动产品的异化，马克思都讲到了。社里政治学习，几位老编辑偏从不同角度阐释马克思的异化理论，社头拉长着脸听着。他们说完我也想说说自己的看法，先用马克思的话铺垫几句，刚说着就被打断——小李你有想法很好，我们会后再聊，就别在这儿捣乱了。头儿说，对马克思的有些观点，现在我们恐怕也要重新理解……他说得很严肃。

| 62 |　我大学毕业之前，文艺理论方面的书籍可看的很少，发现丹纳的《艺术哲学》不错（况且是傅雷的译本），便认真读

了好几个月。除此，E.M.福斯特的《小说面面观》对我亦大有启示。那书里分为故事、人物、情节、幻想、预言和叙述节奏等章节，逐一讲述现代小说的叙事要诀和看点。稍后还有伯吉斯的《现代小说佳作九十九种》，那是一本很精当的书目提要，给我打开了解欧美文学现代文学的一扇窗子。等我离开了学校，各种文论和美学译著已像潮水般涌来，真是三十年河东三十年河西。不过，我还是喜欢波德莱尔、斯塔尔夫人那些老派的评论。最近这些年译介的文论著作中，我读过最好的是库切的两个集子，《异乡人的国度》和《内心活动》。库切的评论告诉我，能够用常识解释的文本现象，就不必扯入那些似是而非的学理，说到底文学评论不是学术游戏。

| 63 | 上大学前，我认识的有学问的长者，唯独Z公子的父亲。他不是人文学者，是搞博物学的。那时候遇到什么问题只能向他讨教，老头劝我不要钻到诗赋词曲里边，有空可多看点历史书，尤其野史笔记之类。他不主张我读历史教科书，说那些东西容易把人框死。现在想来，Z伯这说法不无道理。为什么读正史不如读野史，我很久以后才能领会。他跟我说这些，不是指导我如何治学（他连Z公子的学习也不曾操心），只是由阅读推及看问题的某种眼光。我提的问题大概都很傻，太史公《五帝本纪》记述的事情是否可信？《项羽本纪》鸿门宴的那番描述是否虚构？Z伯说，正史上这么说，你也没法说不是。他原话怎么说的不记得

了，意思是历史是因那种书写而存在，所以你没法证伪。现在理解他的意思是，史官的记述都是带有大意图的建构，不像一般文人笔墨，大略见其个人心性。

|64| 《猫与鼠》，人与城市，少年与时代，君特·格拉斯的叙事呈现多重指向，不啻鞭辟入里的质疑和反省：那场战争难道仅仅只是一出尼伯龙根悲剧？这本书我反复读了几遍，深深感受其中的反省之义。它从青少年生活的细枝末节中审视纳粹起源的踪迹，是一部少见的反面成长小说，那些争强好胜的狗血剧情不但表现了前青春期和青春期的迷惘，亦勾勒出铁血强国的精神梦魇。格拉斯将当时青少年的英雄崇拜视为一种危险信号，只是这种危险起初蕴藏在游戏的竞逐之中，没让人觉得可怕，危险是从"力比多"的驱动中一点点积累起来的。

|65| 鲁迅《阿Q正传》最早也是从小人书上读到的。小时候有一个玩伴正好是绍兴人，头上也长癞疮，受人欺负时也是愤愤地嚷喊"儿子打老子"，他的样子就成了我心目中的阿Q形象。那时我尽学着他的样子。他带我们（他比我们大两三岁）玩极限跳水，从钱塘江大桥上跃入江中，听他抖瑟瑟地唱"起来，饥寒交迫的奴隶"，我们顿时热血沸腾。长大后的阿Q，稍不同于长大后的闰土。我离家后，他顶替退休的老爸，在疗养院管水泵房，到处跟人说，"嚓！老子也是工人阶级耶"。大学课堂上听老师讲

"哀其不幸，怒其不争"，却迷迷糊糊想着，管他怎么不着调，人家已是工人阶级了。大变动时期真正陷入惶惑的恐是未庄的士绅们，《阿Q正传》更深层的意思是揭示士绅阶层的没落。两个半世纪之前，南下的清兵正是在江浙一带遭遇最顽强的抵抗，江南士绅的抵抗意志和号召力使清廷惊诧不已。直至咸同之际，这种意志和能量在与太平天国的对抗中又一次得到验证。可是，现在未庄的士绅们却是阿Q化了，阿Q去城里"发财"回来，连赵太爷亦竟对他刮目相看。然后是赵秀才、假洋鬼子和举人老爷跟城里"柿油党"拉上关系，咸与维新之际已将他们的体面输得一干二净。举人老爷和赵府全家号咷，未庄人自然都说阿Q坏。

|66| 初三时候，一个初二男生借我看过《说唐》，他说家里还有张恨水的《五子登科》。但这书他不肯带到学校，叫我去他家里看。一个周六下午，我跟他去了官巷口附近他家里。老式的木板楼房，老式家具配着红木螺钿挂屏，是过去那种殷实人家。背地里他管他父亲叫"老资本家"。那天他父母都不在，带我进了他们的房间，从床下拖出一个带蓝布套的藤条箱。里边是带有色情意味的民国书刊，印有裸女画像和半裸的女人照片，是那种靛蓝或茜红的单色印刷物。之前从未见过这类玩意儿，大有初尝禁果之概（那些东西其实远远够不上现在"扫黄"的尺度）。他说，以前家里还有好多书，现在只剩下这点了。我问起张恨水的书，他说这不比《五子登科》好看吗。他说那书让他老娘点煤炉用了，

只把封面贴在他的床头上。他老娘觉得"五子登科"这话头吉祥。

|67| 七十年代"内部发行"的书籍颇受青睐,这类书除了一些文学作品,更多的是政治、历史读物或国外政治家的传记回忆录。不过,像《第一国际》《日俄战争》《战后日本史》《战后日美关系》这些书,看过就忘了。印象比较深的是德热拉斯的《新阶级》、斯维特拉娜的《致友人的二十封信》,还有《恩格斯传》《蓬皮杜传》《戴高乐回忆录》《阿登纳回忆录》《尼克松其人其事》《田中角荣其人》《格瓦拉传》《克格勃内幕》……有故事或可作为谈资的东西自然更受追捧。那年,分场知青有一半人拉痢疾,嫩江五师流窜过来的一个上海人也中招,拉得浑身无力,在炕上躺了半个月。此人幸好随身带了一部苏军大将什捷缅科所著《战争年代的总参谋部》,就靠着这书,每天有人给他供饭。我借来看了两个晚上,上下两册,匆匆翻过。那书名很诱人,其实一点都不好看,是关于二战时期苏德军队攻防部署的日志式记述,大量的电报和公文充斥其间,既无故事亦无文采。那年头,内部发行的图书还是文学类有意思,那时候很喜欢看关于冷战的军事小说,如特德·奥尔布里的《雪球》,看得津津有味。还有一本是苏联人写的《核潜艇闻警出动》,刚拿到手里就被老A截走。上大学时听东刚说他家有这书,我却没有这份兴趣了。

|68| 做出版编辑时,审读和编校书稿,既是本职工作亦自

有个人阅读体验。大约一九九三年，先后编了钱理群《大小舞台之间》和汪晖《无地彷徨》两书。老钱那书是研究曹禺的专著，对曹禺的作品和戏剧活动做了全面梳理，材料丰富扎实，文笔亦佳。特别让我惊讶的是，有大量篇幅是据于传播和接受层面的考察和阐释，从演出团体到剧单、剧评，一处都不放过。用老钱自己的话来说，就是建立起"作家—作品—读者（包括研究者）"的三维研究空间。这是极有创意的研究范式。汪晖那本是关于五四和鲁迅的论文集，老钱像发现新大陆似的推荐来，我即一并报了选题。汪的文章从细部看似是常人之论，可是跟着他绕来绕去，你就不知道自己有没有看懂。我编稿掌握的原则是尽量不作改动，这书我只是做了些疏通文字的工作，将一些过长的欧化句子略作规范处理。不过，书中较多涉及革命历史问题，还有鲁迅跟施蒂纳利己主义之关系，我吃不准是否有违碍之处。当时我编的书稿概由育海兄终审签字，他视力不好，我尽量悉心把关，当时上边有人就等着我们出点纰漏。编完书稿，在手里压了十天半月才送育海签发。斟酌之后，不是真的踏实了，而是想通了——我看不明白，不信能让那人抓到什么把柄。那人后来跟育海说，你小子聪明，尽弄些让我接不住的擦边球！这两本书付梓前，美编无暇设计封面，我只好自己动手。设计固粗糙，却作硬面精装。我跟社里强调应该重视这类学术著作，要求各印一万册。头儿说，你玩一把就行了，不能真当个正经事儿。结果批了各印一千册。

|69| 李肇《唐国史补》卷中有"妾报父冤事"条,谓:"贞元中,长安客有买妾者,居之数年,忽尔不知所之。一夜,提人首而至。告其夫曰:'我有父冤,故至于此。今报矣,请归。'泣涕而诀,出门如风。俄顷却至,断所生二子喉而去。"三十多年前读到这故事,骇然大惊。唐人叙事真不同凡响。其"一夜,提人首而至……",这语式信息量极大,隐然涵括一个曲折的复仇过程。让长安妾潜忍数年,到了又断其后念,实是个体生命不能承受之重。此句在《儒林外史》中演化为张铁臂提猪头而至,乃以戏仿为解构。

|70| 给人作序是不好对付的差事,如果不是以应酬文章敷衍人家,就得把书稿仔细读过。八年前,尚刚出版文集《古物新知》,拟以文字留存同学情谊,非要我给作序。推辞不掉,只好给他写。他的文章倒是读过不少,当年他出版博士论文《唐代工艺美术史》是我做责任编辑。我很喜欢尚同学的述学风格,严谨,平实,思路绵密而视野阔大,材料铺叙更见用心之处,绝无时下学界食古不化食洋不化那种趣味。特别是那书里差不多有十万字篇幅是作为附录的史料简编,那是一个前人未有的贡献。从浩如烟海的古代文献中钩沉辑佚相当不易,又毫无保留地与众共享,真正是学者胸襟。我在序中特意提到这一节。

与尚刚，1982年秋在北京香山卧佛寺

|71| 三年前，富阳蒋增福先生出版书信集《见字如晤》，命我作序。认真拜读那些信札，深感地方文化建设实有赖于蒋公这样的"文化乡绅"。是书出版后，富阳朋友对我提出"文化乡绅"说法颇为赞许。兹录序文如次：

这是一部很特别的书信集。从民国女史陈碧岑到今之小

说家麦家，写信人年龄跨度亘带七秩；从早年左翼文艺家楼适夷、黄源、郁风到黄埔军人骆榅韬数俦，写信人身上折射着一个世纪的政治光谱；从乡邑耆宿蒋祖勋、夏家骅诸辈到东瀛学者阿部兼也、铃木正夫，写信人近自邻间远至域外……这一百个写信人或许有一百种心性与兴趣，却用他们的笔墨载入了同一个收信人的理想、热情与襟怀，这人就是富阳人蒋增福。

读着这近二百封书信，我想，这书信中的叙事大抵也是增福先生最重要也最精彩的一段人生。所有的故事都始于二十世纪八十年代，从当初亟吁重修郁华（曼陀）烈士血衣冢开始，继而开辟郁华郁达夫双烈亭，为保护郁氏文物遗存，为传承乡邑文化血脉，增福先生广泛联络海内外专家学者和有识之士，可谓不遗余力。像冯亦代、徐迟、贾植芳、袁鹰、公刘等人都深为其热忱而感动。诚然，不止是萦怀郁氏兄弟之英姿文采，富阳历来人文荟萃，富春山水亦自霑渥一方，而"文革"燹厄之后二三十年间富阳人如何重拾文化记忆，实在使许多有心人殚精竭虑。增福先生即是有心人之一，自有其不可磨灭之贡献，举凡重建孙权故里，整饬龙门古镇，保护黄公望隐居地……诸般文化事业无不相及为预。凡此种种，约略见诸写信人通问之际。细观此一书信集，亦可勾勒出一座城邑的文化侧影。

郁达夫诗中有曰"兴亡自古缘人事"，一国一地文化之兴衰，当是同样道理。事在人为，人才为本。增福先生曾为一县文化主官，求贤若渴，奖掖后进，广聚杰俊，不仅为造福乡梓，更有一种放眼未来之气度。尤其于晚辈后生，他是如此关切爱护，殷殷相期，每每让人感佩无已。记得过去每次与他见面，他都倾心介绍富阳的文学创作，像孙银标、赵和松等人的作品就是他推荐到我所在的出版社出版的。另如作家李杭育、王旭烽、麦家这几位都出自富阳这块宝地，他们也都得到过增福先生的热心帮助。

在我相识的师尊乃至朋辈之间，增福先生是一种少见的文化人。他没有正规学历（好像只读过小学），更不曾有过专业学术经历。按过去说法，他是一名跟文化沾边的行政干部，出身于乡村基层，做过县文化广电局长、政协秘书长和文联主席。早先，这种身份的干部各县（市）都有，但是能够像他这样在行政岗位上勤勉自学，进而登堂入室成为某些方面专家的委实不多。增福先生不只是主管一地文化，更是浸淫其中，衍溢滂流。多年来他于郁达夫研究用功甚勤，早已是这方面卓有成就的学者，同时他还是乡邑文化专家。因东吴孙权与富阳之关系，他又悉心专研三国历史与《三国演义》。可见，增福先生的文化研究并不固守于学科藩篱，而是以富阳为轴心，辐聚林林总总的学问门径，其中自然包括所谓民间"小传统"文化。迄今为止，增福先生已出版著作和编纂乡邑文献三十余种，晚近汇编之《富春文集》是他多年问学求道的总结。早年我本人曾有幸担任增福先生两本书的责任编辑，即《郁达夫及其家族女性》和《众说郁达夫》，当初切磋之际颇受教益。

当然，增福先生毕竟不同于一般院校书斋学者，潜心学殖之时，又投身许多社会事业和公共文化活动。他广泛结交海内外文坛名流，更与乡间文士及许多普通人畅洽无间。他没有所谓官员的架子和文人的孤傲。从这部书信集中亦可看出，他不但有着开放的思路，也是一位谨守传统规范的淳和长者。在某种意义上说，这是一位现代型的文化乡绅。所谓传统文化之传承，以吾人之愚见，不仅是专业文史学者的使命，也有赖于增福先生这样耽于文化抱负的乡绅乡贤。

我是增福先生晚辈，先生嘱我为序，实不敢当，却难以推诿，姑书之以志长者厚谊。

|72| 卡夫卡短篇小说《判决》是一个比较烧脑的作品。最后父亲说："……你听着，我现在判你去投河淹死！"于是格奥尔格就像被驱出房间，冲下楼梯，跃出大门，穿过马路，跑到河边，如饿鬼扑食似的抓住桥上栏杆，出其不意做了个单杠上的大回转，一下甩到栏杆外边。两手渐渐抓不住了，终于落到了水里。这一连串动作在阅读中形成一帧帧印象深刻的画面，极其荒诞又极其真实。还是父与子的冲突？格奥尔格那个彼得堡的朋友又是怎么回事？老A说，彼得堡那头咱们另说，反正你想自己玩是不行的，那父亲其实是一个象征，意味什么？那是人民群众，不是朝

阳群众武林大妈，是那个时代奥匈帝国的广大民众……

|73| 以前常翻阅赵翼《廿二史札记》，在书店里见到他的诗集《瓯北集》，买回去作消闲读物。赵氏作诗比较直白，好像朋友圈里发微信，多是一些小确幸小感觉。"晴冲尘沙雨冲潦，经年两走长安道"，这是送别的调调；"中年渐爱逢场戏，此地聊堪对酒歌"，这是同仁雅集的酬唱；"风情临老尚儿嬉，买得婵娟鬓已丝"，这是为朋友纳妾表白的羡慕嫉妒恨。居家无事，偶有所得，亦辄然赋诗："日用而不知，凡事轻心掉。闲中试静观，无一非奇妙……"真是无一不可入诗。不过，其诗作中却有大家耳熟能详的佳句，一曰"国家不幸诗家幸，赋到沧桑句便工"，一曰"江山代有才人出，各领风骚数百年"，国家/江山，沧桑/百年，气格亦颇宏大。

|74| 我到现在还不习惯用手机和 iPad 阅读，在电脑上也不行，就是说不能像读纸质书那样读电子书。在电子屏幕上可以看文章，可以编稿，可以上网查资料，还可以写作——我自九十年代初就用电脑了，这二三十年来发表的文字都是在键盘上敲出来的。可是，为何就不能像看纸质书那样在屏幕上享受阅读的快感，这是自己不解的问题。或许只是习惯问题。但习惯并不是先验的存在，纸面写作阶段未尝体验电脑之方便，一旦用了很快就习惯。在电子设备上敲下一个字符，即有自己思路介入，字符和词语汩

汩涌出，随即连成了句子。可是读电子书感觉完全是另一回事，因为纯然处于接受状态，屏幕前的文字总有一种异样的感觉，好像是什么东西往你脑子里写入。写入又擦去，恍惚是镜像闪灵。

|75| 很久以前读过毛春翔那本《古书版本常谈》，后来就稍稍留意版本目录方面的书籍。这跟我的工作和专业兴趣都毫无关系，算是不成嗜好的嗜好，就像喜欢看二战电影和间谍小说一样。九十年代初有次去北京，葛兆光兄在六里桥新居邀朋友相聚，我在他书架上看到《郡斋读书志校证》，在那儿翻阅半天，老葛说你喜欢就拿去吧，马上就塞进自己包里。这方面的书籍陆续买了不少，如《说苑校证》《新序详注》，如余嘉锡《目录学发微》、来新夏《古典目录学》《清代目录提要》、孙钦善《中国古文献学史》、李致忠《古书版本学概论》、严佐之《古籍版本学概论》，等等。还有各种书目，还有中华书局影印的一套"清人书目题跋丛刊"差不多也收齐了。但不曾往目录学下功夫，了解一些版本常识而已。当然，古人的题跋和书目提要之类还是蛮有看头。叶德辉的《书林清话》是另一种体裁，我也喜欢。原先我手里那本是中华书局据五十年代排印本影印，后来托陈子善兄在华师大图书馆复印了观古堂郋园全书的版本，两相对照发现原先的排印本有缺漏也有不少错讹，就想自己另做一个标校本。正好受托浙人社组编一套"近人书话"，就趁便将《书林清话》纳入其中。原以为这种标点很容易，不料做起来却头大无比，因为先要查证那些陌生的书

名,否则不知该从哪儿断句。大半年业余时间几乎都耗费在这上边,那是一九九六年。翌年作为《叶德辉书话》出版,总算还了自己一桩心愿。二〇〇八年,贺圣遂兄拿去在复旦社重出,书名改回《书林清话》。老贺利用复旦资源让编辑配了不少古籍书影,版面做得挺精雅。回想几十年来,只是在各类书目版本的文字中把玩古书,于想象中感受那种惊艳与惬意,自己亦哑然失笑。有时眼前仿佛真的就像黄宗羲造访祁彪佳书室所见——"硃红小榻数十张,顿放书籍,每本皆有牙签,风过铿然。"也不能说记忆中没有那种惊鸿一瞥的印象。一九八三年夏天,我刚进出版社不久,

左起:尚刚、张鸣、葛兆光、李庆西、冯统一、陈平原,1995年初夏于杭州九溪林海亭

时任总编刘耀林前辈带我去天一阁，他跟那儿很熟，人家让我们直接进了书库。此生也就那么一回。

| 76 |　那时三联还在朝内大街166号的阁楼上，在那儿邂逅统一兄，带我去旁边小街吃爆肚和炒饼。此兄风雅，啜着红星二锅头，畅叙旧时京城酒垆风调，又从月盛斋说到索额图府上的厨子。敝社当时请他编选一部唐宋词集，每次见面都催他赶工。他说这爆肚大不如从前，下回咱们去什刹海烤肉季。听说他对纳兰性德素有研究，以后还想请他编纳兰词集，他说几年前就做过编校本，是广东人民社出的。回杭后即收到赠寄的《饮水词》。以前读词只喜豪放一路，他教我从温韦一路往下读，教我如何品味辛词妩媚之处，渐而学会欣赏各家凄婉郁结的调子。慷慨与悲凉，如斜阳烟柳，各自心境而已。许多年以后，统一兄与赵秀亭先生联手做了《饮水词笺校》，由中华书局出版。那书封面和内文版式都很不错，拿到手里很是喜欢。不但有笺注和说明，还做了辑评，可使读者充分了解纳兰词作的缘起、背景、修辞与用典，以及前人评析，等等。统一兄做事磨蹭，催他干活催不动，动辄唱"昏睡百年，国人渐已醒"，活儿却是做得细，笺校本光是校订就采用前人十五种本子参校。

| 77 |　有一阵，托克维尔的《旧制度与大革命》突然大热。那书倒是早已看过，一向不敢奢想革命什么的，看过也就拉倒。

书架上还有一本《托克维尔回忆录》，蹭着老托的热点又翻了一遍。其实，这书也是革命叙事，读来却更有味儿。书中主要讲述一八四八年二月革命和六月事变（起义/镇压），都是作者亲身经历的事况，具有即时即景的现场感。说到布朗基光身穿着旧礼服兀然出现在议会讲台上，浑身散发着下水道的霉味儿；造反分子涌入大厅，拉马丁掏出小梳子梳理着汗渍渍的头发……说到阿弗尔广场上，腰跨军刀的贝多将军奉命去镇压起义者，被阻在街头，只能皱着眉头发表安抚民众的演讲。托克维尔不认为这是一场事先策划好的革命，但大革命之后保留的贵族财产所有权已在平等化社会中显得格外碍眼，蹦出一点火星就把房子点着了。他认为"自由被滥用之后，就必然要回到原来的样子"，因为六月起义导致了路易·波拿巴的政变，使法兰西由共和直接走向专制。但马克思认为，根子在于对六月起义的镇压。

|78| 读过唐·德里罗的两部小说，《人体艺术家》和《大都会》，感觉很不一样。虽说都可以归诸后现代寓言一类，但《大都会》不像是出自特别有才华的作家之手，给我带来阅读兴奋的是《人体艺术家》。这部小说有许多将具体细节放大的描述，譬如当视线聚焦于烤面包机的压杆上，就像电影特写镜头，其他东西全都遮于画面之外。这种有意的遮蔽，加之若干情节与对象的不确定性，还有人物语言的仿拟与"重叠互搭"，构成了一种晦涩而诡异的情境。德里罗正是通过这种碎片化的有限叙事，时时拨弄着

读者的思维触觉，带你走入人物内心。渺无人烟的海边，荒凉的百年老屋，主人公的极端体验，一切都是边缘性的。其实，这里只有一个人物，就是人体表演艺术家劳伦。第一章结束，她的丈夫雷回到纽约就自杀了，后来出现了塔特尔先生，然后又不见了。这或许是一种拟像的存在，陪伴着离群索居的艺术家（她沉浸在形体训练的极限体验中），走向自我祛魅。这部七万字的作品带给我的不止是惊愕，还有无端的想象和个人体验的迷思。

|79| 九十年代初最为无聊，拿明史作为消遣，浏览各种野乘笔记，搜得一些有趣的谈资。如杜登春《社事始末》，记述复社信使进京一事，颇似间谍小说的桥段。崇祯十四年，内阁首辅薛国观下台，复社盟主张溥与社中大佬于苏州虎丘密谋，拟推前首辅周延儒复出，派人往北京吏部吴昌时处传递命旨。其时京城暗探密布，各路要人官邸皆被厂卫监控。复社信使乃张溥贴身仆人王某，其大胆有智，背熟主人信札，将信笺按单字剪成碎片，藏于棉衣中带入吴府。见了吴昌时，凭记忆逐字拼出原信，装裱成件。吴某见信，知是张溥亲笔。在未有密码通讯之时，此"蓑衣裱法"实为可靠的加密手段。

|80| 检阅明末诸多野乘，《三垣笔记》是比较可信的一种。撰者李清，仕崇祯、弘光两朝，历官刑、吏、工三科给事中，对体制内情形相当熟悉。书中述及崇祯时为筹措军饷之种种举措，

实见危时计拙，昏招迭出。如"罢诸廪生粮银，以充兵饷"云云，竟是某翰林首议砍去教育经费。廪米毕竟抠不出几个钱，便有倡议各王府捐款助饷，但内阁认为宗藩已自守不暇，亦无油水可榨。于是，朝议暂借民间房租一年，这下搞得京中怨声沸腾。崇祯本人也有一招，就是出售内库人参，那是万历时储存的一批辽参，结果卖了"数万金"。可区区几万银两只是杯水车薪，与几百万的缺口相去甚远。这时候有人出了个大主意，即所谓"纳银卖钞"，说通俗点就是印钞票，以印发纸币套兑老百姓手里的银子。此议原出桐城诸生蒋臣奏言，当时倪元璐新任户部尚书，视蒋某"用世之才"，召入本部负责监制钱钞，此事《明史·食货志》《国榷》《明季北略》诸书均有记述。但《倪文正公年谱》将拟行钞法之事完全归咎于崇祯，自是袒护遮掩之笔。《年谱》撰者为倪元璐大公子倪会鼎，记事多着眼于其父狷介气质和凛然大义，拆烂污的事情就尽量遮掩过去。

|81| 见《中华读书报》丁帆谈枕边书一文，说得真率有趣，想来一定引起许多人共鸣，读书人好像大多有卧读习惯。可是，我却不喜欢躺在床上看书，尽管也有过漫长的卧读经历。从初中住校开始，继而上山下乡，再到上大学，集体宿舍住了小二十年，在那种群居条件下，看书只能蜷缩在自己铺位上。当自己有了一间简陋的书房，我就不再卧读卧游了，我总觉着躺着看书不舒服。各人的感觉和习惯真是不一样。这会儿正襟危坐，对着书卷，自

己也觉得这样子有些古怪，弄得像关老爷读春秋。若是读孔孟老庄，或是卢梭韦伯什么的，还像回事儿，只是现在很少读那些正经书。文敏问我在看什么书。昨儿收到的《十七史商榷》是你要的版本吗？我说尤奈斯博那几本不如拉森写得好。她把书翻过来，见是拉森的《玩火的女孩》。

| 82 | 《H档案》或许不是卡达莱最重要的作品，但重要的是，这位阿尔巴尼亚作家在追寻民族诗性的同时，借助史诗的双语双生现象表达了传统与现实的双重困厄。这是一个突发奇想的文化"寻根"事件，两个在纽约的爱尔兰人仅凭从收音机访谈节目中获得的信息，远赴重洋来阿国北部山区搜寻生成荷马史诗的诗歌素材。故事背景是一九三三年，当时是索古一世统治着这个国家。两位来访者并不知道，他们入境后即被作为间谍实行全天候监控，外来者和封闭社会之间的喜剧式互动自然是这部小说的主题之一。但正如许志强教授给中译本撰写的序言中所指出的，更重要的是，铺开寻找《荷马史诗》的主题叙事中又导入了巴尔干半岛的民族矛盾，文化的双生性及历史纠缠则是另一个主题。作者处理这些互相嵌合的主题时显得游刃有余，叙事手法亦相当灵活。书中没有设置阅读障碍，可读性很好，可供思考的问题也不少。惟觉不足的是结尾太快，多少给人虎头蛇尾之感。

| 83 | 小时候我家附近没有书店。六十年代初，新村门口的

供销社（兼售农资物品的日杂商店）设了一个新华书店专柜，通常摆放十几样图书，有《毛泽东著作选读》（乙种本）和刘少奇《论共产党员的修养》。从未在那儿买过成人读物，只是留意着新来了哪种三国小人书。后来看过的《红岩》《红日》《红旗谱》那些长篇小说，先前都在那个玻璃柜里见过。念初中后住在学校，每周回家总见一个老头在柜台旁，坐着小矮凳看书，是住在一幢的G伯。那时候很少有人愿意掏钱买书，G伯也从来不买，只想不花钱蹭书。那些书既然卖不掉，营业员就允准他在柜台前看，我估计他每天都来，看到商店打烊，还帮着人家上门板。那年暑假，每天都见他在看梁斌的《播火记》，就是《红旗谱》的续集。有一天在沙滩上捞黄蚬，看见G伯拎着水桶来了。问他怎么不去看《播火记》，他说书让上边收走了，也不知道怎么回事。后来听说那书是给什么"错误路线"树碑立传，那时候还没搞文革。"路线"问题从来都很敏感，吃瓜群众永远雾里看花。后来我也看过这书，说的是土匪参加革命的故事。

|84| 汉末三国人物中，吕布是一个比较奇特的存在。老来重读三国，这个人物让我思忖良久。李傕郭汜杀入长安时，吕布率数百骑出武关，在中原纠集一方人马，先后辗转南阳、濮阳、定陶、徐州等地，流窜于沂沭汴泗之间。汉末诸镇各领州郡，他却没有自己的地盘。唯独刘备，起初跟吕布约略相似。但刘备有汉室血统，有关羽张飞为爪牙，有诸葛亮辅佐，更懂得生存之道，

所以刘备后来自成大业。吕布始终是独狼，终而被曹操剿灭。纵然汉末刀兵起四方，要说争天下，还是士族豪强的游戏。吏佐出身的吕布即便纵横一时，也成不了气候。这一点很不公平，但历史不讲公平，只是听人讲史难免意气难平。所以，后人眼里偏就有了武将排名第一的吕布（史书上只是称关羽张飞"万人敌"）。尤其戏曲舞台上的吕布，又跟文字传述的吕布大不一样。十年前在《书城》写过一篇《白门楼记》，说到一个有趣的现象，就是传统戏曲中的吕布形象大多倾向正面化表达，跟《三国志》《三国演义》的相去甚远。从京剧《凤仪亭》《战濮阳》《辕门射戟》《白门楼》这些剧目来看，舞台上的吕布是一个英姿勃发武艺高强的角色，而且其角色行为符合受众心理期待，所以一般采用观众所喜的翎子生扮相。吕布的舞台形象早在元杂剧里边就有了，元剧现存剧本中有《虎牢关三战吕布》（郑光祖）、《张翼德单战吕布》（无名氏）、《张翼德三出小沛》（无名氏）三种。元剧多以"尊刘"为主旨，剧中尽显刘关张之英豪，吕布自是陪衬，但并未作丑化处理。三英战吕布，亦是吕布战三英，张飞单战吕布的关目后来就不见说起。郑光祖以"画戟金冠战马骍，征袍铠甲带狮蛮"为吕布造型，实是讨人喜欢。小说人物造型尚须读者去作视觉想象，舞台上的装束直接展示其英雄风采。

| 85 | 梦见多年不见的Z公子，邀我去他家里坐坐。沿河边小路，走过石桥，眼前是"依依墟里烟"的景象。这地方似乎来

过，印象却模糊。问这是什么地方，说是他家原来的地方，五十年前你经常来的。但房子是回迁的商品房，抹去了所有的记忆。客厅里整套的仿红木家具，装饰着挂落和槅扇，就像翻开一部没有年代的历史小说。他跟我讨论AI，讨论自动驾驶，讨论信息监控……中学时期Z公子连勾股定理都整不明白，如今是科技潮范儿。不过，他并不看好人工智能，他说机器的解码功能总是有限，因为人类从未读懂自己。有一句话说得很哲学：解码的工具不能代替工具的解码。听着耳熟，原来是套用马克思的一句名言。聊了半天，茶没让我喝一口，也不留我吃饭。出来一看，周围是簇新的街道和楼宇，对面是乐堤港购物中心……我这就醒了。梦里情境很怪，进去是榆柳深巷，出来是喧闹的市廛，好像是一个反聊斋叙事。

|86| 《朝霞》快到结尾处有这样一节："果品杂货仓库现在是一派狼藉工地，被隔断的敞廊堆满弧形瓦片，高墙阴影覆盖那片小小菜地，曾经的栏杆与平台都用石灰水涂过，房柱，竖窗，阁楼，厨柜，穹顶，长椅，楼梯，门洞，空空荡荡的神龛被浮尘遮掩，想象中的彩色玻璃，想象中的管风琴和想象中的十字架，一只苍蝇停在灰绿色的走廊墙上，走近看，隐隐约约可以辨认出一句用法语写下的潦草字迹：我将在尘世找到我的天堂。"教徒们总是那么执着或是过于乐观。在所谓"艰辛探索"的荒唐年代，另一类信众更愿意浪漫地将地狱想象成天堂。前面提到，尘世的白蚁随着乱七八糟的果品杂货进入被用作仓库的教堂，从石灰岩

的缝隙钻入地板渗入墙壁和肋拱，侵蚀了整个建筑的骨骼和肌体，从灭蚁工程开始这里就成了一派狼藉的工地。老 A 说，白蚁，那是个重要的隐喻。是么？我说下回见到吴亮问问他。老 A 应该去做大学教授。海明威说，老人就是老人，孩子就是孩子，鱼就是鱼。不知吴亮会怎么说。白蚁就是白蚁，阿诺就是阿诺？

|87| 一九八二年，黄仁宇《万历十五年》由中华书局出版，即获得普遍好评，至一九八六年重印时已有三万五千印数。黄仁宇兴致勃勃写了一篇《〈万历十五年〉和我的大历史观》，附于重印本卷末。我手里的初印本让老 B 拿去一直未还，再买就是这个重印本。当时这篇"大历史观"的文章我反复读了几遍，对他所说的"从技术上的角度看历史"未及深思，他将技术、法律与道德相对应，将中国历史停滞状态归咎于道德观念的窒碍，好像也没有什么问题。黄仁宇后来又写了《中国大历史》《资本主义与二十一世纪》等书，全面发挥他的"大历史观"，一再强调"数目字管理"。不过，他以西方工业革命以后的情形衡估古代中国管理之窳陋，未免不得要领。这番基于韦伯和布罗代尔的推衍，实非治史之义，却也是用心良苦，说白了是要指点中国的改革者如何从技术上补上资本主义这一课。这位历史学家还是过于天真。其实，以现代技术手段，实行"数目字管理"朝夕可成。果然不几年工夫，效率崇拜就成了一个本土神话，各种考核指标、量化手段乃至排名榜之类纷至沓来，时至今日大数据早已将每个人都拴

在区块链上了。可见搞"数目字管理"并没有遭遇"道德"阻碍，这跟道德没关系，何况道德已无从前那种力量。如今想来，黄先生讨论明史所用"道德"的概念，似乎尚可斟酌，不如说儒家意识形态更为贴切。

| 88 | 瘟疫期间，在家自我隔离，无聊中重读博尔赫斯，集其小说中的语句作《牧羊犬死在人行道上》一首：

那是一个像黎明一样荒凉的下午，
茫茫平原上的空气潮湿寒冷。

我没有听到脚步声，一个离我很近的声音对我说："我来了！"

过分的指望自然会带来过分的沮丧。
在那几乎无休无止的清醒中，他气得老泪纵横。

时间永远分岔，通向无数的将来。
诗人一出王宫就自杀了；国王成了乞丐……

他们之间的仇恨是怎么形成的，原因何在？
岁月不能改变我们的本质，如果我们有本质的话。

城市在我们心目中的形象总是有点时代错移，
物件比人的寿命长。也许我自己就是我寻找的目标。

我们把三分之一的生命用于睡眠，却对它缺乏了解。
人的夙怨沉睡在他们的兵刃之中，窥伺时机。

"假如我们继续做梦呢？"他急切地问道。
"这一切像是梦，"我说，"而我从不梦想。"

我曾是荷马；不久之后，我将像尤利西斯一样——
谁也不是。不久之后，我将是众生，因为我将死去。

|89| 当年，知青中间流传的手抄本有《少女的心》《梅花党》《一只绣花鞋》等。这类读物"非法"性质明显，万一被查获罪名不轻，都是以隐秘的方式流传。回想起来，我那时经眼的只有绣花鞋一种，歪歪扭扭的字，写在黑皮软面抄上。文字很粗劣，一点也不好看，现在想不起是个什么故事。当然，也有略微像样的，如《第二次握手》，在农场时听人说过，没见过抄本，粉碎"四人帮"后此书得以正式出版。这些手抄本都是原创作品，当时以匿名方式秘密流布。其实，还有另一种手抄本，就是某些稀见书籍的誊录件，多半是带有色情描写的故事。因是书荒年代，三言二拍的单篇作品亦以抄本形式传来传去，如《赫大卿遗恨鸳

鸯绦》，秀才与尼姑淫乱就是卖点，我看的那个抄本胡乱将标题改了，后来才知道是《醒世恒言》的一篇。老B吹嘘说，他看过《肉蒲团》手抄本，唾沫横飞地一连说了三个"结棍"。

|90| 什么是"淫秽读物"，似乎不太好界定。一百年前，乔伊斯的《尤利西斯》在美国因某些团体诉以"淫秽"，被列为禁书。后来兰登书屋老板贝内特·瑟夫为这本书打了一场官司，直至一九三四年才开禁。一九八六年，湖南出了劳伦斯《查泰莱夫人的情人》，出版社被停业整顿，书也下架处理，不过后来九十年代初又解禁。老B嘴里相当"结棍"的《肉蒲团》，国内一直未出单行本，浙江古籍社出版的《李渔全集》收有这一种，据闻另有个别出版单位做了仿古线装本。我曾入手一套《李渔全集》，尚未打开就被哪位朋友拿走了，不知道其中的《肉蒲团》是否有删节。八十年代中，人文社和齐鲁书社出版了不同本子的《金瓶梅》，虽有不小的删节，亦相当紧俏。九十年代以后，市面上能见到的《金瓶梅》版本已是五花八门，自然都是洁本。不洁的足本，其实人文社早就出过，只是有其特定发行对象，"淫秽"与否的界限似亦因人而定。

|91| 想起了茨威格。《昨日的世界》追忆昔日的光彩，说到底是一个令人心酸的历程，相比之下他那些小说都无足轻重。茨威格有着敏感而隐忍的双重性格，他从早年起就养成一种临时观

念，即便有钱也不置办像样的家具，那是不想将自己拴死在维也纳。人生到此，我也很想学着老茨那样四处漫游和漂泊。倘能将人生收拾到拉杆箱里，一定会找到许多新的故事。舟车逆旅不妨是一个想象的世界。诗和远方，管它生命终点在哪里。白沙瓦或是贝鲁特街头，满街拉稀似的呻吟。我在嗡嗡作响的引擎声中睡去。听见呜呜咽咽的口琴声，听见一个声音咿咿呀呀地唱道：灯儿又不明，梦儿又不成。窗儿外淅零零的风儿透疏棂，忒楞楞的纸条儿鸣。枕头儿上孤另，被窝儿里寂静。你便是铁石人，铁石人也动情。

|92| 窗前是满树雪白的玉兰花，室内都能闻到淡淡的花香。白色花朵映衬着阳光或阴霾，衬着周围一片嫩绿，显得如此刺目，几乎不像是真的。《尤利西斯》完全是这种图像过度锐化的效果，乔伊斯让布鲁姆睡去，扯开莫莉冗长的独白。风雨摧花的夜晚，你悲伤地想着那些坎坷的往事，你后悔当初没有听从老A的建议。为什么要让布鲁姆满城瞎逛呢？你想象着明日门前会是另一种水墨淋漓的画面。雨后，门口台阶上积满飘落的花瓣，然后被进进出出的脚步碾碎。庞德诗里说"湿漉漉的黑树枝上点点花瓣"，其实湿漉漉的黑树枝上已是光秃秃的了，台阶上湿滑的花瓣让你脚下打了趔趄……

|93| 古人所谓"诗教"传统，源自对《诗经》的诠释或是

创造性误读，从王官采诗到孔子删诗，再到汉儒宋儒注诗，这个持续的正典化过程，使之成为"用之邦国，以化天下"的德育课本。所谓"兴观群怨"，自是中国文论支撑话语，而用以教化的核心内容则是"温柔敦厚""后妃之德"之类。不料老A又来找茬，质问为什么只有"诗教"，没有"古文教"，也没有"小说教"？好像是我不让他乱出章程。你看古文运动搞得轰轰烈烈，还整出个唐宋八大家，怎么就没有"古文教"之说？我的理解是，"诗教"是将文艺的情感表达转化为儒家伦理条律，自然包括了韩愈他们"志乎古道"的主旋律回归。老杜说"再使风俗淳"，听上去也是这个意思（别说杜诗本身就不够温柔敦厚）。至于小说，那里边离经叛道血腥暴力乃至涉嫌淫秽的东西太多，都很难被选入中小学课本，怎能以此设教？

| 94 | 读史的趣味，有时在于窥识史家心事。譬如，建安二十六年是一个不存在的年号，却被明确载入一份历史文献，见于《三国志·蜀志·先主传》。刘备登基之日，祭告天地曰："惟建安二十六年四月丙午，皇帝（刘）备敢用玄牡，昭告皇天上帝后土神祇……"玄牡是作为祭物的黑色公牛，《三国演义》第一回写桃园结义就用到此物，俗称乌牛。刘关张结契是文学虚构，按小说家想象蜀汉江山来自这种歃血叙事。问题是，汉献帝的建安年号至二十五年（220）已然终结。是岁正月，曹操薨，曹丕即魏王。三月，曹丕改元延康。十月，献帝禅位，曹丕做了皇帝，魏

国年号为黄初元年。故万斯同《三国大事年表》将此定为三国之开端。第二年蜀汉建国，刘备升坛祭天之日，自然不能以曹魏年号为标识，也不用曹氏改元的延康，便衍用献帝建安年号，于是这个不存在的二十六年就成了刘备"祚于汉家"的时间节点。这一年是蜀汉章武元年（221）。让刘备以"建安二十六年"这个空白年份宣告登基，未必不是陈寿撰史的曲笔。汉家世系既已终结，却让蜀汉贴附于那个逝去的王朝，与其认为是完善从"匡扶"到"承祧"的表达，毋宁说故意打上虚无的印记，暗示"祚汉"之虚妄。再查曹丕和孙权的登基文告，均未署年号及月日。其时开国之君升坛祭天之际不用纪年应是正例，如《后汉书·光武帝纪》所载刘秀登基之日"燔燎告天"的祝文，亦未署纪年。

| 95 | 两年前读过约翰·威廉斯的《屠夫十字镇》，有一种重温青春的感动和失落。大学生安德鲁森得到一笔遗产后，便辍学来闯荡西部，那是一八七三年。在科罗拉多的屠夫十字镇，一处野牛皮贸易集散地，他凑起一个四人组，往荒原深处去猎杀野牛。他们在野外度过了整整一个冬天，可谓历尽艰险，归途中还有一个同伴丧生。总算弄到了四千张野牛皮，这是一个惊人的收获。可是当他们回到镇上，一切都变了，没人收购野牛皮了，皮货商早已跑路，货栈里皮张堆积如山……批评家可藉此讨论资本主义经济的脆弱性——这当儿美国正好陷入持续三年的经济萧条，作者选择这个时间背景自是让人有话可说。然而，这个徒劳的故

事也是表现勇气和坚韧的过程，小说似乎要证实人生的某种虚妄，其中又有一种结结实实的东西。它让我想起海明威的《老人与海》，完全不同的人物和故事，却有着相似的主题思维。如果没有海明威的故事，威廉斯此著也许称得上伟大，现在倒被人视为一种类型小说。明明"崔颢题诗在上头"，作者还是写了这番失败的折腾，也许是偏要以这番"徒劳"证实自己的勇气。

|96| 黄裳先生谈书谈戏谈明史的文章读过不少，但有一篇记人的散文读后记忆尤深。文章题目叫《老板》，是写一个旧纸铺的主人。自抗战前一年到上海，黄先生就在那个铺子里淘旧书，跟老板混成了忘年交。老板夫妇原是南汇农民，在徐家汇做上门收购旧书旧报纸的生意。从一部罗振玉做的徐枋年谱开始，他在这个铺子里找到了不少有价值的旧书，如汲古阁的残本，自谓是购买明版书的开始，还淘得郁达夫的手稿之类。老板与文化人交往日久，逐渐懂得哪些书刊更有价值（黄先生说是听了他的"宣传"），收售业务蒸蒸日上。便又另外租了仓库，将珍贵的书籍藏在那边，开始经营木版线装书。文章说到，老板忽然风雅起来了，刻了一枚白文图章"不读书人"，不读书人在朝读书人这边靠拢。可终究还是不太懂书，让三马路的书估坑了一回……黄先生这篇散文约五千字篇幅，不但有淘书的乐趣，老板这个人物也挺有意思。此文收入黄先生《榆下杂说》那个集子。

|97| 前年，三联书店重新出版吴方的《世纪风铃》，担任责编的吴彬女史发来微信，问是否可用我以前给吴方《斜阳系缆》那书写的序作为此书代序。我当然很愿意用自己的文字纪念这位亡友。《世纪风铃》梳理清末至民国一些文化人物的言语、行状，记录了社会转型时期人文伦理的变化脉络，是一部很受读者欢迎的人物志。三联这回重出更名为《回响的世纪风铃》，实际上是原书的增订版，将作者同类文章一并收入，传述的人物有谭嗣同、林纾、严复、章太炎、梁启超、蔡元培、张元济、杜亚泉、王国维、胡适、吴宓、林语堂、弘一大师、刘半农、周作人、赵元任、顾颉刚、朱自清、俞平伯、丰子恺、梁实秋、沈从文、曹聚仁、梅兰芳、张大千、梁思成、林徽因等三十余人。过去读吴方这些文章，每每感触良多。不仅由衷地喜欢他的文字，亦喜欢他的行文语调和叙事态度，从他淡然的语态中可以读出一种苦涩和悲凉，那里边有着诚朴而深邃的文化反省意识。

|98| 整理抽屉，发现一个标识"小说选目"的牛皮纸信袋，里边有用各种信笺和稿纸抄录的作品名录。我想起来了，那是当初着手编纂的小说选本的初步选目。一九九三年，有家书店找我编选一本新时期以来的小说集，书名定为《小说九十九种》（显然是仿照伯吉斯的取名），当然所选作品都是中短篇，拟编为三卷。我自己没有那么大的阅读量，再说以我个人名义编这样的书也缺少影响力，于是找了吴方、黄子平、程德培、蒋原伦、蔡翔、吴

亮、季红真、南帆一起来编这本书，连我在内一共九个人，每人选十一篇，总数就是九十九篇。考虑到选目会有重复，各人初选不限于十一篇。从我手里的这些资料看，他们八位评论家都寄来了选目。去掉其中重复的篇目，初步选目相加已有一百十余篇，涉及作家五十余人。这里边没找到我自己提出的选目，是没来得及做，还是塞到别处，竟想不起来了。但事情就到此为止，书店方面旋而取消了这个出版计划，大家白忙乎一阵。翻检这些选目，有作品被选入的五十余位作家中，绝大多数是一九四九年以后出生的，亦即从阿城、张承志到余华、苏童等六〇后，众多前辈作家只有三位进入初选名单，是汪曾祺、林斤澜、王蒙。是不是有些偏了？但说不上是褊狭，没有公平不公平的问题，这不是评奖或撰写文学史，这种选本只是体现编选者的喜好或曰审美趣味。当然，这里可以看出文学的代际问题。操选者年龄最大是吴方（一九四八年生），最小的是南帆（一九五七年生），跟进入初选名单的作家大致在相近年龄段上。这似乎也印证了黄子平一再提示的"同代人的批评"现象。

| 99 | 前人日记应该是一个重要的阅读门类，但回想起来，我读过的并不多，大概只有鲁迅、郁达夫、胡适、杨树达、郑孝胥、袁寒云、周佛海、顾颉刚、吴宓、浦江清、王元化等十余种，而且其中多半还只读了一部分。这些日记面目各异，盖因作者身份大不相同。胡适日记是什么都写，从人事关系到治学心得，还

有运作政府事务之类。杨树达日记谈论学术问题较多，有些地方根本看不懂。周佛海日记几乎是官场掠影，所记多是每日例会、批阅文件或是会晤什么政要或工商人士，做了汉奸还有如何应付日本人。他好像连饭局都不大有，唯一的娱乐就是看电影。某日飞到南京，得知汪精卫患脊骨瘤，与陈公博、梅思平聚谈六七小时，见局面百孔千疮，感觉无一良策，"终夜彷徨，不知所措"。说到叹苦，作家文人日记里不能没有，如郁达夫常为钱和女人发愁，其忧己忧国，赤子心迹惝恍而出。但鲁迅日记几乎不表露心迹，是纯粹记事的"流水账"写法。其早年壬子（1912）、甲寅（1914）日记中偶尔也有率性之笔，如夜半被邻家闽语骚扰，称之"狺狺如犬相啮"，又如针对临时政府撤销美育课，大骂"此种豚犬"。但此后这类恶语就完全没有了，人情往来之中绝不臧否人物。鲁迅并非谦谦君子，后来更是给人一种"爱骂人"的印象，但他骂人都是公开骂，写文章在报纸上骂，不在日记里动怒。袁公子的日记差不多也是这种自我遮蔽的笔墨，除了场面上的应酬，还有就是记录新入手的珍稀钱币和邮票。《寒云日记》存世仅丙寅、丁卯（1926、1927）两册，以原稿影印，其书法隽丽，拿在手里颇有赏心悦目之感。

| 100 | 迪伦马特小说往往有些硬做的意味，犹如过去杭州人常说"硬吃螺丝"——这种工人阶级切口不大好解释，不妨从字面上去领会——螺纹对不上，却硬将螺栓拧进去。譬如《抛锚》

中的模拟法庭游戏，将那位纺织品代理商判为"杀人犯"，只是游戏的结局，谁知那人人戏太深，最后还真的上吊自杀了。当然，他对自己勾引上司妻子一事供认不讳，正是那件事情导致上司猝死。推销商说起这些糗事未免有几分得意，却也触发了内心的道德谴责，当然这一切都出于某种假定的逻辑关系。逻辑推衍没有问题，但这种叙事并不自然。这人的自杀让人想起卡夫卡的《判决》，那儿子的投河亦相当突兀。"硬吃螺丝"产生一种强烈的心理冲击力，偏生用那些不谐调的情节推进故事，刻意营造某种特殊审美效果。在以《抛锚》为书名的这个短篇集子里，还有一篇《坠亡》亦被人推崇。译者后记中对这篇作品做了扼要介绍："小说描写了国家最高统治者A妄想达到独揽大权、解散议会和政治局的目的，挑唆派别之间互相斗争，结果反而被他的政治局委员会清除出局。小说明显带有前苏联的痕迹……"其实，这篇前半部分读起来比较乏味，只是A的结局绝对出人意料。这种毫不掩饰的现代宫斗戏直接撩开铁幕黑幕，书写概念的癫狂史。

| 101 | 钱锺书的《谈艺录》《管锥编》皆由平日读书笔记和卡片积累而成，皇皇大著，跬步千里，许多学人都有这种良好习惯。葛兆光的读书笔记几乎就是一则则完整的短文，读《且借纸遁》很能体会那种沉潜书中的思想者心情。九十年代初，曾编辑王元化先生的《清园夜读》，那个集子不少文章也是读书笔记的展开与发挥。寻绎王先生梳理材料的理路，略微学到一些门径，也

意识到读书做笔记的重要。其实，早年大学课堂上老师就说过，读书做笔记能让你受用终生。可是我一直没养成做笔记的习惯，固然由于疏懒和随性，也是缺乏即时楔入对象的能力，因为一时抓不住重点逮不着人家的思路。所以，我在《闲书闲话》弁语中交代，自己那些类似书话的短书评都是"事后补写的读书笔记"。当然，事后补写，也能梳理和归拢记忆中的思想碎片。现在写这个"个人阅读史"，也是在记忆中搜搜刮刮，大半辈子的阅读仅有这一鳞半爪的心得，说遗憾后悔都没用，阅读毕竟给我带来莫大的享受。

得过且过，读书快乐！

记于二〇二〇年四月十五日至六月一日
原刊《扬子江文学评论》二〇二〇年第五期/第六期

在场 / 不在场

|1| 许多人是在电影《极盗者》中第一次见识翼装飞行是怎么回事。也许,许多人在梦中都有过那种俯瞰大地的飞行。我想起那个叫月月的男孩,人家早就玩过这套把式,当然是简陋版的。月月的"翼装"是用一件旧雨衣覆在细竹扎成的骨架上的,像一具硕大的风筝。我们在珊瑚沙水坝玩跳水。月月来了,将那个飞行装置缚在背上,爬上水闸控制室屋顶,从那十几米的高处朝河面纵身一跃。真的是飞出去了,伸展着双臂像飞机翅膀似的摇晃几下,飞出有二三十米。然后,那玩意儿就陡然折转,猛地扎进水里去了……

|2| 一九六二年,电影《花样年华》的小资闷骚年代,寂寞的陈太太和周先生,演绎着寂寞中的华丽。爵士风格的主题音乐,灯光暗淡的街巷,旗袍和女主摇曳的身姿,或许是一种无以言述的表达(马克思怎么说来着,他们无法表述自己)。几年之后,一

切都不存在了。男主在吴哥窟的石缝里埋下自己的心语，一切都结束了。频繁出镜的房东孙太太和船运公司老板何先生竟不在故事中，就像路人甲和路人乙，但也未必没有他们自己的故事。

|3| 二〇一二年初秋在美国自驾旅游，沿40号公路一路向东，九月二十七日（周四）抵达孟菲斯。在停车场向一位黑人管理员打听去Beale St.怎么走，被告知在六个街区之外，说是步行恐怕不行。但我们想逛逛街景，还是走着去，其实用不了二十分钟就走到了。Beale St.是富于传奇色彩的歌手摇篮，猫王一代音乐人的发祥地，不到一百米长的街面上充斥震耳欲聋的爵士摇滚。我们在街边一家名叫KARAOKE的爵士餐厅解决了午餐，那家的猪肉蔬菜沙拉很赞。餐后回停车场取车，去马丁·路德·金博士遇难的Mulberry街洛林汽车旅馆，如今这儿是国家民权运动博物馆，保留着原汽车旅馆的老房子。午后的树影下，栅栏隔着一片静谧。门外有一块刻字石碑，文敏说刻的是旧约圣经的一段话，约瑟的哥哥们说"不可下手害他，因为他是我们的兄弟"。这地方人迹寥寥，除了我俩，还有七八个白人，没见一个黑人兄弟。

|4| 尚刚从苏联回来时带回一些黑胶唱片，大部分是古典音乐，也有几张流行歌曲。那时候我常去北京，在尚宅小院里喝着啤酒，吃着他亲自做的焦炭似的俄罗斯烤肉，把那些唱片听得耳熟。听来听去，最喜欢流行歌手普加乔娃的一张专辑。那沙哑的

歌喉近乎男性嗓音，听上去是愤怒，是痛苦，叹息之后是凄楚的抒情，抒情中也还带着诅天咒地的意思。丁香树下的叹息和赞美，自是带有某种想象，燕京啤酒不够劲儿还有二锅头。尚刚给我翻录到磁带上，回去听了好长时间，最后那盒带子只剩下沙哑和机器摩擦带子的嚣声。

与尚刚，2003年夏在承德避暑山庄

|5| 勒·克莱齐奥获得诺奖那年冬天，巴黎高装的伊夫·夏赫内教授正好来杭，跟我们又聚了一次。餐桌上自然聊起克莱齐

奥，伊夫说自己高中时期就读他的小说。我还以为他会更喜欢萨冈，他听了朝我笑笑。我说你大学里肯定会迷上萨特，他又笑了。那是当然！他说，一九六八年五月风暴时，正是他大学毕业那年，街垒战中萨特正巧跟他在一个战斗小组。当时中国媒体将五月风暴称作法国红卫兵运动，现在国内有学者认为是中产阶级孩子们的无聊游戏。雷蒙·阿隆的回忆录提起这件事，归咎于法国教育制度，认为学生造反是对制度的愤愤不平，富家子弟将自己一肚子怨气变作意识形态，而茫然无措的寒门子弟也跟着家境优裕的同学一起高喊："打倒消费社会！"我问伊夫，五月风暴对你的人生有多大影响？这种提问很傻，他却一本正经地告诉我：那场风潮过后巴黎房价大跌，他刚毕业就买下了先贤祠附近的公寓，他说这套房子他现在也买不起。

|6| 老A从未去过横店，但那儿的每条街道都烂熟于心，国产影视里见过无数遍了。不管说的是上海、天津还是哈尔滨，那些剧组都喜欢在横店拍摄外景，江南的民居和街面就胡乱塞进北方城市里。反正观众要求不高，有什么样的观众就有什么样的导演，这话说得没错。我说老A别抱怨了，现在的影视置景还不算最糟糕的，更离谱的应该说是服装。大概导演总想藉服饰表现人物个性，弄得格外夸张和怪异，许多都是大花格子。那些不三不四的衣着根本就不合角色身份。譬如，不管是流氓还是土匪，都要系一条围巾，甚至剧中是大热天，光着膀子抡大刀，汗

渍渍的脖颈上也裹那么一条破布，这毛病也真是没法说。老A竟怼我一句：你不看看广场舞大妈都怎么穿，这时节是扫地裤配雪地靴！

|7| 伊斯梅尔·卡达莱，这位现居巴黎的阿尔巴尼亚小说家，近年已成为诺奖有力的竞争者。其作品中译本已出版十余种，基本上都是带隐喻性的神话或历史叙事。舒莎·古比在访谈中专门提到，他在一九七〇年写了一部六百页的长篇小说《漫长的冬天》，却是描述该国当时的现实状况——"那部小说似乎是反对修正主义的，好像是在替霍查辩护。"卡达莱在霍查时期曾是议员，像是官方的宠儿——"你为什么要写这本书？你本来可以继续写那些隐秘的寓言故事。"卡达莱告诉她，那种受宠也是受监控。因为霍查自认为是作家、诗人，是作家们的"朋友"。他说："在这种情况下，我有三个选择：与信仰知行合一，这就意味着死亡；完全沉默，那是另一种死亡；或者，以颂辞迎奉上意。我选择了第三种，写了《漫长的冬天》。阿尔巴尼亚和中国结成了联盟，但两国之间摩擦不断，导致后来的决裂。我觉得自己就像堂吉诃德一样，用这样一本书鼓励霍查加速与我们的盟友决裂！"这有点"无间道"的意思，抑或某种"高级黑"？我上网查了一下，遗憾的是，《漫长的冬天》这书还没有中译本。

|8| 小时候，上树掏鸟下河摸鱼是家常便饭。粘知了，捉

蚂蚱，捉天牛和金龟子，还抓过蝙蝠。"什么人玩什么鸟，武大郎玩野猫子。"老妈就拿这话来挖苦，因为都是月月带我们玩。月月脑袋上有癞疮，说话大舌头，读到二年级就辍学了。大人们说他"十三点"（谓脑子不正常），可我们一放学就去找他玩。那时候没有迪士尼，没有电子游戏，也没有孩子学钢琴什么的。月月带我们到江边沙滩捉毛蟹，泅水到对岸去偷甜瓜，遇到顺流而下的运砂船，爬上去坐到南星桥再游上岸，然后光脚踩着发烫又硌脚的碎石路面，十几里路走回来。一路上都是月月故作沉思的告白："昨夜的月亮又大又圆，钱塘江在歌唱，吃一块孟大茂香糕，心都要碎了……"一辆辆坦克轰隆隆驶过，被履带碾压的320国道就像犁过的田垄。那是大饥荒和阶级斗争岁月，荒蛮的童年自有诗和远方。

|9| 离开农场四十多年了，一直没有回去过。每个人心头总有一处锁闭的房间。荒凉的青春，像是一台废弃的拖拉机，履带销子散落一地。从十八岁到二十七岁，岁岁枯荣的野草都一个样，整整九年时光都撂在那块土地上。老于头说：就是走了，你们那颗长了草的心，也得埋在这儿烂在这儿！想起那些年那些破事，逃离亦未能疏离。其实，心头的辘轳不在那块土地上，而是那段时间之河。记忆的大江大河湮没在黑土地的边缘。我在雪地里爬了好长一段路，终于看见那间土坯房的灯光……

| 10 | 现在许多学者苛责《水浒传》的野蛮叙事，他们看到的都是打打杀杀，有些场面还格外血腥。武松杀潘金莲："斡开胸脯，取出心肝五脏，供养在灵前。"杨雄杀潘巧云："一刀从心窝里直割到小肚子上，取出心肝五脏，挂在松树上。"确实残忍无比，现在许多读者看到这样的场景定然感到不适。然而，文学的存在并不是都要让你感到舒适。你可以认为那些描述是糟粕，但生活本身就有大量糟粕，不会有那么多"岁月静好"。那些血腥和龌龊的细节里边自然有其历史风俗（包括陋习和恶习），古人的行为方式不可能都符合今人的观念。譬如，鲁迅说过中国人过去爱看杀头，如今不好这一口了，难道那些事情就不该说起？历史虚无主义，文学真空主义，跟白左的政治正确如出一辙。他们要标榜自己的道德崇高，我没有意见，但不能要求梁山泊人物行为都合乎现代文明法则。

| 11 | 一九四五年初，"二战"进入最后阶段。丹麦地下抵抗运动领导人向英国皇家空军提出请求，希望派飞机轰炸盖世太保在哥本哈根的总部斯赫尔大厦。此前英国空军已摧毁纳粹在丹麦的另一处重要设施。但英国方面起先没有答应，因为大厦里关押着这个国家的一些重要人士。地下组织要求轰炸这座建筑的理由是，存放在楼里的盖世太保档案关系到一大批丹麦抵抗战士的安危。是否应该以被囚禁的若干重要人士作为空袭代价，这不是一道简单的算术题。然而，不久他们又再次要求英国空军实施轰

炸，明确告知英国人不必顾忌被关押的丹麦人。英方终于答应了。三月十九日，出动四十多架飞机，其中有十九架蚊式轰炸机，对斯赫尔大厦发起三次攻击。空袭成功地摧毁了这座建筑物，盖世太保档案瞬息化为灰烬，使记录在案的数百名抵抗战士免遭毒手。幸运的是，被囚禁的三十二名重要人士大多趁乱逃出去了，只有六人在轰炸中丧生。但也出现意外的不幸，一架蚊式轰炸机投弹后坠落在附近的贞德学校，造成八十三个孩子、二十名修女和三名消防队员死亡的悲剧。这是美国作家约翰·托兰在《最后一百天》书里讲述的一个真实故事。

| 12 | 吴兆骞因丁酉科场案流戍宁古塔二十余载，清代前期诗人中他算是命运坎坷的一位。宁古塔旧城在今黑龙江海林市，康熙时迁往宁安建新城，两处相隔不远，吴兆骞都待过。当年在北大荒做知青时，先后去过这两个地方，从前都是相对富饶的农业县。因着某种关系，认识了宁安县委一位科长，便问起吴兆骞，不知当地是否留有什么故居或遗迹之类。他说：我们知道这个人，只是具体情况目前还没掌握。之前去过依兰县（就在我所在农场的江对岸），那里有金代五国城遗址，当地人领我去看北宋徽钦二宗"坐井观天"的地方，那就是路边一个形状不规则的大土坑，好像顶多就三米深，洞穴里丝毫不见古意。显然，皇帝总有人惦记着，诗人沦落天涯竟无人顾及。其实也不能这么说，被流放的吴兆骞比我等知青境遇好得太多，吃穿不愁还不用下田劳作。在

宁古塔，他的朋友圈都是当地上层人士。翻翻他那部《秋笳集》，不但有不少置酒欢饮的诗篇，还有跟副都统大人和许多达官贵人的酬唱之作。吴兆骞凭吊金上京荒城，有诗曰："完颜昔日开基处，零落荒城对碧流。赭马久迷征战地，黄龙曾作帝王州。荒碑台殿边阴暮，残碣河山海气秋。寂寞霸图谁更问，哀笳处处起人愁。"王朝兴替，诗人悲怀，被褫夺功名的才子将这类情感模式玩得很溜。

| 13 |　一九六九年，保罗·奥斯特大学毕业前夕，哥伦比亚大学校园里反越战运动闹得如火如荼。他在回忆录（*Hand to Mouth*，中译本作《穷途，墨路》）里专门写了这一段，其中提到一个叫作"地下气象员"的激进组织，住在他宿舍隔壁的一个同学就是其中的成员，那人还是他的发小。身边的哥们都投身革命了，作为学运同路人的保罗·奥斯特自己倒没有陷得太深，但FBI公布的十大通缉犯他交往过的有七个。"地下气象员"后来又发展为恐怖组织，完全转入地下活动。有一部名为《近墨者黑》的美国电影（这好像不是原名，电影译名一向瞎搞），说的就是从大学生反越战运动中分化出来的这些"地下气象员"，其实他们跟政治渐行渐远，干起了抢银行杀人越货的勾当。不过，这部影片贯穿了一种历史和解精神，试图通过洗刷一桩错案去宽恕当年误入歧途的年轻人（现在都老了）。我很奇怪，怎么会有"气象员"之称，上网查了一下，原来是出自鲍勃·迪伦《地下乡愁布

鲁斯》那首歌曲，歌里唱道："强尼在地下室里摆弄药丸，我在人行道上琢磨着政府……小心便衣条子，不需要气象员告诉你风向是什么！"

|14| 读罗曼·罗兰《莫斯科日记》，发觉一个人的艺术情操可以超越信仰和意识形态。这位左翼文化领袖一九三六年应邀访问苏联，在莫斯科的两个月，处处受到热情款待。在斯大林的饭局上，除了鱼子酱、虾烧鲟鱼肉和伏特加，还能与政治局大佬们共享主人那些"农民式的"幽默而粗鲁的段子。那期间，他看了不少苏联电影，多半印象不佳。七月二日，看了《战舰波将金号》和根据高尔基同名小说改编的《母亲》，他在日记里写道："在这两部作品中（就像在《夏伯阳》中一样），都掺入了残忍，换句话说，掺入了仇恨，而这在任何情况下都表现为血腥的和令人不安的场面。"七月八日观看《大雷雨》，这部根据奥斯特洛夫斯基同名戏剧改编的影片同样不对他胃口，因为完全摒弃了经典作品的蕴藉。日记里是这样说的："在《大雷雨》中，复现了旧俄罗斯的令人窒息的气氛。我以为，这种影片同样是为宣传服务的，能消除对过去的一切惋惜。"七月十五日看了电影《彼得堡之夜》，又写道："……极好的镜头设计和壮观的景色，难以置信的浪漫的不合情理的故事，无疑适合这里的口味。"将残忍和仇恨作为美学元素，融入血色浪漫和宏大壮丽的画面，让向往公平和正义的罗曼·罗兰感到不安了。那时候的白左还是因循人文主义的思想

轨迹。

|15| 听来一个故事：知青阿寅想从农场办回上海，农场领导说你要是给场里搞一台铣床来，组织上一定把你办回去。组织上不会乱开空头支票，他知道有过这样的先例，马上联系在上海的阿辰，那是他早年的青梅竹马。因着独女身份，阿辰留城就业，在机电二局管仓库。看着仓库里那些簇新的机床，却不能拿一台去换回阿寅，她真是望洋兴叹好生难受。一个偶然的机会让她结识了局里的申大姐。阿申带她去见识各种场面，局里大小头目逐一混个脸熟。她开始进入角色，实施机床换人计划。班子里老亥组织民兵到崇明岛演习，阿申帮阿辰搞了个名额，一起去岛上玩几天。老亥是钻石王老五，对阿辰早有几分心思，这中间自是阿申做了红娘……后边的事情不说你也能想到，几经周折，终将阿辰弄到手。阿辰开出的条件是，帮她黑龙江亲戚搞一台机床。这事情不难，老亥手里本来就有计划外调拨指标。可就在这时候，国家恢复高考制度，阿寅考上了大学。折腾到了竟是无用功，但阿辰算是尽到心意了。可是她自己的故事才刚刚开始，老亥因是造反上来的，两年后被清查，踢出了领导班子。当初是夫荣妻贵，现在是落架的凤凰不如鸡。此后阿辰的日子每况愈下，老亥天天在家酗酒骂山门，这时候已经知道她跟阿寅有过那么一段，将自己的厄运都归咎于这"晦气女人"。阿申说起阿辰的事情就叹气，都是因为那黑龙江男人才弄成这副局面。阿辰自己倒没有抱怨阿

寅，打落牙齿往肚里咽，女人就有这种至死不悔的性格。我把这故事说给史铁生听，他淡淡地问了一句：那个阿寅后来就没出现？我听到的故事就到此为止，我说，如果写成小说，后边扔掉了阿寅好像不大合理。铁生说，阿寅大学毕业，或许体面地回到了上海，你想让他来救风尘，是不是太没有想象力了？这当然很老套，他说得对，这故事不大好结尾。

与史铁生，八十年代末在上海城隍庙湖心亭茶楼

| 16 | 世间有两种最基本的几何形状，就是方和圆（包括矩形和椭圆）。圆形物件与人体本身关系甚密，因为人的躯干、肢体

和五官都趋向圆形。所以，日常生活中器皿大多是圆的，从锅碗瓢盆到坛坛罐罐，从照明的灯具到汽车轮子……当然，事情不能一概从人体工程学去解释，因为宇宙的法则似乎本身就因循圆的轨迹，譬如草木虫鱼，地球与天体，譬如想象的时间刻度，等等。

如果说，圆形反映一种自然性，那么方形则是人性社会性的基本面。屋宇、庭院、房间、门窗和家具，集合着无数直角，当然还有城市街区和田亩（不能不想到古代的井田制），还有纸张、书本和影像，还有显示影像的各种屏幕……自然界很少有方形物体和景观，但人的生活却完全被组织在那些矩形框架内。几何学对三角形关注甚多，但三角形实取矩形或变形的矩形之半，亦是作为"方"的解释。方形意味着秩序和条理，不啻是对"圆"的约束。然而，方枘圆凿，恰好印证了一种悲观的宿命。

|17| 巴黎蒙帕纳斯公墓，波德莱尔墓前，我抽完一支烟。想起他在一八四八年的街头战斗。可是他在诗里写道："一八四八年之所以有趣，只因为大家都在空想/一八四八年只因为极度可笑才显得迷人/罗伯斯庇尔只因说了几句漂亮话才值得尊重/大革命通过牺牲进一步肯定了迷信。"（《赤裸的心》二十一）一八四八年的欧洲，在他看来，充满复仇和破坏的"天然"乐趣，有着"文学的狂喜"。诗人将这一年作为现代迷信的肇始，是基于"人民的疯狂和资产阶级的疯狂"。

|18| 读过库切近年的两个短篇小说,《女人渐老》和《老妇人与猫》(收入人文社出版的《他和他的人》),都是老年题材。一九四〇年出生的库切现在八十岁了,老龄问题也是他难以回避的痛点。这两个短篇是同一个主人公,就是那个叫作伊丽莎白·科斯黛洛的女作家,此人也是库切另一部小说《八堂课》的女主。有人认为,库切是拿这个女作家作为自己的替身(或者说部分替身),借助她的声音将自己对工具理性的批判引向较为极端的方向。其实,库切要表达的并非生老病死的一般性状况,而是前浪后浪的精神沟壑,伊丽莎白与子女的代际问题突出地摆到了读者面前。这铁娘子似的老妇人不能接受与子女同在一个屋檐下的生活安排,结果跑到西班牙卡斯蒂利亚高原,以志愿者身份去从事某种社会实践。在条件艰苦的山村里,她安之若素地过着箪食瓢饮的简单生活,闲暇时思考着灵魂与自我的问题。作为六十年代投身街头革命的一代人,她脑子里永远摆脱不了公平与正义之类的话题,即便这些概念本身早已抽离了社会内涵,即便革命早已离她远去。从两代人的对话中不难看出,纯粹工具理性育成的下一代,海伦和约翰,被描述成毫无志趣的庸常之辈。除了揭示两代人之间的精神分歧,库切更以伊丽莎白的身份代入了深刻的自省:扮演拯救者角色的知识分子的症结,依然是对话语权力的极度迷恋。小说用许多生动细节表现伊丽莎白那些偏执的言辞与行为,展示着堂吉诃德式的庄严与滑稽。

| 19 | 那天拍了许多照片,聊到各种话题,从养老问题到人事八卦,再到身边的种种怪现状。我们先是在老钱房间里参观,欣赏他的摄影作品。后来他把我们带到健身房阳台上。老钱说这儿清静,坐下来却是烈日灼心的长谈。走的时候,老钱送我们出来,得后先生跟他边走边聊,不知两位前辈说着什么。我用手机

王得后(右)与钱理群,2018年5月

摄下那个难忘的镜头。那是二〇一八年五月十八日，我们一行七人，得后赵园夫妇，子平玫珊夫妇，齐晓鸽女士，还有我和文敏，去北京郊区南邵镇康泰之家拜访钱理群先生和他夫人崔可忻老师。

|20| 以前读《史记》刺客、游侠二传，不太明白这类人物为什么要分述两处。都是替人办事的杀手，何以一谓刺客，一谓游侠？老B笑话我读书未细——你得看看各自对付是什么主儿，曹沫劫齐桓公，专诸刺吴王僚，豫让诛赵襄子，聂政杀韩相累侠，荆轲刺秦王，那可都是正国级副国级的大人物；而朱家、剧孟、郭解诸辈，不过是砍了几个闾巷盂贼，只是趋人之急，替人纾困而已，那层次就不一样。此兄说话俗而透，二者分际就在层次上。刺客是主人的门客，招纳他们的主人本身亦是权力格局中的大人物，行刺是试图改变政局的手段。至于游侠，太史公有"不轨于正义"之说，认为他们不苟合当世。此谓"正义"，跟现在所说"社会正义"不是一个意思，只是与王业有关。太史公表彰刺客，在于他们忠于职事；称道侠者，则是推崇一种贤德之风。

|21| 看谍战剧往往有一种乖谬的接受暗示。譬如，一旦我方情报交通员落入敌人手中，观众不能不担心他经受不住严刑拷打而出卖自己同志，能够严守口风自然好，不然宁愿他马上挂掉。编剧和导演为了解决这个叙事伦理问题，往往会让不屈的被俘者设法自行了断——看到这里，观众都会松一口气，这下潜伏在敌

伪特工总部的主人公至少暂时安全了。然而，这种英勇就义的行为，并不能掩盖我们心理的阴暗。随着剧情推进，我们时时在为战斗在敌人心脏的主人公提心吊胆，我们希望扫除一切对他不利的障碍，其上下线出现意外就该及时掐断线索，以免潜伏者被暴露。剧情牵动着我们的审美情感，迫不及待地需要灭口，为了潜伏者不被暴露，却一再暴露我们心中的黑暗之地。

|22| 一九一八年，巴赫金与若干热衷哲学和艺术的知识分子相聚于小城涅韦耳，他们的读书会被称作"涅韦耳小组"。其中有一个女钢琴家叫玛丽亚·薇妮阿米若夫娜·尤金娜，是巴赫金忠诚的朋友，据说她经常为行动不便的巴赫金一连弹奏数小时。后来他们各自离开了涅韦耳，一九二四年以后又在彼得堡相遇。根据巴赫金传记，尤金娜以沙龙女主人的身份主持各种讲演和朗诵会，她位于涅瓦河右岸的公寓成为知识界私下聚会的重要场所。她还集资救助落难的知识分子，动用自己所有的关系从监狱里捞人。尤金娜的勇气成了一种传奇，据说斯大林从电台里听到她弹奏的莫扎特《第二十三钢琴协奏曲》，亲自打电话来要唱片。斯大林很喜欢她的演奏，为此送给她一大笔钱。尤金娜却将那些钱捐给了教堂，给斯大林的感谢信中说："我将为你日夜祈祷，恳求主宽恕您的罪行。"朋友们都以为这下她难逃一劫，可不知为什么官方毫无动静。谁也猜不透斯大林是怎么想的。斯大林死的时候，人们发现她的莫扎特唱片还搁在孔策沃别墅的唱机转盘上。

|23| 九十年代初是出版业的艰难时刻，至少在我从业二十二年间那是最困难的一段。许多出版社都扔掉传统优势项目，从事多种经营。我所在的出版社，当时主要的创利品种竟是女装图册和一些低俗玩意儿。业内人士对那个时期有"逼良为娼"之说，实是话糙理不糙。大势如此，我和育海兄只能收束文学理论方面的出版计划。理论书籍确实不赚钱，但我们又不甘完全扔弃那点情怀，于是转向现代文学作品的整理与出版，就是鲁迅、郁达夫、徐志摩、萧红、老舍、张爱玲等各体作品的全编。那套书后来成为社里创利的支柱产品，起先根本不被看好。发行科长说：你们尝试几种就行了，不能由着自己性子玩下去。那几年出什么书都要听发行科的，好在他们对我还算宽容，还允许我出了钱理群和汪晖的著作。但是，当时社里的美编都在忙于服装图册，没人给我们设计封面，我只得自己动手。我这种业余设计远逊于范用先生的"叶雨"水平，粗头乱服出场，不耽误出书而已。从那时开始我对平面设计产生不小的兴趣，还给外边的出版社和杂志做封面。蒋原伦兄主编《今日先锋》时，我给他做过版面设计。这种兴趣一直延续到本世纪初，现在那些"作品"大多找不到了，只剩下寥寥可数的几种。

|24| 西宁到敦煌有两条路线：我们去的时候走北线，过大坂山，走连霍高速，途中经过张掖和嘉峪关；返回时走南线，经阿克塞上柳格高速，途经当金山、大柴旦、德令哈，从青海湖南

侧绕回。南北两路距离差不多，去时九百多公里，回来只是多走一百公里。但南线经过大片的戈壁荒漠，还有延绵不断的雅丹地貌（风蚀的山崖），景观比较奇特。离开敦煌后，汽车一连行驶几小时看不到田野和村落，过了阿克塞几乎都是没有植被的无人区，但山边竟时而出现高架输电线，你想不到这种地方还有手机信号。司机小石不是第一次跑这条线，对这一带路况很熟。到大柴旦，停车吃饭，在四川人开的饭馆吃干煸牦牛肉。午后上路，换文敏开车，到德令哈之前路况较好，路边出现零星的草地。德令哈海拔三千九百米，是一个只有七万居民的小城，竟修筑了十几公里宽阔气派的迎宾大道。我想起海子的诗句："姐姐，今夜我在德令哈……"这是唯一因诗人而闻名的城市，虽说并非缘于诗情而存在，却赋予诗和远方的想象。"这是唯一的，最后的，抒情／这是唯一的，最后的，草原。"是夜，为了最后的抒情，我在德令哈看星星。第二天上路，午后依然文敏开车。从倒淌河到湟源尽是下坡，有一段十几公里的陡坡还是连续弯道，落差竟达五六百米，网上被称为国内十大魔鬼路段之一。小石在后座呼呼大睡，女司机毫无惧色勇往直前……

| 25 | 去五台山、平遥已是十年前。李锐兄提醒说，千万别错过台外那两座寺庙。我们在太原租了一辆商旅车，司机不愿走那条路，我们坚持要去看南禅寺和佛光寺。那两座唐代寺庙果然不同凡响，且至今人迹罕至。台内各处人山人海，有一座寺院在

给某高官做法事，香烟缭绕，铙钹齐鸣，唵嘛呢叭咪吽咒得脑袋发晕。至于平遥，并不像想象的那么美，满城整齐划一的青砖瓦房很快让人产生视觉疲劳。我们入住城墙边一家民宿，院子里有一条叫旺财的草狗，见人撒欢，彻夜狂吠。

|26| 三国武将排名是一个饶有兴味的话题，通常民间的说法是，"一吕二赵三典韦，四关五马六张飞……"（也有将马超与赵云互换，七八位以后自是众说纷纭）。这是根据《三国演义》描述的对阵实绩推算，吕布排在第一，自是基于独战刘关张一役。而更有甚者，濮阳城外一对六，吕布被典韦、许褚、夏侯惇、夏侯渊、李典、乐进六员大将团团围攻，也竟毫发无损全身而退。除此，尚有为数不多的几次与高手单挑，如面对夏侯惇、纪灵之辈，吕布都占尽优势。小说中三英战吕布的故事源于《三国志平话》，元代郑光祖据此作杂剧《虎牢关三战吕布》。是役吕布大败，但三对一，毕竟胜之不武，倒过来说也是吕布战三英。元杂剧还有无名氏《张翼德单战吕布》，说是三英战吕布之后，张飞又一人一骑独战出战，也胜了吕布。其实，按《三国志》记载，当时超一等的武将只是关张二人，《蜀志·关张马黄赵传》评曰："关羽、张飞皆称万人之敌，为世虎臣。"陈寿只说吕布有"虓虎之勇"，未称其"盖世"之名，记得赵翼《廿二史札记》有专条申述此义。小说将吕布描述为天下第一，恰恰是看轻个人武功，任其如何豪横，终竟白门楼被斩首。后来关羽张飞也都是阴沟里丧生。《三国

演义》有意凸显兵法和谋略,那是另一种"万人敌",如太史公所谓:"剑一人敌,不足学,学万人敌。"(《项羽本纪》)

|27| 早年统一兄教我一个饮茶妙法,就是将六安瓜片和西湖龙井混合冲泡。好像是先取一撮瓜片在玻璃杯里,沏半杯水,少顷再取一撮明前龙井,将杯中沏满。瓜片沉于杯底,叶片横卧;龙井悬浮其上,芽叶直竖。这样子煞是好看,其谓"横看成岭侧成峰"也。此法我称之"鸡尾茶",曾写入小说《不二法门》。统一兄风雅豪横,饮茶亦讲究赏心悦目,我一向俗于口腹,不作形而上之想。再说享受不起上好茗品,平日所用只是谷雨前采摘的普通龙井(或称浙江龙井)。近年有时调换一下口味,也喝铁观音和普洱生茶。我喜欢铁观音的回甘,普洱生茶的苦涩,只是所用品级不高,茶叶真正的清洌和糯香只能不去想它了(舌尖上的极品之赏只是一种遥远的记忆)。不过,想到统一兄的"鸡尾茶",我亦有心一试。如将铁观音与普洱生茶混合冲泡,模样虽不佳,味道却兼得二者之长,比铁观音的味道更浑脱,又不似普洱生茶那么一味生涩。有时家中找不出铁观音了,我用普通绿茶配伍普洱生茶,亦有相得益彰之效。统一兄是统辖色香味的理想主义,我只是味觉改良派。

|28| 到农场第一年,刚入秋,我被临时抽调到打鱼队,在松花江上干了两个月。打鱼队领头的是一个叫作"刘哆嗦"的老

职工，其实"哆嗦"是"嘚瑟"之讹读。后来我才明白"嘚瑟"为何意。我们的作业方式是用钢缆将一具大网（俗称"张网"）架设在深水区，那网口有五十米宽，差不多可拦截三分之一江流，架设这张网费了好几天工夫。此后每天划船到江上收网就行，上午下午各一次。松花江鱼类洄游规律是所谓"七上八下"，阴历八月后鱼群只从上游往下走，这就是用张网兜捕的道理。我打鱼那年，松花江鱼类资源已趋近枯竭，每次拽上来不过几十斤，最少时只有三五斤。刘哆嗦和做饭的老孙每年这时都在江上打鱼，说起十年前的光景，他俩感慨不迭——搁在从前，过一小时就要起一次网，时间稍长渔网就被撑破了。他们曾有一网捕捞上万斤的纪录。今非昔比，不胜唏嘘。这条江里的鱼类主要是胖头（鳙鱼）、鲶鱼、江鲫、鲤子、鳌花（鳜鱼）和其他杂鱼，鳌花很少见，但松花江鳌花很有名。整一个捕鱼季，我们只逮着四条鳌花。奇怪的是，有一天居然捕到一条七八斤重的大马哈鱼（鲑鱼的一种）。那种鱼是乌苏里江特产，我们这儿极为罕见。鱼在网里挣扎过猛，起水后已奄奄一息，老孙破开鱼肚，取出一堆通红晶亮的鱼籽拿去腌了。你说鱼怎么做？老孙问刘哆嗦。平时做鱼都是刮了鳞一锅煮（秋天鱼不进食，连鱼肠鱼鳃都不用去掉），最后加入土豆白菜。老孙的意思是这大马哈鱼也扔锅里煮，不啻暴殄天物。刘哆嗦踮着脚，在帐篷里转了几圈，最后说这鱼咱们不能吃。他跑到旁边东兴屯往场部打电话。从场部到江边只有七公里，不一会儿，场部机要员小董骑着带斗的三轮摩托车过来，将鱼裹在塑料布里带走了。后来那些日子很清闲，每天不是听两个老头唠嗑，就是自己看书写诗。老孙跟老刘叨叨起来没完，你不嘚瑟能死吗？老刘说，你少说两句行不行？我不去嘚瑟一下，上头咋就知道这江里还有马哈鱼？可他嘚瑟也没用，从那以后，场里就不再派人来江边打鱼了。

|29| 萨沃伊别墅、朗香教堂、弗吕日住宅区和马赛公寓，柯布西耶作为建筑大师的名声，是与这些建筑物联系在一起的。他的作品建成项目并不多，还基本上都是中小型建筑。他上手的大型项目，多是从未实现的纸上方案。一九二七年参加国联总部大厦设计竞标，他的方案一度被认为最具竞争力，最后还是铩羽而归。柯布怒不可遏，在给母亲的信中大骂捣鬼的学院派同盟。一九三七年，他和让纳雷提出十万人体育场方案（"国民欢庆中心"），官方不予理睬，直至晚年他还为此给文化部长马尔罗写信。跟部长套瓷也没用，战后法国曾设立重建与城市规划部，第二任部长克劳迪斯自称是柯布的粉丝，有项目却从来不找柯布。其前任多迪倒是将马赛公寓的项目给了柯布，那是他六十五岁前唯一拿到的国家委托项目。"道不行，乘桴浮于海"，他不得不将目光投向海外，去印度、苏联、中亚乃至南美找项目。可是，他一九五七年给伊拉克设计的巴格达综合体育中心，直至去世十七年后才得以建成。柯布生前虽已跻身大牌，许多事情还是不顺。有意思的是，他给他父亲设计的墓地，他老妈还不满意，不得不

在信中向母亲解释:"请不要为它那不符合您的习惯思维的前所未见的外形而感到惊讶……"

|30| 易顺鼎好作艳诗,袁克文《辛丙秘苑》称之"当代柳三变"。谓其赠诗天津妓女李三姑,并刊于报纸,有曰"臀比西方美人臀"云云。其时袁世凯称帝,本拟授肃政史,有"嫉之者"举报,袁世凯见此猥亵之句,不得不顾忌舆论:"是人如此放荡轻薄,堪为肃政史耶!"令遂作罢。之前,易氏做诗调侃代理参谋总长唐在礼的妻子,已经丢过一次官,可见见到美人仍不能自已。又,刘成禺《洪宪纪事诗本事簿注》记其捧角之事,更为可笑。当日名士捧坤角成风,易顺鼎、罗瘿公、沈宗畸诸辈,终日奔走刘喜奎之门,数易氏最为肉麻。每见刘喜奎登台便大呼曰:"我的娘!我的妈!我老早来伺候您了!"他每天都去刘喜奎拜候,进门必狂呼:"我的亲娘,我又来了!"刘成禺赋诗曰:"骡马街南刘二家,白头诗客戏生涯。入门脱帽狂呼娘,天女嫣然一散花。"

|31| 曼德尔斯塔姆有一首诗,题目是《当你毁掉所有草稿》,诗中说:"当你毁掉所有草稿,／你心中牢牢维系一个句子,／没有其他冗长的笔记,／于内部黑暗中自成一体;／当那个句子独立存在,／眯起眼睛,依靠自身的力量,／这时它与纸的关系／就像穹顶与天空。"(黄灿然译文)需要说明,他自己的写作是没有草稿的,因为他做诗不用纸和笔,是用一连串语音,沉吟或狂诵

而出，只是诗成之后再抄在纸上。他很自负地说："在俄罗斯，只有我一个人用声音工作，而周围全是一些低劣者的乱涂乱抹。"毁掉草稿这首诗作于一九三三年，一年前在一次聚会上，他诵读自己的诗，连续两个半小时，把自己过去两年间的作品按顺序逐一背诵出来，以致举座皆惊。没有手稿和笔记，好像不止是一种值得炫耀的记忆力，其实那种创作方式更契合诗的本质，能最大限度实现创作自由。

|32| 抢银行，劫赌场，盗博物馆，这类题材在警匪片中可单独列为一门。如《十一罗汉》《银行大劫案》《银行匪帮》《局内人》《劫中劫》等。在《偷天陷阱》中，警即匪而匪即警的角色窜换，到头来竟是盗贼更具人格优势。《盗火线》里边罗伯特·德尼罗出演的盗首也极有人情味，而阿尔·帕西诺所扮的警长一角却是个冷冰冰的执法机器，这种反差使得一场猫捉老鼠的游戏变成了颇具内涵的悲剧。许多杀手片亦因循几乎相同的美学思路。在《这个杀手不太冷》中，作为职业杀手的主人公就像是传统作品的正面形象而得到赞美，他被警方追杀之时，观众的同情也完全在他一边。本来，警匪片出现罪犯陷于绝境的场面时，很容易产生德·昆西所谓莎剧《麦克白》中的"敲门声"效应——观众倒是替罪犯捏着一把汗，而不是希望他被人逮个正着。现在这类影片愈甚于此，那种"敲门声"效应不只体现于短暂的片断，更是干脆扩展到全剧。其实，德·昆西并未替罪犯作任何开脱，按他

的看法，观众在"敲门声"响起的那个瞬间很自然地体验到人性中防御性的生存本能，因而将同情迅即移到罪犯一边，这种本能暴露了人性中卑劣的一面。但如今的导演们已不再严格遵循莎剧的原则，因为这个世界上"好人"与"坏人"的界限已经模糊化了——比如，就其社会行为认定的"坏人"，可能在人格上比较完善，品行也大体不坏。那么不妨作想：衡量社会行为的制度和法律条文是否就一定合理呢？这里分明包含着对社会公正的质疑。更重要的是，劫匪的对立面既是强势的社会组织乃至国家机器，很容易就成了罗宾汉叙事。

|33| 有无相生是一个有趣的话题，当你说世上不存在鬼的时候，就已经确立了"鬼"的概念。某个不存在的东西，就这样进入我们的生活，这事情细思极恐。许多事情无论做肯定或是否定的表述，其效果都是各自的反面。一旦言语确立了某个概念，不免就弄成了事实。革命者高唱"从来就没有救世主"，救世主便已呼之欲出。以前单位里那个叫凤娟的事妈，喜欢播弄男女是非，总说谁谁谁跟某人有一腿。老P躺枪，就琢磨着要败坏那事妈的名声。当然，他才不会去捏造什么，开会学习时只是故意扯到这个话题，却很严肃地告诉大家："……你们不要瞎猜，我跟凤娟关系清白，绝对没有那种事情！"这不啻此地无银的申辩。话音甫落，所有的目光都投向那事妈，只见她涨红着脸，突然起身夺门而出。就是这一损招，堵住了事妈那张嘴，剥夺了她喜欢嚼舌男

女之事的嗜好。许多年以后，还有人问老P，你跟凤娟到底有没有那种关系？老P说，没有就是没有！人家露出诡异的笑容：别激动，有也没关系，你慢慢说……

|34| 有件事我在别的文章里写过，这里不妨再说一下。那是九十年代初，杭州三联书店搞活动，请来不少京沪名家。有一天搞签名售书，在门前草坪上摆了几张桌子，拉出了横幅。原定签售的作家是汪曾祺、王蒙、吴亮和马原四人，不料王蒙临时有事不能出场，主事者便把我拉去充数。签售的场面不像预想的那么火爆，只是汪老那边队伍排得比较长。我这边门可罗雀，吴亮、马原跟前的读者也不多。书店里汪老的集子有好几种，许多读者手里都捧着一大摞。汪老给人签名不只是写自己姓名三个字，而是把人家名字写在上款，又写上"惠正""指教"等谦语。哪位读者要是跟他聊上两句，他一高兴还在扉页上给人画几笔。给一位女孩画了一盆水仙，给一位男士画了一匹马。我出版社一位女同事也找他签名，她名字中有个"珊"字，汪老画了一座米芾《珊瑚帖》中的珊瑚笔架，旁边又写了好几行字。他就用签字的圆珠笔作画，是传统的线描手法。这样又写又画，节奏自然有些慢，他跟前总是有那么多人，当然多半是女性读者。吴亮怅然不乐，现在的女孩怎么都喜欢老头？马原说，咱们也有老的时候！

|35| 巴黎蓬皮杜中心外边的立柱上，贴着一张A3纸打印

的通缉令，上边是法语和英语两种文字，印着萨科齐的大头照。被通缉的萨科齐先生时任法国总统。这当然是反对派的恶搞。就像街头涂鸦，除了我俩觉得新奇，并没有行人驻足围观。走到巴士底广场，在歌剧院台阶上，看见一个斜卧在台阶上熟睡的流浪汉，旁边还有两条熟睡的大狗，我掏出相机拍了下来。塞纳河两岸有许多流浪汉，一个个都是波西米亚的艺术范儿。从歌剧院的海报上得知，近日正演出雅纳切克《狡猾的小狐狸》，这是昆德拉最为心醉神迷的剧目。文敏说，要不我们今晚来看歌剧？我脑子里突然插入好莱坞电影中屡见的一幕：丈夫陪妻子看歌剧，妻子两眼放光地盯着台上，丈夫在旁呼呼大睡。得赶紧打消她看歌剧的念头，我说今晚找地儿好好吃一顿，明儿去看奥塞……

|36| 怀念4G时代，那时候Wi-Fi不掉线。那时候老A是夜夜笙歌，饭局之后还要拽你去泡吧。那时候美国人还没有跟咱翻脸，那时候不打贸易战。那时候还没有新冠病毒这回事。那时候电影院里挺火爆，什么样的国产烂片都有人看，霍尔果斯注册了几千家影视公司，你想在横店街上补拍几个镜头，人家都腾不出档期。那时候房价是逐月攀升，你房贷还未还完，房价已经涨了一百万。那时候还想把张相的《诗词曲语辞汇释》再复习一遍，竟忙得没有工夫看书。时光转瞬即逝，现在你有大把的时间却没有心情。从窗口凝视外卖小哥消逝的身影，仿佛时间永远定格在当下。

|37| 老B从前玩集邮，后来把那些邮票都卖了。再后来，又觉得不玩个收藏显得太无趣，退休和没退休的哥们都有某种收藏癖，要不怎么说人无癖不可与交也。字画窑器玩不起，就连眼下刚出窑的紫砂壶，一说是国大师制作，那价格也令人咋舌。前些年做股票期货毫无进账，他不敢去想那种纯粹烧钱的乐子。听说早年万寿亭卖调味品的胡三鲜收藏票证，他觉得倒是个不错的路子。集票证跟集邮差不多，其实还更省钱，收罗起来相对容易。他去父母那儿就翻出不少，老妈用作针线笸箩的饼干盒里有全国粮票，还有几张煤饼票，居然还有六十年代的工业券。现在中年以下的都没听说过什么工业券，那是一种用以购买贵重商品的票证（他依稀记得，买一台缝纫机须十张券）。当时还有一种侨汇券，也是用来购买限制性商品，跟改革开放初期发行的外汇券性质相近。但外汇券与人民币等值，而侨汇券本身不是货币。那时候大陆居民凡收到境外寄来的外币，只能按官方指定汇率折算成人民币领取，同时配给相应的侨汇券。这跟其他票证一样，表示某种购买商品的权利。跟其他票证不一样的是，它能够购买的商品是高档货，从绒线、呢料到半导体收音机等。老B以前没见过侨汇券长什么样子，他家没有海外亲戚。自从搜集票证以来，现在倒是什么票证都见识了。粮票除外，各地使用过的专项票证至少有二三十种：肉票、禽蛋票、水产票、豆制品票、老酒票、香烟票、食油票、食糖票、食盐票、糕点票、月饼票、布票、线票、棉花票、肥皂票、鞋票、火柴票、煤油票、卫生巾票、自行车票、

缝纫机票、手表票、大衣柜票……坊间有人专门做收购票证的生意,现在价格越抬越高。一张某地一九七一年的卫生巾票,那贩子居然开价两百块。他一听就摇头。贩子说,老哥,这怎么说也是文物,俺这里每张票证都是一段历史!

|38| 近年读过的最恐怖的小说是土耳其作家卡拉苏的《夜》,是一个寓言性质的故事。在一个虚拟的国度,一个没有名字的城市,名为"太阳运动"的组织宣告"长夜将至",派出一队队"夜工"上街杀戮。作者并没有着意描述杀戮的血腥场面,却营造了一种孤独无援的恐惧感。那是一个彼此监控的社会,"在某种意义上,每一个人都是敌人……我们必须以怀疑和猜测砌筑生活的基础"。小说混合着局内人和局外人的独白,变换不同叙述人的讲述,叙事关系颇为复杂,初看之下让人一头雾水。许志强教授在中译本序言中专门分析了这种混合叙事手法——犹似一面破镜的无数个碎片折射的"我",而在"我"与他者之间,似乎并不存在一条清晰的界线。因为恐惧笼罩着所有的人。在"太阳运动"内部,似乎有一种掌控秩序的理想,现实与话语之间不知哪一头更为真实。你可以为某个抽象的思想而激动不已,对眼前的一切事物却只能安之若素。

|39| 斯皮尔伯格执导的《间谍之桥》,前后两个地铁早班车上的镜头,满车厢的人都在看报纸,这些人都认识每天跟他们

一样通勤的多诺万大律师。这张面孔我们也很熟悉，是汤姆·汉克斯。前一次，多诺万被指派为苏联间谍阿贝尔的辩护律师，他说服了法官，使之未被判处死刑。人们看了报上的新闻，都朝多诺万投来愤怒的一瞥，把他当成了"卖国贼"。后一次，因多诺万的成功斡旋，FBI拿阿贝尔与苏联东德交换了被对方羁押的美国飞行员和大学生，这下所有的目光变成了感佩与敬仰。吃瓜群众永远是爱国者。但影片本身又持有一种超越性立场：在冷战时期，两个对立的大国之间开辟这样的非官方接触渠道，显然是一个明智的选择。

|40| 王鸣盛《十七史商榷》有"弱者胜"一条，其谓："两敌相争弱者胜。越灭吴，韩魏灭智伯，乐毅胜齐，刘灭项，曹灭袁。"又云："袁、曹同起义兵，袁颇信用曹，后乃为仇，与刘、项事亦相类。"这是王氏读《三国志》所作断语，至于两晋以后，这般励志故事还有不少。但是，两敌相争弱者胜，未是常理，否则刘备应该灭了曹操，蜀汉应该掐死魏晋才是。学者立论，往往偏于一端，不若此不能引人注目。如袁、曹官渡之战，未必若诸史所称强弱分明，有关双方兵力记载亦恐有误，拙文《官渡疑云》（收入《三国如何演义》，三联书店2019年版）略有辨析。

|41| 读郁达夫日记，时见去旅馆开房洗澡之事，那是比较奢侈的享受，从前一般市民多是去澡堂。八十年代初我进出版社，

与郁达夫次子郁飞成了同事。武林路上有一家澡堂，老郁去泡澡总把我叫上，泡完了互相搓背。我跟老郁说，你老爸总在旅馆洗澡，你何不也去那种高级地方享受？他说，他老爸的钱是 easy come, easy go（来得快也去得快），你我之辈，来澡堂就是享受了。说的也是，那会儿许多人一两月不洗澡也是常事。我进出版社之前在工厂待过一年，回头想最难忘的是厂里有浴室，二十四小时开放。浴室是一个大统间，四面墙上都是淋浴龙头。热水哗哗地冲在身上，顿时便有一种幸福感，哼哼唧唧就想歌唱。自是有人一展歌喉——"适才听得司令讲，阿庆嫂真是不寻常。我佩服你沉着机灵有胆量……"《沙家浜》智斗一场是浴室"KTV"保留节目，这边歌声甫落，隔壁女浴室便有人接上——"参谋长休要谬夸奖，舍己救人不敢当。开茶馆，盼兴旺，江湖义气第一桩……"

|42| 流行歌曲的确只是流行一时，它跟器乐曲的传播方式不同，巴赫、莫扎特没有过时之说，是啊，现在人们早已忘了二三十年前唱过什么。还记得《涛声依旧》《纤夫的爱》那些歌吗？更早些时候，还有满大街躲不开的《潇洒走一回》……回头一看，真是"天地悠悠过客匆匆潮起又潮落"，真是"岁月不知人间有多少的忧伤"。但现在老 A 老 B 谁都没有"我拿青春赌明天"的勇气了，青春早已逝而不见。岁月的记忆竟在更老的老歌里，广场舞大妈的音响里播放着"公社是棵常青藤，社员呀都是那藤上的瓜"，她们花红柳绿的衣饰，一扭三摆的机械舞步，仿佛重新

回到下乡插队的青葱岁月。歌曲的流行性即时性并没有被改变，只是在时光倒流的错觉中又被强行配置。

|43| 几年前，拙文《千里走单骑之路线图》在《书城》杂志发表后，澎湃网和一些微信公号作过转载，因有报纸记者来邮件访谈。首先问：怎么会想到写这篇文章？老实说是网上的热议引起了我的关注。网友们对于路线图的意见比较集中，百分之九十以上的人认为，关羽此行起点应该是长安，而不是许昌。理由是，从许昌出发经由洛阳到滑州黄河渡口，这个近乎"<"形的路线相当不合理；如果从长安出发，基本上就是一路朝东偏北的一条直线，应该这么走才对。当然他们自有根据，之前《三国志平话》就明确写到关羽是从长安出发去寻找刘备。他们认为，小说将起点改为许昌，只是照应故事的历史背景，但同时袭用了宋元说书人设计的路线而没有作相应的调整，所以弄出这样一个绕远的路线。其实《三国志平话》里并没有"过五关斩六将"的行程，整个"千里走单骑"的故事和行进路线是《三国演义》里才有的。《平话》虽说是"讲史"，其涉及历史故实经常出错，胡士莹先生就说过，"书中人名地名，亦触处皆谬"。至于写曹操迎驾后盘踞长安，就完全与史实相悖。但主要问题是，《平话》所说的"长安"不能坐实为作为历史地名的长安。我认为，说书人只是用了借喻手法，以"长安"作为许昌的代称。这里牵涉到中国文学传统的修辞表达方式。以汉唐帝都闻名的长安，在历代诗文

中一再被人吟咏，实际上往往说的不是长安那座都城，而是用作帝京的符号和代称。我在文章里讲过，诗词和散曲中都有不少这样的例子，比如李白"总为浮云能蔽日，长安不见使人愁"，恰恰是感叹金陵故都的衰落。辛弃疾"西北望长安，可怜无数山"，乃遥望沦陷的汴京。再有，王安石"闻道长安吹战尘，春风回首一沾巾"，句中"长安"则泛指屡遭战乱的历代帝都。最值得注意的是《世说新语》中记述晋明帝"举目见日，不见长安"之语，是以"长安"代指洛阳，这说明符号化的"长安"亦被用于散文体修辞之中。从许昌经洛阳到滑州渡口，确是绕远，但小说家未必知道那是一条远道。

|44| 三国时期，士人和武将多佩剑，曹操剑履上殿更是一种身份。不过，《三国演义》描述上阵使剑的并不多，刘备使双股剑，好像是一个特例。另外，赵子龙在长坂坡夺了削铁如泥的青釭剑，用它砍了不少人。剑作为一种短兵器，主要用于刺，但剑身毕竟细狭，大概是侧面用力并不称手，后来改用单面开刃的刀。未考这类短兵器衍变过程，只见《水浒传》里已普遍用刀，剑只是公孙胜、樊瑞一类道家人物作法的礼器（公孙胜那柄剑叫"松文古定剑"），并不用作阵前交锋的兵刃。《水浒传》很多人物都用刀，想来刀是那时主要的兵器之一。非但如此，小说里更由两柄宝刀引出若干故事。杨志卖刀一幕，人们耳熟能详，牛二讹刀不成自己成了刀下鬼，实是一种不讲理人的生动写照。之前，高俅

做局将林冲引入白虎节堂,亦是一把宝刀做物件。林冲是讲理之人,遇上高俅这等国家级牛二,连申辩的机会都没有。刀头上舔血的叙事,先是刀上见事。

| 45 | 小时候,看过一部叫《女理发师》的国产电影,王丹凤主演的喜剧片,是宣传家庭妇女投身服务业的主题。其中有一些发噱的笑料,自然留下一些记忆。五六十年代,女性社会就业比率不高,理发这一行更是寥若晨星。在当时的社会语境中,这部影片自有妇女解放的意义,自然不必从女性主义角度去理解。前些年又看过一部法国片《理发师的情人》,也是女理发师的故事。不过,那是男性视角的叙事。十二岁的安东尼在理发时感受到女理发师的性感魅力,产生一种朦胧的绮思,心念总是羁留在理发店。女理发师不幸猝死,少年梦想却并未抛却。成年以后,他果真娶了一个美艳的女理发师。这回爱情演绎为缠绵无休的性爱关系,还有动人心弦的音乐和舞蹈,都不乏情色意味。最后那个夜晚,雨下得很大,女理发师出门去购物,竟投入汹涌的河中。带着男人的爱先走一步,这般决绝之念似乎不大好理解。影片没有太多的哀伤,安东尼依然在等她回来……由这两部影片,想到理发师的性别问题。尽管王丹凤的影片当时影响很大,但八十年代之前女理发师尚不多见。谁料后来有那么十几年,这个岗位竟多为女性占据。发廊妹洗头妹的名称亦渐而带有暧昧的语义。可最近这十多年来情形又逆转,现在却很少见到女理发师了,平日

常去的两家理发店师傅都是男的。我问，你们这一行怎么没有女的？一个回答：现在讲究正规做生意。另一个说：女人嘛……总要嫁人的。男理发师眼里没有安东尼那样的男人。不言而喻，女性在这一行的尴尬处境，大抵还是男人的问题。

|46| 近年网上风行"油腻"一说，乃庸常之辈苟且于世之义，但我不这么理解。世上油污太多，转身就蹭上。说实在，最早看到那些称说"油腻"的言述，我脑子里马上想到是沈公沈昌文。老沈原是三联书店负责人，为出版事业贡献甚巨，业内有口皆碑，这里无须多说。但看上去，老沈确有油腻油滑的一面，我听说过他不少传闻，因为做事情非如此不可，要下厨就顾不得沾上油垢。许多地方，他跟兰登书屋老板贝内特·瑟夫有些相像，尽管各自身后的背景不一样。作为出版界传奇人物，他可不是那种自诩情怀的国产绅士。有一次饭局上，说到出版编辑的甘苦，沈公问我：你做编辑以来写过几次检讨？我想了想，真还没有这档子事情。作为一个普通编辑，我担不了太多责任，不求有功，但求无过。老沈说他写检讨是家常便饭，其"油腻"之处亦在于常拿自己开涮。有一年，在郑州举办的全国书市上，老沈刚出版他的《知道》一书，签名赠我一册。书前有他青少年时的照片，眉清目秀，英姿勃勃，一看就是努力上进的好青年，可如今完全是两副面孔。大半辈子过去，沧桑、历练、油腻和无奈，全都写在脸上了。

与沈公昌文，2008年4月在郑州全国书市

| 47 | 从前粘知了的都是小屁孩，如今孩子们不玩这个。可每天在塘河边散步，也见一些人拿着长竿往柳树枝上直捌。走近一看，都是老头，还是小时候粘知了的这辈人。不过，现在知了不是拿来做玩物，而是作为一种食材，有些餐馆专门收购这玩意儿。油炸知了，倏然成了一道美味，近年本埠报纸已屡见报道。据说杭州以外，金华、丽水等地，吃知了风气更甚。不知是否人口大量迁入带动本地人食性大变，早先杭州人不食此物。早先杭州人不食辣，不食大葱大蒜，现在山东煎饼都打进来了。那天散步遇雨，躲入河边凉亭。见一粘知了老头也在避雨，跟另一老头聊得正欢，振振有词地说道：知了既是野味，又是高蛋白，老底

子的说法是，小暑大暑，食蝉大补。几句话从现代科学忽悠到传统文化。粘知了的老头脖颈上挂一条极粗的金链子，一口老杭州话。不意间说到自己湖滨有房子，翁家山还有一套别墅，退休无事，粘知了也算是一份消遣。

|48| 鸡血与狗血，都让人血脉偾张。到头来都是笑话。八个人吃了十一碗鸭血粉丝汤，手机付款码迟迟打不开，大奔只能用现金买单。老T说，佳木斯的事情你们就不要管了，八面槽那儿我去解决，大伙儿该干啥干啥去。于是这伙人一哄而散……老A的小说开了一个头，微信发来给我看。我不太明白他要写什么，是写黑社会么？他说是职场小说，开场是公司高管临时会议。开会吃鸭血粉丝汤？我还是不明白。老A说，路边店吃鸭血汤是一个微缩饭局，你应该想到其中的寓言性。我说我摸不到你这里边的套路，是不是有些太玄妙了？他随即发来两个龇牙的表情符。随后又跟来一条：老兄的悬疑思路是这故事的另一层。

|49| 我在工厂那年，常见女工集体扒男人裤子。应该跟性侵无关，好像是一种娱乐活动。"维士与女，伊其相谑"，这类劳动间隙的员工娱乐南北皆然，过去在北大荒农场亦时有所见，后勤管事的刘哆嗦就经常被一帮娘们摁在地上。有一点可以确定，被扒的不会是青年男子，通常是中年以上且有职务之身，在厂里就是车间主任或科长之类，至少是那种说话管用的技术大牛。当

然，被扒者象征性的反抗中无不流露出一种享受的惬意。作为基层的粗俗娱乐，参与者的快感与兴奋之中或许带有某种性想象成分，但更有意味的是：在扒与被扒的互动过程中，权力（身份）既被认证也被消解了，一切复杂的心理内容都演绎为妇女翻身的众声喧哗。

|50| 好莱坞影片不乏阴谋论题材，梅尔·吉布森和茱莉亚·罗伯茨主演的《连锁阴谋》就是其中一例。那是二十多年前的老片子，那时候大口茱还是一副清纯面孔。吉瑞·弗莱彻，就是吉布森扮演的出租车司机，跟各种各样的乘客兜售他的阴谋论，从土耳其地震扯到太空总署的暗杀计划。看到纽约街头水喉暴裂，他想到的也是政治阴谋。其实，吉瑞本人正是阴谋所制造。一个秘密部门将他训练成超级杀手，让他去暗杀霍顿法官。他违背了上司旨意，爱上了法官的女儿，就是罗伯茨扮演的爱丽丝。因而他和爱丽丝被秘密部门监控和追杀，影片中这部分剧情十分火爆。由阴谋制造的阴谋论者缘于秘密部门的隐蔽性，就官方与公众关系而言，在于所谓信息不对称。这就难免引发某种文艺想象。好莱坞影片这类题材层出不穷，如《谍影重重》系列，更是对政府阴谋穷追不舍，将主人公伯恩求证自己身份的过程置于个人与国家的对立语境，无疑提升了这类影片的格调。倒很难说是阴谋催生了阴谋论美学，还是阴谋论美学推动了阴谋叙事。

|51| 国人服装革命始于八十年代，此前是所谓"蓝蚂蚁"时代（盖因主流是蓝色中山装）。改革开放初，出现了西装、夹克衫、牛仔裤、羽绒服、运动鞋，更有令人眼花缭乱的各种女装。当时那些新潮服装还不易买到，因为是"出口转内销"产品，起初只在专供外宾购物的友谊商店出售，后来蔓延到像北京秀水街、上海襄阳路、广州高第街那些服装一条街的摊位上。很长一段时间内，秀水街成了中国时尚标杆，当年每次去北京出差都要去那儿逛逛。那是服装全盘西化的年代。其实服装西化没有什么不好，西方服装早已不是拉伯雷和莎士比亚时代的繁缛式样，服装全球化进程至少有百余年历史。当然，这种普世化局面应是兼容并包，应当容纳个性化和民族、地域选项。譬如，民国时期男子的袍褂，女子的旗袍，都有其存在理由。只是后来出现所谓"唐装汉服"，却以复古为取向，并非从前国人日常服饰。其装饰性太强，亦过于雕琢，像是拍电视剧的戏服。我一向鄙夷"唐装汉服"的国粹秀，但我羡慕鲁迅那一代新文化人穿长衫的风范。九十年代初，有回与范用老闲聊，我说可惜如今不兴长衫了，要不您穿着一定好看，因为长得清瘦。他说自己个子矮，穿不出玉树临风的样儿。我说鲁迅个子也不高，穿长衫就是比穿西装好看。范老莞尔一笑，盯着我看，不知我是开玩笑还是说正经的。转过年来，范老来信说，他真的去做了一件长衫，信中附来身穿长衫的照片。果然显得精神矍铄，儒雅而持重。照片背面给我写了几行字："少时一袭布衣，老来还我旧装。悲夫！华年似水，去日无多。赠庆

范用先生身着长衫的照片，
1992年初冬摄于北京

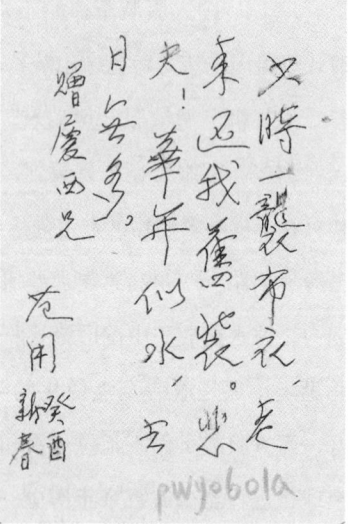

范用先生题赠作者

西兄　范用　癸酉新春"。癸酉是一九九三年，那年他正好七十大寿。他信中还说，"穿着这身长衫到街上走了一圈，路人都视我为怪物"。观念这东西很怪，往往是好赖不分，亦容不得个性存在。

|52|　革命历史小说《红岩》里边有个叛徒叫甫志高，组织上通知他马上撤退，他非要去街上买灯影牛肉，结果被特务逮个正着。小时候读这小说，看到灯影牛肉便勾起馋意。但"灯影"之名，让老B颇有疑窦，以为路灯下夜摊营生，总归以次充好。往时浙人不识川味，不能想象川渝吃货的口腹标准。八十年代中，城站清泰街出现一家叫蜀苑的川菜馆，我和育海兄去过多次。踩

着木楼梯上去，便是一股扑鼻的花椒味。但那家店里没有灯影，老板娘强力推荐干煸。甫志高不见踪影，楼上一屋子人鼓着腮帮子嚼着坚硬的干煸牛肉丝，灯影里闪着一张张鬼脸。后来去北京出差，冯兄冯嫂在劲松豆花饭庄请饭，第一次吃到正宗川菜，终于见识什么是灯影牛肉，原来灯影是灯照透亮的意思，肉薄如纸，或拉丝或成片状。再后来，终于去过蜀地，成都、乐山、宜宾、重庆，一路下来，灯影牛肉竟无处寻觅，沿街摊位上尽是塑料袋或纸盒包装的张飞牛肉。甫志高彻底失联，张飞从阆中杀来，组织上早有预案。

|53|《史记·秦始皇本纪》：秦初并天下后，"一法度衡石丈尺，车同轨，书同文字。"历史学家认为，这些措施正是保障国家统一之根本，所以小学课本里就讲述"车同轨，书同文"的重要性。除此，秦始皇晚年"焚书坑儒"，是从思想上整合一统的严酷手段。从历史长期性看，秦之种种法度，最厉害莫过"书同文"。文字统一，国家才有文化共同体之基础，否则没准也像欧洲那样弄成了几十个国家。然而，书面上和地面上的统一规定，并非秦始皇时才有。《礼记·中庸》曰："今天下车同轨，书同文，行同伦。"周天子时亦追求大同，天下N国一制，却是打打杀杀弄得分崩离析又兼并重组。相形之下，"车同轨"倒并不那么重要，自古以来封村堵路的事情恐未少见。秦时驰道是五十尺宽，车轨（轮距）定于六尺，几乎就是双向八车道，如此豪横似乎亦

无必要。再说挽驾的牲畜体型不同（驴子和马就差很多），车轨硬要定为一个标准，根本就是领导拍脑袋想出的章程。也许那只是官车驿车的标准？也许。不知是否有人做过这方面考证。

|54| 小W买来一堆饼干，包装上多印"克力架"字样。南方的饼干为何都叫"克力架"？我猜大概是粤语，小W以为是厂商噱头语，老W一脸狐疑。这老头身上插着造瘘管，半夜不睡，跟我们一起喝酒聊天，大吃克力架。圈里人多称老W为"假鲁迅"，因其蓄着鲁迅式髭须，又好发议论。他说，过去改变中国的是主义和枪炮，今后要换作资本和挖掘机了。这话真是很超前，隔山打牛，高瞻远瞩。那是一九八七年秋天，我们在海南岛（那时尚未建省）乘坐军用吉普转悠了一圈。克力架吃了不少，其实只见过两处挖掘机作业的工地。许多年以后，我才听说"克力架"是英文cracker译音，就是饼干的意思。又另有一义，指怪客、骇客。

|55| 亚里士多德在某个地方说过，每一个做梦的人都有自己个人的世界，而所有醒着的人则有一个共同的世界。不记得是在哪本书里见过这句话。阿C说现在有头有脸的人只喝酱香型白酒，他陆续囤了几箱赖茅二茅。以他的看法，所谓"共同的世界"，就是国家、社会、制度与饭局，谁也躲不过那些东西（包括工商税务和满街的监控探头）。因为你本身就在其中，不是途中邂逅，不可能跟它们擦肩而过。这年头你不能拿糟烧二锅头去混江

湖。至于"个人的世界",不必说成精神世界那么高尚,只是你用心性、趣味乃或贫弱的想象力编织的某种梦境。问题是,在大部分时间里,你并没有自己"个人的世界"。不是说你不会做梦,你当然可以肆无忌惮地做梦。可是梦里出现的只是某些故事片断,某个难以描述的情境还在反反复复的修改。我想起,自己梦里经常出现大片雪白的颜色,还有黢黑的斑点和条纹,从白皑皑的世界里洇化开去,然后洇化出酒席上的情形。回锅肉、椒麻鸡和糟熘鱼片……阿C囔囔下回豁出去喝茅台。

|56| 小时候老妈逼我练字,说是"字如其人",意思是字写不好就不是正经人。做人要从写字做起,这叫什么事儿?北宋蔡京,明代严嵩,书法可谓上乘,其人又如何?近世汉奸里边写一手好字的大有人在,郑孝胥、梁鸿志、叶圻、董康都有书法之名,就连汪精卫、周佛海,字也不差。反过来说,我们敬仰的历史人物,乃至当世作家学者,字写不好的,自亦不乏其人。其实,笔墨优劣之外,运笔风格亦跟其本人往往不相契合。苏轼书法地位甚高,但若依据"字如其人"的关联性,其才华应该不抵米芾。就字而论,米芾自是洒脱也有灵气;从苏轼那种规矩而丰腴的笔触、略微扁平的结字特点来看,更像是沉稳持重的一介老吏。这"字如其人"的谬说,不知何人发明,更不知道理何在,可世人都喜欢拿这一套来说事儿。将一项技能(或曰才艺)作为人品人格的鉴定,存心是对人的贬抑。就像过去农村人说话,某家媳妇纳

鞋底都不行，又怎能伺候公婆！

|57| 老B说：三国水浒说的都是"忠义"二字，都是一腔家国情怀，一路打打杀杀……可你知道它们最大的不同是什么？老B最爱出题考我，我发憷的是，永远摸不透他那种脑筋急转弯的脑筋。我说：三国讲的是历史，水浒是想象的历史。他说这算是一条，不是最根本的。我说：三国讲的是悲情，水浒讲的是冤情。他承认算一条，也不是最根本的。我说：刘备总是鸠占鹊巢，宋江总是以德报怨。他说这不重要，他俩的区别不在这里。难道是女色？我说：刘备视妻子如衣服，未能齐家遑论治国；宋江干脆不置家室，包了个外室阎婆惜还让他给杀了。越说越离谱，他朝我龇牙。我说：那就是关公讲究武德，李逵见人就乱砍。还有三国武将可作量化考核，一吕二马三典韦……，水浒不能如此细化，梁山好汉排座次不以武功论高下。他笑笑，老兄有点开窍了，还得接着说。我说：三国的饭局都是虚写，不知都吃些什么，水浒饮馔却有交代，宋江被阎婆拽到家里，鲜鱼嫩鸡肥鲊都摆上桌了……他打断我，这你不必多说，还有呢？我说，还有什么？他说：最根本的一条你忘了——三国是三国，水浒是两国！我说梁山泊并没有建政，哪来的两国？你看你，最重要的给忘了，他说大宋和辽国不是两国吗？这才是最根本的。他提醒我：中国的历史，唐宋之前主要是窝里斗，之后外辱不断，攘外安内，左支右绌，从澶渊之盟开始就落下了病根。这老B就是牛B，追根溯源，

直接刨到了根上。

|58| 读大学时，同学东刚带我去见老作家林予，顺便在林予家蹭饭。到点摆上两道冷盘，红肠和大拌菜，开始喝酒。林予老师谈兴正佳，餐桌上也是文学话题。那时黑大学生都是饿狼，顾不得做客的斯文。东刚说这是地道的秋林红肠，眨眼已是风卷残云。林予夫人赵老师马上又去厨房切了一盘。怎么不换个花样？林予皱眉说，去把昨儿小华拿来的贻贝罐头开了，再弄几个松花蛋……他在东刚耳边说，她待人热心肠，就是脑子简单。转过脸跟我说，写小说也一个道理，别总是重复一个套路。他看了我带去的一篇习作，鼓励说写得不错，但叮嘱我下回要换一种写法。他说，你这篇人物从苞米地出来，然后回溯过去……下回别是从马号猪圈出来，再又扯到反右一段。不能每篇都是这一个模式，磨剪子磨菜刀就一套手艺，以后你出集子就很尴尬。那时候我还想不到日后出书的事情，他这些话我是记住了。

|59| 钱锺书批评陆游做诗变化太少，《谈艺录·三五》谓："放翁多文为富，而意境实鲜变化。古来大家，心思句法，复出重见，无如渠之多者。"又谓："诗中议论，亦复同病。好正襟危坐，讲唐虞孔孟，说《论语》《孝经》……"这样说并非空口白牙，书中摘出的例子一串串的。不过，钱先生后来作《宋诗选注》，不再指摘放翁重复雷同之弊，也不再提及他的道学气，介绍诗人一上

来就讲到陆诗的两个方面：一是悲愤激昂的家国情怀，一是闲适细腻的"深永"滋味。他认为，数百年来人们对陆游的欣赏只是"疏帘不卷留香久"那类情调，故有"老清客"之印象。这种印象直至清末才矫正过来——"读者痛心国势的衰弱，愤恨帝国主义的压迫，对陆游第一方面的作品有了极亲切的体会，作了极热烈的赞扬。"这里，钱氏论诗已着眼于接受语境，眼界明显超越同时代学人。他又进一步指出，陆游不但写爱国忧国的情绪，更有"上马击贼"的胆量和决心，不像陈与义、吕本中、杨万里那些人只是在诗中表达忧愤和叹息（这样比较似亦牵强，此姑不论）。《谈艺录》出版于一九四八年，《宋诗选注》撰于一九五七年，一时有一时之语境，转而强调陆游之忠愤情结与英雄气概，自是与时俱进之调适，或许这就是伽达默尔所说的"理解的历史性"。钱氏选宋诗八十家，收陆游诗最多，有二十七首，而苏轼才收十八首。吾生亦晚，读书亦少，之前不知有视放翁为"老清客"者，少时从各种选本读到的陆游，多是"铁马冰河入梦来""铁马秋风大散关"一类。只是《沈园》二首另有情蕴，往往亦被阐释为反礼教的战斗檄文。

|60| 李家兴老师原是《北方文学》评论组组长，我最初的评论文章是经她手里变成铅字的。在黑大念书时，写了文章自己跑到耀景街的编辑部送稿。李老师拿过稿子在办公桌前看，面无表情地一页页翻阅……她让我找个空座坐一会儿，我拿起一本杂

志翻阅着，真是坐立不安。李老师那时五十岁左右，说话慢条斯理，却不像这个年岁的女性那样具有亲和力。看完了，她说"这篇还可以"，就是通过了。如果不满意，她会把文章的毛病给你一条条拎出来。她会说，你这样蜻蜓点水写得太浮面，能不能再深挖一下？或者说，文章到这儿，怎么跟前边有些拧了？或者说，这块材料用在这儿不是地方，你没觉出不合适吗？……面聆她口述的退稿意见，是我受益匪浅的写作课。雨过地皮湿，十一路电车驶过和兴路转盘，湿漉漉的花坛映着午后的记忆。那时候还没有现在常用的这些文论术语，李老师是根据一般审美经验衡量文章的表达水准，一条条说的都很贴切。她有一种脱俗的眼光，以审美感觉和品位影响着我这样的文学青年。

|61| 王元化先生晚年住衡山路庆余别墅，我有两次去上海也住那儿。一次是二〇〇五年初，钱理群、郜元宝和我编撰了《大学文学》，出书后上海教育出版社请我们来参加出版座谈会。因为书名是王先生题签，抵沪当晚，责编刘景琳陪同我们去王先生房间里拜谢。那时王先生身体状况不太好，说话时不断用毛巾揩拭脖颈的虚汗，思维却很敏捷，跟我们谈了一个多小时，说到自己目力不济，现在写文章只能口述请人代笔，他不习惯这种方式，所以写的愈来愈少。其间老钱问起是否有写作回忆录的计划，景琳对这事儿最感兴趣，竟口不择言地插一句，"王先生，您得赶快写了，要不就来不及了……"话没说完，元宝用脚踹他。王

先生对景琳这种"童言无忌"式的说话大概早有领受，只是笑笑说："人生苦短，来不及做的事情太多了。"三年后，先生就走了。他只零星写过一些忆旧文章，却没有留下一部完整的回忆录，实是憾事。其实，王先生不是不爱回忆往事，在我跟他有限的接触中，听他讲过当年因胡风冤案被隔离的情形，讲过四十年代做地下工作的一些事情。他没有写回忆录，我想是因为他有更要紧的事情要做，他一直在思考涉及中国文化建设的一些大问题，譬如重新认识五四精神，或怎样理解启蒙学派的国家学说与民主理论，等等。他偶尔写一些带有闲趣的小文章，内中也有着深邃的精神指向。

|62| 赵园先生在群里说一个笑话，说是文革中有个段子，一个潦倒的知识分子在市场上摆摊，打出招子："代写情书，保证成功；代写检查，保证触及灵魂。"过来人都知道，当时的笑点在于"触及灵魂"。这个段子有点类似王朔的幽默，赵先生说恐怕现在年轻人都听不懂了。关于"灵魂"，我也有一个段子。一九七〇年元旦那天，我第一次到哈尔滨。下了火车在站前小饭铺吃早餐。进来一个戴眼镜的中年人，一身脏兮兮的斜纹呢短大衣，腰里扎一根塑皮电线，很夸张地做着表演手势，张口就朗诵当日两报一刊社论："一座座火山爆发，一顶顶皇冠落地……"屋子里变得很安静，就餐的人们傻傻地看看他。那人走台步似的走过来，又默诵另外一篇："一个老人出现在查拉图斯特拉的面前，他手里提着

一盏灯,问道是谁来拜访我?是谁来打扰我的睡梦?一个活人,还有一个死人。查拉图斯特拉说道,请给我一些吃的东西,还有水!"字字珠玑,朗朗上口,是那种富有磁性的嗓音,他走到我跟前停下,摊开双手——"智慧告诉我们,喂饱饥饿的人,同样也是安慰自己的灵魂……"我捧着碗躲闪到一边,邻桌女人忙塞给他两个馒头,他慌慌地走了。这是一个没有笑点的段子。其实也不是段子,是真事。他朗诵的是尼采《查拉图斯特拉如是说》,徐梵澄先生译作《苏鲁支语录》。徐先生的译本九十年代初由商务出版,我收到他赠寄的钤印本,即想到上述这一幕。

|63| 陈平原《中国小说叙事模式的转变》将清末民初的"新小说"作为小说史的过渡阶段,其时引入欧洲小说的议论手法,开始突破以情节为中心的古典叙事结构。不过,"新小说"采用的议论手法尚属简单,并未包括人物内心独白。那种大段大段的、带有强烈的诘问和反省意味的独白,欧洲小说里相当常见,也是最具警策意义的叙述手段。譬如《卡拉马卓夫兄弟》宗教大法官一节,历来被学者视为经典。平原兄对小说演进之路梳理甚详,分辨议论与独白进入中国小说的不同路径,指出内心独白由"新小说"之后的新文学作家引进。受平原兄启发,我曾想过中国古典小说为何没有内心独白的问题。好像不能说中国文人完全没有追诘和反省的意识,屈原的《离骚》通篇就是一种内心独白,古代诗赋和散文中不乏独抒孤愤的篇什。但是,小说里就没有这

种自言自语的思想情感表达。"诗言志，歌永言"，小说的言述偏要屏蔽内心世界，这是颇为奇怪的事情。其实，至少从元杂剧开始，作为代言的曲文往往亦是伴有道情状物的内心独白。如王实甫《西厢记》第四本第三折，莺莺作长吁科，唱道："〔脱布衫〕下西风黄叶纷飞，染寒烟衰草凄迷。酒席上斜签着坐的，蹙愁眉死临侵地。〔小梁州〕我见他阁泪汪汪不敢垂，恐怕人知。猛然见了把头低，长吁气，推整素罗衣。〔幺篇〕虽然久后成佳配，奈时间怎不悲啼。意似痴，心如醉，昨宵今日，清减了小腰围。"这是崔家母女长亭设筵为张生送行，表现莺莺内中的离别之苦。又如王仲文《诸葛亮秋风五丈原》，武侯弥留之际唱："〔双调·挂玉钩序〕越越睡不着，转转添烦恼。我这老病淹淹，秋夜迢迢。抛策杖，独那脚。好业眼难交！心焦。助郁闷，增寂寞，疏剌剌扫闲阶落叶飘，碧荧荧一点残灯照。一更才绝，二鼓初敲。"秋风落叶，残灯谯鼓，生命已淡出拥旄出征的辉煌，诸葛亮"业眼难交"时分，内心更是一番煎熬。可是，为什么小说里就没有这种表现内心世界的笔墨？我一直没想明白。旧小说里倒是有插入诗词代言，但那是叙述者之代言，并非代人物独白。元杂剧这种注重主观抒发的表述形式，于中国叙事文学是一个创造。后来《红楼梦》用诗词代人物抒情（如黛玉《葬花吟》、宝玉《芙蓉女儿诔》），可以说是化用戏曲之代言手法。

| 64 |　陆小曼晚年意绪戚然，想起志摩总有悔痛。像她那样

的女人，到了鬓丝憔悴的时候，后悔的一定不是曾经恣逞风流的妄作妄为，而是某种不经意的失落。他们最初的相遇还算平常，是邂逅于舞场，还是一同票戏的机缘，这都不重要。只是当志摩像着了火似的追了过来，这位已经出了阁的闺秀便乱了方寸。麻烦不光在小曼那边，志摩也是使君有妇之人，流言蜚语自不胫而走。好在那时社会舆情已趋开明，他们在一片詈责声中捱过来了，终于摆脱各自的旧婚姻而重结良缘。然而，在北海举办的婚礼上，作为证婚人的梁任公竟不给志摩一点面子，当众斥之"用情不专"。这维新元老孔孟之书还是读得太多，实不曾想过"情为何物"。说来，志摩原配张幼仪也是新式女子，许多人文章里说到此女称赞有加。不过，徐家看中这门亲事，跟张家的背景大有关系，幼仪的两个哥哥嘉璈、君劢都是当日台面上人物，志摩从英伦归来后在北京迅速打开局面，实赖二位内兄大力提携。搞了一辈子政治的任公实在大惑不解：志摩何以糊涂于斯！其实对当事人来说，张家的施予亦未尝不是一种人格损伤。而志摩父亲徐申如，那位精明的工商业主，总想以投资思路来规划志摩的人生，偏偏在儿子心里播下反抗的种子。当志摩跟陆小曼说，有了你"我什么都有了"的时候，早将世俗利害关系都撇开了。这句话不能不让一个女人感动万分。可是，才子佳人的婚后生活完全不是意想中的琴瑟和谐，论者于此多归咎于小曼的病态人生。小曼确是毛病多多，追逐排场，挥霍无度，终日沉溺于票戏和捧角……这一切志摩姑息忍受了，且到处兼课挣钱供妻花费。对于小曼，他自有欠疚，因为徐家不认这个儿媳。小曼的恣意妄为似乎也有跟徐家过不去的意思。女人的报复心理有时也很奇特，宁愿伤了自己也不能让大家顺顺当当过日子。这桩婚姻只持续了短短六载，因志摩坠机身亡而告终。按胡适说法，志摩的婚姻也反映出"一个单纯的理想主义者的失败"。志摩死后，小曼的母亲对人说："志摩害了小曼，小曼也害了志摩。"此语沉痛，只是理解而不予同情。多年以后，小曼对志摩的爱依然如新，为出版志摩遗著她付出不少心力。斯者已去，人琴俱亡，此般滋味不知如何说起，有谓"情难禁，梦难凭，寒宵一片枕前冰"，略可拟之。

| 65 | 老话说"国家不幸诗家幸"，譬如魏晋乱世恰是难得的文化成长期。"国家"一词，魏晋时专指帝王（周一良《三国志札记·家》有详述，见《魏晋南北朝史札记》），司马炎一统天下才十几年，晋室陷入八王之乱，真是大不幸。北方胡、羯、氐、羌、鲜卑趁势直入中原，更造成晋与十六国之长期割据。就在赵王伦篡位不久，成汉、前赵即自立国号。其实不止十六国，此后一百三十年间有过二十四个割据政权。这是中国历史上战事最频繁也最混乱的时期。尽管如此，晋代（或扩衍至魏晋南北朝时期）给人印象至深的记忆首先不是战争与杀戮，而是一些文化和精神层面的东西。如：玄学与清谈，诗与骈体，小说与方术，文章、书法、绘画与酒及药之类。从何晏、王弼、夏侯玄的"正始之音"，到阮籍、嵇康一班竹林名士自然名教之辨；从张华、张载、

陆机、潘岳、左思等洛下诸贤之"太康文学",到陶渊明、谢灵运寄兴田园山水的审美发现……正是这一时期,开始确立诗文辞赋为主体的文学观念(《文选》收入的大部分作品出自这一时期),并为诗歌的格律化奠定了基础。这也是中国小说真正滥觞之期,《列异传》《搜神记》《拾遗记》等志怪之书"以序鬼物奇怪之事"(《隋书·经籍志》),开辟了小说叙事之途。这一时期的文化记忆还不止于所创造的各种文本,不滞于物的玄理玄言转换成士人的日常言语或行为,成为一种精神气质和人格标志,亦即让后人津津乐道的"魏晋风度"。难怪美学家们特喜欢晋代。喜欢的自然不是生灵涂炭的血色浪漫,不是后现代的暴力美学的阐发,而恰恰是对生命的深切体悟。宗白华《美学散步》说:"晋人以虚灵的胸襟、玄学的意味体会自然,乃能表里澄澈,一片空明,建立最高的晶莹的美的意境!"朱光潜《诗论》特辟"陶渊明"一章,瞩意从陶诗的玄意中去发现晋人之美。李泽厚《美的历程》专有一章谈"魏晋风度",认为这是一个"人的觉醒"乃至"文的自觉"的时代。人生苦短,生命坎坷,反倒激发出内在的才情、性貌、品格、风神,而摆脱了外在的功业、节操、学问——"是人和人格而不是外在事物,日益成为这一历史时期的哲学和文艺的中心。"这都说得没错,可最重要的还不是这些,是因为礼法尽失,乱世中的权力衰落才是人文崛起之由。

|66| 由"国家不幸诗家幸"想到诗家不幸则如何,诗家不

幸抑或诗文之幸。屈原被逐乃赋《离骚》，司马迁劫后发愤著书，文学史上传世大作往往出自困逼无奈之局，或是具有某种紧张感的现实语境。这样说来，诗家不幸终究亦是大幸。不过事情不只是一面的道理，譬如文学史讲"盛唐气象"，那个无风无浪的丰裕社会竟然亦成艺术的精神温床。安史之乱以前的盛唐之世确是诗歌繁荣之时，像孟浩然、王昌龄、王维就是那一时期的代表，李白的主要作品也多作于遭乱之前。说到李白，这真正是一个异数。其仗剑任侠，饮酒放歌，"天子呼来不上船"，这种摆脱了士大夫精神重负的潇洒意态自古能有几人？李白的诗歌实是缘于生命本质的天真。"郎骑竹马来，绕床弄青梅"是一种天真，而"游说万乘苦不早，着鞭跨马涉远道"还是一种天真。李白不乏儒者用世之心，亦有纵横家谋定乾坤之理想，而更多的却是一种游侠之风。也许是盛唐的太平年景给予诗人难得的安全感，使之天性免遭忧患之厄，得以施展逸气横生的想象。虽说置身浅俗浮华的文化氛围，但发乎天性的诗人不会受缚于官方给定的话语系统，相反那种尽以藻饰为务的俗套以及六朝绮靡的诗风，正是李白、王维他们意欲扫除的障碍——不是说太平诗人缺乏冲突的语境吗？这中间就产生了对抗的张力。对于社会、政治、风俗人心，李白和盛唐诸家说不上有何深刻的思考和表达，他们漂亮的诗句不能给人以思想震动，却实实在在找回了士者的自我认同，还有人与自然的默契，让人感悟生命的真谛。在以礼法为基础的观念系统中，楔入如许天真的诗意，几乎是前无古人后无来者，盛唐诗人那种

清浅澄澈、自然流丽的语言风格以后就再也没有了。在李白、王维生命的最后几年中，鼎盛之际的大唐帝国被安史之乱拖入衰败，一个童话般的时代戛然而止。

|67| "潋滟西湖水一方，吴根越角两茫茫。孤山鹤去花如雪，葛岭鹃啼月似霜。油壁轻车来北里，梨园小部奏西厢。而今纵与空王法，知是前尘也断肠。"这是钱谦益《西湖杂感二十首》之二，句法中规中矩，亦多袭前人诗意。西湖，孤山，葛岭，吴根越角，饾饤胪列；"花如雪""月似霜"，更属滥俗之譬。陈寅恪《柳如是别传》论及此诗，用以印证钱氏失节后之"复明"心态，有谓"真可令人断肠也"，未免强说之论。史家论诗或另具法眼，寅恪先生对钱氏别行于世的《投笔集》诸诗评价更高，竟誉之"实为明清之史诗，较杜陵尤胜一筹，乃三百年来之绝大著作也"云云。钱氏固然学殖富厚，文章堪称大家，其诗作实较庸常，很少有出新出奇的喻象。钱氏自论鼎革以后之作，有谓"志气衰飒，每一执笔，不胜山河陵谷之感。虽复敷衍成篇，亦往往如楚人之吟，楚囚之操，鼠忧蚓泣"云云（《有学集》卷二十九），实是中肯贴切。寅恪先生对钱氏多有激赏，也许另有原因，我揣摩已久，未得其解。

|68| 《西游记》这部小说适于阅读却难以解读。前人论及此书并不细作阐释，明人清人多以"谈言微中"之寓言观之。如，

存世最早的世德堂本陈元之序云:"余览其意近跡弛滑稽之雄,卮言漫衍之为也。"这只是概括风格和手法,并未说到叙事意图。李卓吾评本称"作者宗旨定作戏论",由开场诗拈出"释厄"二字,又谓"释厄"便是能够"解脱",倒也很有洞见,却只是点到为止。至于清初几种评本的序跋和笺评,都将此书主旨说得玄妙而宏大,阴阳五行,大而化之。自李评本卷首袁于令题词开始,论者更以"三教合一"妄为评骘,实则三教之徒各自表述,鲁迅《中国小说史略》谓之:"或云劝学,或云谈禅,或云讲道,皆阐明理法,文词甚繁。"当然,鲁迅并不认同种种"理法"之说,认为"此书则实出于游戏,亦非语道"。其游戏之说影响甚巨,为许多文学史家所采纳。胡适作《西游记考证》,亦认为此书含义在于"滑稽意味和玩世精神"。鲁迅、胡适强调其游戏意味,首先是针对儒道释三者的"微言大义"。中国人历来喜欢将文学纳入"圣人之道",过去《诗经》就被作为五经六经之一,由着一班酸儒胡乱阐释。明末清初攒书的江湖文人存心将《西游记》弄成"三教圣人之书",正是窥识了这种歪门邪道的"正典化"取径,这是"五四"新文化人格外警惕的情形。其实,胡适对《西游记》的看法并不仅限于"滑稽"与"玩世",在那篇考证文章里他专门谈到大闹天宫一节,并引孙悟空"交椅轮流坐,明年是我尊"(李评本作"皇帝轮流做,明年到我家")数语,发了一通"天宫革命"的议论,认为孙悟空嘲弄玉帝的那番话简直就是一篇"革命的檄文"。这就说到了作者的叙事意图,说到作品的思想内涵,按这思

路说下去，就不是"游戏"或"玩世"之类所能道尽。可是胡适的解读亦仅此而已，鲁迅干脆不作解读。从西天取经这个寓言来看，自有破除孽障的救赎之义。这是以救世的姿态扬佛抑儒，意在颠覆纲常名教。小说虽然袭用初唐玄奘取经的历史故事，实际上表达了明代士人对当朝儒家体制的质疑。书中第十三回，玄奘出长安至法门寺，与寺僧交谈中道出取经之玄机，乃曰"心生，种种魔生；心灭，种种魔灭"。何谓心生心灭？岂止拿起放下，取经之愿关乎江山社稷，是要引入替代儒学的新思想，这就是西行之"心魔"。

|69| 我下乡之前，我们那个农场已被东北农学院接管。不是接管，是整个农学院搬到农场来了。当时有一条最高指示："农业大学办在城里不是见鬼吗？"所以就有下乡办学这一出。我到农场第二年，调到农学系实验站，给研究马铃薯的李景华教授打下手，平时也跟站里的其他知青一同干活。有一次跟车去镇上火车站拉煤，是一辆胶轮拖拉机，车斗里连教师和知青一共五六个人。煤场在铁路北边，拖拉机过铁路时卡在铁轨上熄火了，司机不停地点火轰油门，启动不了。我们都下去推车，火车马上就要来了，这时车上还有一位下不来，就是搞大豆研究的王金陵教授。当时王教授已六十出头，腿脚不便，战战兢兢不敢往下跳。火车已快到跟前，我正犹豫着马上闪人还是舍身推车做烈士，好在拖拉机竟鬼使神差地打着火了。驶离轨道的一瞬间，风驰电掣的火车擦

身而过。我未舍身成仁，王教授亦幸而未丧身轮下。王教授那时已是国内最权威的大豆专家，现在网上称之"中国大豆之父"。其实他说过，中国大豆的科研起步于他的老师王绶先生。王绶早年留学美国康奈尔大学，回国后在金陵农学院任教。听王金陵教授说，正是王绶将大豆引入美国。但他这个说法有些含混，其实之前美国已有大豆栽培，可能是王绶带去了当时的优良品种。如今美国、巴西已成了大豆的主要产区，国内需求多半依赖进口。物种播迁是一个饶有意趣的话题，尤其农作物传输与人类生存关系密切，一些主要物种正是伴随地理大发现的步履遍及全球。李景华教授告诉我，马铃薯倒是境外输入之物，它来自南美安第斯山区。还有玉米和红薯，原产中美洲，都是十六世纪后经由菲律宾日本等地辗转传入国内。不用说，对于一个人口众多的国度，这几样高产作物意义重大，从前大饥荒年代赖此活人无数。

| 70 | 月月的老爸是水电工，从前在上海学生意，讲一口绍兴腔的上海话。虽说大字不识几个，嘴里却不时蹦出一些洋词儿。如，阀门叫"万儿"（valve），开关叫"斯威兹"（switch），螺纹称作"丝歪得"（thread）……毕竟混过大码头，见识不一般。他屡次跟我老妈建议，应该送我去上海学手艺。水电、钣金、模具、喷漆，学什么都不亏。我妈说怎么不送你家月月去，他说月月脑子笨，学什么都白搭。可实际上，月月就是我师傅，老妈知道我天天跟着月月混，数落归数落，到底也没辙。泅水、摸鱼、攀岩、

爬树、采野果子……这些都是月月教我的。月月还带我去斫野苋菜，野地里长满尖刺的野苋菜像是一根根狼牙棒，比我们人还高。月月的母亲把苋菜梗洗切后搁在缸里腌制，那是他们家每日餐桌上的主菜。我们两家住平房时是邻居，腌菜缸就搁在两家后窗下。不几日，缸里蠕动着一片蛆虫，我看见月月的母亲拿着舀水的木勺细心地把那些蛆虫撇出去……

|71| 《三国志》分为《魏书》《蜀书》《吴书》三部分，但学者引用时通常更名为《魏志》《蜀志》《吴志》。清人周中孚《郑堂札记》质疑曰："《三国志》，大名也；《魏书》《蜀书》《吴书》，小名也。《蜀书·杨戏传》云：'戏以延熙四年著《季汉辅臣赞》，其所颂述，今多载于《蜀书》。又，《董允传》注，论陈氏立《夏侯玄传》，亦曰：'《魏书》总名，此卷云《诸夏侯曹传》。此其证也。但自来引者俱曰《魏志》《蜀志》《吴志》，岂因大名而改称欤？'"（卷五）周氏举述《杨戏传》行文中《蜀书》字样，又谓《董允传》裴松之注亦有《魏书》之称，以为佐证。陈寿书中三国各史以"书"名之，而非"志"也，这一点毋庸讨论。不过，裴松之注中并非一概如此称名，以"志"代"书"，始作俑者恰恰亦是裴氏。如《先主传》裴注引《山阳公载记》，称刘备取四郡后不愿与孙权相见，案曰："《魏书》载刘备与孙权语，与《蜀志》述诸葛亮与权语正同。刘备未破魏军之前，尚未与孙权相见，不得有此说，故知《蜀志》为实。"需要指出，裴注中经常提到的《魏书》

《吴书》,并非《三国志》之魏、吴二书,乃王沈、韦曜所撰《魏书》《吴书》。裴氏此案将《蜀书》改称《蜀志》,显然是区别于王沈、韦曜之"书"。可见,以"志"代"书"之例早已有之,而后世学人亦多袭用此例。明毛氏汲古阁本曾将《三国志》改为《三国史》,魏蜀吴三书干脆改以"志"称,但后来金陵局本和清代其他刊本并不采用其例,任由"书"与"志"继续轇轕下去。

| 72 | 《史记·项羽本纪》谓:"(项羽)有美人名虞,常幸从;骏马名骓,常骑之。"被困垓下之时,项羽悲歌慷慨,唱道:"骓不逝兮可奈何,虞兮虞兮奈若何!"项羽/虞姬/乌骓,构成了英雄/美人/骏马的完美组合。汉末三国时的吕布,亦有貂蝉与赤兔。当然,貂蝉是小说戏曲的配置,《三国志》《后汉书》只提及他的赤兔马。可见史家无趣,依文学想象须有美人才是。美人、骏马,应是英雄标配,否则失败之际可奈若何也!郁达夫《钓台题壁》诗曰:"曾因酒醉鞭名马,生怕情多累美人。"可谓百年名句。郁氏当然是文坛英雄,但由世俗观念而论,其人生亦是失败。写作此诗时,虽有美人王映霞在怀,可是为事业助力的骏马在哪里?其时创造社已被迫解散,达夫又遭诸左围殴。风雨如晦,彷徨无端,只能大呼"天作孽"。

| 73 | 周中孚《郑堂札记》对陈寿《三国志》另有质疑,曰:"《蜀书·诸葛亮传》,不叙建安二十四年尊先主为汉中王事。此季

汉以大事，与亮极有关系，岂得反略之乎？"此际诸葛亮之缺省，确实是一个问题，我在《建安二十六年》（刊于《书城》2019年11月号）文章里约略涉及此事。建安十六年刘备入蜀，诸葛亮与关羽留守荆州。庞统死后，诸葛亮才被召至刘备身边。但刘备讨汉中时，诸葛亮并未随同前行。汉中之战，法正是谋主。拿下汉中无疑为蜀汉建国奠定了基础，此公可谓居功至伟。刘备一向看好法正，刚入成都，就让他做了蜀郡太守，蜀郡乃京畿地区，故传云"外统都畿，内为谋主"。及刘备成了汉中王，法正便是尚书令，直入权力中枢。无奈天不假年，刘备称尊之前，法正就死了，怎么死的并无记载，只说卒年四十五。《三国演义》所述"诸葛亮智取汉中"那些事，实为小说家虚构。本传说的很明白，"先主外出，（诸葛）亮常镇守成都，足食足兵。"留守成都的诸葛亮困于日常政务，还要负责给前方输送给养和补充兵源。他作为刘备的股肱之臣的地位，不意间已被法正取代。很难说诸葛亮是无奈，还是不在乎。《法正传》说，"诸葛亮与（法）正虽好尚不同，以公义相取。"彼此大抵相安无事。法正为蜀郡太守时，颇为骄横，有谓"一餐之德，睚眦之怨，无不报复"云云。有人让诸葛亮给刘备递话，以"抑其威福"。诸葛亮却告诉人家，刘备能在蜀中站稳脚跟，法正功莫大焉。"如何禁止法正，使不得行其意邪！"他知道是法正让刘备摆脱了早先"进退狼跋"的处境，现在人家成了主公的心头肉，说不得也，更动不得也。后刘备伐吴不成，败退白帝城，诸葛亮叹曰："法孝直（法正字孝直）若在，则能制主上,令不东行;就复东行,必不倾危矣。"这话说得很严重,刘备到后来只听得进法正的谏言。法正若在,以后哪里还有他的戏份。

|74| 自清末文人大捧坤伶开始,以后无论京剧还是电影电视剧,女角地位明显突出。原先京剧旧戏中女角为主的剧目并不多,所以男扮女装的梅兰芳不得不找人打本子,竭力开拓新编剧目。六七十年代搞京剧样板戏,除了题材的政治取向,角色分配亦偏向女性,这似乎是被研究者忽略的问题。京剧样板戏中,《红灯记》虽是男主为一号,但李奶奶和铁梅的戏码相当不轻。还有《红色娘子军》,冯志孝的戏码总归压不过杜近芳。其他如《沙家浜》《海港》《龙江颂》《杜鹃山》,按传统套路都是青衣戏。唯有纯军事的《智取威虎山》《奇袭白虎团》和《平原作战》才是男主担纲。这种阴盛阳衰的革命浪漫主义在后来的影视剧里更是发扬光大,女性主义与革命叙事似乎天然就是一家。

|75| 李清照说,词"别是一家",有两层意思:一是填词要协音律,因为词本是酒行乐作的产物,须"声诗并著"才是;二是要有铺叙,相对诗文应该更富曲折、幽约之义。所以,她讥诮晏殊、欧阳修、苏轼都是以诗为词,"皆句读不葺之诗尔,又往往不协音律者";又批评晏殊"苦无铺叙",贺铸"苦少典重",秦观"专主情致而少故实",黄庭坚"尚故实而多疵病"。胡仔认为此论不公:"易安历评诸公歌词,皆摘其短,无一免者。"又曰:"其意

盖自谓能擅其长，以乐府名家者。"其实，至李后主之后，词的文学性已不止铺叙一层，亦早已不是当筵曲子那种格调，再以音律作为衡量标准，实是不妥。若论协音律与重铺叙二者之统一，那就是周邦彦、姜夔、吴文英之俦，可见二者难以在更高的意境上熔于一炉，正如王国维所说"终不能与于第一流之作者也"。当然，易安居士本人是一例外。此女才高自然傲物，难免任性和矫情。她举述唐开元天宝间"能歌擅天下"李八郎之例，就比较可笑，这只说明词发轫于筵席上的助兴曲子，并不能作为估量词品高下之标准。李八郎所唱歌词若是真好，怎能一首也没有流传下来？其转喉发声固然动人，唱的什么恐怕也没人在意。

|76| 从前南北县城一般只是两条街，呈 L 形或是 T 形布局，顶多沿街又衍生若干巷子。像杭州这样的省会城市，主要商业街也只是连成 L 形的两条马路，延龄路（今延安路）和解放路。听老辈人说，再早的主街是中山中路和清泰街，同样是一个 L 形。从前尚俭时代，城市规模不大，马路上拐个弯，又见店铺栉比鳞次，那就显出繁华的意思了。老 A 很早就在研究这种 L 形或 T 形路径对思维的影响。他认为，一个人从小生活在这样的城市布局中，其心理和行为不可能不受其影响。在老 B 看来，这种"L 形思维"过于简单化，他承认街衢是市民感触的日常世界，但从许多古代县志地图上看，城内都是网格化布局，就像今天基本保存完好的山西平遥县城。但老 A 认为，平遥那种县城并不典型，而

且明清以来大部分县城屡遭兵燹，L形T形的两条街或是拆除城墙后的遗存，却存在相当不短的时期。老B说那是旧城被毁在城外另起炉灶的街市。我想起，武松醉打蒋门神的快活林就是城外的草市，孟州城并未被毁，东门外已形成一处市井，书中说道"前头丁字路口，便是蒋门神酒店"，可见正是一横一竖的两条街。老A说，这种情形不少见，大上海就是在上海旧城（原南市区）之外形成的。可大上海岂止一两个L形T形，老B纠正说，那是无数个L和T的叠加！可老A强调，上海许多街道呈放射状，不是小地方的L和T，也不是北京那种方方正正的网格布局。老B讥诮上海街道歪歪斜斜没个正形，他说街道都像北京那样才好，方正坦直思无邪！这一个京派一个海派，又在那儿死掐。

|77| 许多物件已经消亡或正在消亡。这说的不是旧时老物件，是之前二三十年间还曾广泛使用的东西，如：打字机（中文和英文）、BP机、小灵通、复读机、游戏机、CD唱片、MP3、电脑磁盘、电话座机、胶卷、普通相机、贺卡、名片、纸质书信……甚至纸媒也在消亡。像英文词典那类纸质工具书，现在也不大有人使用了，用手机直接上网查更方便。支付宝几乎将现钞和POS机给废了，但有人断言数字货币更是将绑定你的一切收支。从电脑和网络兴起，再到手机和iPad整合一切功能，数字化管理使天下英才和瓜众尽入彀中。黄仁宇还曾瞎操心中国未能数目字管理，不知形势比人强，说说明朝那些事儿也就罢了，还非

要叮叮明天将如何。白天不知夜的黑。月月老爸说,老酒半斤勿过念头,今日勿晓得明朝哪能桩事体!

|78| 罗兰·巴特自诩"先锋派的后卫",也许他想表明对古典和浪漫主义的兼容。有人解读为一种"中左"立场,有人认为是历史主义态度,有人视为反现代主义的现代派。我想起鲁迅说过:"要上战场,莫如做军医;要革命,莫如走后方;要杀人,莫如做刽子手。"鲁迅有时说话太损。但罗兰·巴特对于文学地位和风格精致的怀念,显然出于左翼精英主义传统,他痛恨平装本败坏了文学趣味,不满意居然有那么多人看过《等待戈多》的街头演出。在他看来贝克特、尤奈斯库还有加缪都投奔了资产阶级……有趣的是,先锋派如果还混在小众圈子里,难免被指责为脱离群众(为什么不走上街头?),而一旦赢得了读者和观众,则又成了资产阶级的同谋。照老A的说法,那帮人就是贵族的私生子。这家伙说话更损,倒是概括很到位。对于悲观的现实,他们永远怀有智力的优越感。

|79| 《三国演义》说张飞持"丈八蛇矛",其本人身长八尺,那杆长矛竟一丈八尺(东汉尺大抵今制七成,约计4.23米),比他两人还高。人和器械显然不成比例。百度百科有词条释义,谓此"丈八"并非一丈八尺,而是一丈零八寸。具体说是矛杆长一丈,矛头部分长八寸。这样说,其长度就显得比较合理。但从语

义上说，"丈八"不能这么理解——既是以"丈"为单位，余数自是按尺而论，而不是寸。张飞这杆兵器原出《三国志平话》，虎牢关单战吕布一节，谓其"手持丈八神矛"。元剧三国戏均沿袭"丈八"之说，如郑光祖《三战吕布》、无名氏《单战吕布》《桃园三结义》《三出小沛》《大闹石榴园》等剧，均有"丈八矛／丈八枪"之语。值得注意的是，《平话》说吕布使"丈二方天戟"。这"丈二"与张飞的"丈八"出于同一文本，如果说张飞的矛头部分长八寸，那么吕布的戟刃岂非短至二寸？按东汉尺，二寸不到五厘米，兵器刃部不可能这么短。《平话》《三国演义》都出现于宋元以后，或以为说书人和小说家采用了当时的计量标准（宋元以后尺度约略接近今制）。但即便按今之市尺，戟刃二寸也不足七厘米。还有，更加说不通的是，若按宋元量制，吕布身高就长达三米以上了。《平话》说吕布身长一丈（又说是九尺二寸），张飞身长九尺余，按东汉量制已属超长身材（吕布2.35米或2.16米，张飞2.11米以上），这种夸张在古人说话中不足为奇，可是再要加大尺码就成了神话。后世以"七尺汉子"作为常人挺拔身量，大抵袭用张飞那个时代的尺度，这亦足以印证古代量制在世俗观念中的延续。身长一丈的吕布手持一丈二尺的家伙，这比例倒也相称，可是张飞持矛而立的样子就比较发噱。但从前说书人和小说家说到兵器也跟描述武将身高一样，通常不吝夸张之语，关羽青龙偃月刀重达八十二斤，典韦所使两枝铁戟亦有八十斤（汉末一斤略等于今制半市斤）。小说对关羽的大刀言其重，对张飞的蛇矛则言其长，自是一种骈语修辞。

|80| 忧郁是波德莱尔的一个重要主题。忧郁是雨水将阴暗的寒气洒向墓地的亡灵，是独自踱向多雾而死气沉沉的郊外，看见生满疥疮的瘦猫在方砖地上寻找垫草，恍惚听见老诗人的灵魂在下水道里哀嚎，雨水依然洒下绵绵无尽的雨丝，拉开抽屉就是账单和诗稿，烦闷的脑子里藏着金字塔和大坟场，冷淡和厌倦像是压低的云层，是压在整个地平线上的回忆……我积攒不下那么多的忧郁，大概是被人玩傻了。其实那些人比我更傻。我就像波德莱尔诗中写的那个拾垃圾者，摇晃着脑袋，贴着墙根磕磕碰碰走来，像诗人似的跟跄而行，只是不敢像他那样站到垃圾堆上去演说。

|81| 我新到一个城市，无论国内还是国外，很少去看博物馆美术馆。国内除了杭州的几家，这辈子只去过北京的故宫和国博，上海、南京的博物馆（院），还有湖南湖北的省博。在国外几次旅游，竟只进过一家美术馆，就是巴黎的奥塞。有一年在郑州参加全国书市，想去看看河南省博，我跟文敏说："河南出土文物多，此馆一定不错。"两人兴兴头头去了，那天却不开馆。那是星期一，就是那回才知道，周一闭馆是文博行的通例，可见博物馆是去得太少。之所以去得少，是因为看博物馆太费时间，泡上半天只能是走马观花。新到一个城市，时间主要用在逛街，街衢市井是生活的博物馆，现实的流光溢彩和历史积淀都展示在沿街建

筑的门脸上，走进店铺似有一种深度拥抱的感觉，坐下来喝一杯咖啡（在家从不喝这玩意儿），看着街上行人和车流，多少能感受到这个城市的脉动。喧闹的市声中，恍然想起博尔赫斯的诗句："让我们感谢每一次相聚，然后将一切忘记。"

|82| 不可思议的是，苏联时期出现过几部很牛的作品——如：扎米亚京《我们》、巴别尔《骑兵军》、皮利尼亚克《红木》、肖洛霍夫《静静的顿河》、布尔加科夫《大师和玛格丽特》、帕斯捷尔纳克《日瓦戈医生》，这些都已成为世界文学经典。这些不是旧俄作家的作品。那几位作家也都不是异见人士，扎米亚京虽说被批判后移居国外（通过高尔基的关系，获斯大林恩准），但直至一九三四年苏联作家代表大会还是作协会员。这些人内战时期就投奔苏维埃，至少是革命的"同路人"，肖洛霍夫不消说更是官方宠儿。当然，最不可思议的当属肖洛霍夫和他的《静静的顿河》。哥萨克农民格里高利在白军和红军两边都混过，手上沾满了两边的鲜血，其人生目标跟任何主义无关，只是一心惦着邻家少妇阿克西妮娅。这是一部具有非英雄主义的史诗风格的作品，竟被官方视为"社会主义现实主义"典范，斯大林的政治美学标准实是令人费解。正是凭借这部作品，肖洛霍夫在获得列宁勋章和斯大林文学奖之后，又获一九六五年诺贝尔文学奖。其他几位不像肖洛霍夫那么幸运，除了巴别尔，他们只能将自己最好的作品拿到境外出版。但重要的是，他们的写作没有为政治风向所驱使。当

然，他们也为此付出了沉重代价，布尔加科夫和帕斯捷尔纳克被批判和监控，巴别尔和皮利尼亚克则罹难于三十年代的大清洗。

|83| 黛玉葬花，晴雯撕扇，金钏儿投井，失望之人各有一出。这年头吃炸酱面找不着芥末墩儿，一大堆共享单车扔在桥下不知多少日子，又是黄焖鸡米饭，又是淮南牛肉汤……老 T 说现在已过渡到阿 Q+ 第三期，剩下的事情就是开掐了。难怪有人说，一切乌托邦都是反面乌托邦，所有的噩梦都是自己的愿望给惯出来的。维特根斯坦说：语言给每一个人设下相同的圈套，容易使人误入歧途。他强调：我们正在跟语言作斗争。他又重复了一遍：我们正在加入一场语言的斗争。又是黄焖鸡米饭！这会儿，老 B 那老小子大概吃撑了，蹲下去恐怕就站不起来。他总说趁现在还能吃，还有吃的，干嘛不多吃？

|84| 达菲先生是乔伊斯短篇小说的主人公，《都柏林人》那书里有一篇《悲痛的往事》，叙说达菲先生与辛尼科太太婚外恋的事儿。对辛尼科太太来说是婚外恋，但达菲先生是独居的鳏夫。他最后把她给甩了，并非出于道德谴责或是偷情惹上了麻烦，却是担心这种亲密关系破坏了自己的孤独生活。内心有个声音在告诫自己：我们不能把自己奉献出去，我们是属于我们自己的！这是一个有洁癖的过于理性的男人，讲究秩序和精确性，对时局亦有清醒认识。他同情工人运动，但鄙夷工人们的愚昧和胆怯。在

与辛尼科夫人相处的日子里,他告诉她,都柏林在几个世纪内不大可能发生社会革命。他们分手四年之后,他在晚报上看到辛尼科夫人丧身火车轮下的新闻。从报道中看,那女人酗酒之后横越铁道时被机车撞上,似乎是自己找死。这种死亡让他感到厌恶,视为灵魂卑劣。但记忆中一条鲜活的生命就这样没了,又使他感到神经紧张。那天晚上他离开酒吧之后,踱入公园荒凉的小径,那是四年前他和辛尼科夫人散步的地方。这时候他意识到,她的死跟自己有关。为什么不给她留一条活路呢?他听到了远处的机车声,却感觉不到她在身边,只是感觉到自己的孤独。达菲先生在一家私营银行做出纳员,小说里不经意地提到,有时他也会产生某种想入非非的念头,比如在某种情况下抢劫自己任职的银行。当然,这样的事情从未发生,只是想想而已。

|85| 《水浒传》里的江州知府叫蔡九——"姓蔡,双名得章,是当朝蔡太师蔡京的第九个儿子,因此江州人叫他做蔡九知府。"宋江因浔阳楼吟反诗被押在死牢,蔡九知府派人往东京给父亲蔡京送信,请示如何处理。所幸送信人是神行太保戴宗,吴用让人伪造蔡京书信,命将宋江押往东京,以便途中解救。这信札骗过了蔡九知府,黄文炳却看出图章是假。蔡九实粗鄙,名曰"得章",竟不知父亲家书该用什么图章。书里说蔡九是蔡京第九个儿子,这是小说家刻意杜撰。《宋史·奸臣传》明确说蔡京"子八人",并无第九子。蔡传载录名字的儿子有五人,即:攸、儵、

絛、儵、绛。全是人字偏旁的单名，大概是宗谱上的定例。小说里蔡九偏取双名得章，又不在八子之列，分明是作为保留叙事自由的手段。小说家既要附会历史，又不想完全被框定在某些真实的人事关系中。据《宋史》蔡氏诸传，蔡京得势之日，他几个儿子亦颇受恩宠，蔡攸、蔡儵、蔡絛、皆为大学士，蔡翛官至礼部尚书，蔡鞗娶茂德帝姬（公主），成了驸马爷。但蔡京一门并不因为富贵荣耀而其乐融融，父子关系反倒相当复杂。如长子蔡攸与弟蔡翛结成一伙，跟蔡京闹得势同水火。如《蔡攸传》所谓："（蔡攸）后与京权势日相轧，浮薄者复间之，父子各立门户，遂为仇敌。"亦如《蔡翛传》云："时翛弟兄亦知事势日异，其客傅墨卿、孙傅等复语之曰：'天下事必败，蔡氏必破，当亟为计。'翛心然之，密与攸议，稍持正论，故与京异。"宣和六年蔡京再度出山，此二子已料大厦将倾，便早早跟蔡京作出切割。与蔡京贴心的是第三子蔡絛，一直服侍老爸身边，蔡京晚年"目昏眊不能事事"，大小决策乃至文牍判析全赖于此子（《蔡京传》）。于是被蔡攸视为眼中钉，攸传谓："以季弟絛钟爱于京，数请杀之，帝不许。"这就是《蔡京传》所谓"兄弟为参商，父子如秦越"的局面。蔡絛有笔记《铁围山丛谈》，记述北宋朝廷掌故，涉及蔡京事略颇多。

|86| 《水浒传》第十八回，济州府干吏何涛来郓城县捉拿晁盖等人，先找当天值日押司，正巧在县衙对面茶坊碰见宋江。书里介绍说："那押司姓宋，名江，表字公明，排行第三，祖居郓城

县宋家村人氏……上有父亲在堂，母亲早丧；下有一个兄弟，唤作铁扇子宋清，自和他父亲宋太公在村中务农。"蹊跷的是，宋江排行第三，却不见说上边两个哥哥，只提及弟弟宋清。这不能不让人想到太史公笔下汉高祖刘邦隐晦的排行。《史记·高祖本纪》避刘邦名讳，单称字"季"，乃暗指刘邦排行第三。司马贞《史记索隐》按："汉高祖长兄名伯，次名仲，则季亦是名也。"故元人睢景臣《高祖还乡》套曲干脆以"刘三"直呼高祖。这宋江被命名排行第三，不知是否比附那个伟大的刘三。刘邦两个哥哥太史公笔下都有交代，长兄刘伯早卒，次兄刘仲曾封为代王，后因弃国被废。可这黑三郎不图王霸之业。黑三郎杀人也，跑路也，且一路惊天动地。有意思的是，征方腊归来，小说也专门写了宋江还乡的一幕。大风起兮泪飞扬，三军遭尽兮归故乡，宋大宋二在何方？

|87| 二〇〇三年，库切获诺奖时已经移居澳大利亚，但其时尚未正式入籍，瑞典文学院的文告中仍称之南非作家。之前，南非结束了长达半个世纪之久的种族隔离，黑人成了这个国家的主人。库切作为反对种族歧视并长期支持黑人民权斗争的白人作家，为何偏在这时候远走他乡，多少让人感到有些奇怪。二〇〇六年，库切正式入籍澳大利亚。第二年出版《凶年纪事》一书，其中约略回答了上述问题。这部混合着随笔与小说的实验作品中，有一篇题为《论劫掠》的札记，坦率地道出对新南非的失望。文中回溯历史，三百年来，从殖民时期开始，原住民部落

对白人定居点的劫掠形成了一种传统。库切将这种劫掠形容为"某种娱乐,某种一本正经的文化活动"。为防范劫掠,一九四八年南非白人政权开始实行种族隔离制度。但几十年间,这种隔离制度撕裂了这个国家,更使得阶级和种族的敌意凝固成型。现在撤除了种族樊篱,白人却遭殃了——"人们看着他们称之为犯罪潮的现象席卷了整个新南非,便大为摇头。"库切继而描述道:"成千上万来自南非黑人地区的人,尤其是男性青年,每天早上起来,或是单枪匹马或是成群结伙,出发去白人地区劫掠。对他们来说,劫掠就是他们的营生,他们的职业,他们的消遣,他们的运动;看见可以抢的就抢回家来……"库切没说他本人是否被抢过。他这一生都在为黑人的权利而呐喊,未曾想人家的权利自亦包括劫掠一项,现在留给自己的选项只能是跑路。

|88| 一九八七年某日,扬之水丽雅带我去见金克木先生,骑着自行车,从东城骑到海淀。金先生住北大朗润园,家里房子好大,却空空荡荡,连个书架都没有(一点不像大学者的居室)。当时就奇怪,没好意思问。坐下来便谈书稿的事情。那些年,金先生给《读书》写过不少补白短文,长则不过千言,短的仅二三百字。我喜欢他那些文字,想拿过来编一本书,当时我和育海兄在策划一套"学术小品"丛书。金先生打趣说,你真会动脑筋,这些竹头木屑也能派上用场。我一向口舌木讷,那天竟马上接口说,文章意思不在长短,《世说新语》的文章比你的还短

小（"竹头木屑"这典故就出自《世说新语》）。这番恭维话一下把老先生逗乐了。这样就跟他谈好了《燕口拾泥》这集子的出版事宜。后来听吴彬说，金先生的藏书当年抄家时都被抄走了，落实政策后发还了一部分，后来也都变卖了。因为金先生夫人常年患病，医药费不敷支出。这种事情让人听了心酸。我想，金先生手边没有什么书，他怎么写文章呢？也许他可以去北大图书馆，他就住在校园里。可是，那时他已七十五岁高龄，还能老往图书馆跑吗？这事情没有问过他。等我上手编《燕口拾泥》，终于明白是怎么回事了。我核对那些文章引用的古诗文时发现，个别字句往往略有出入（后来我编王国维、梁启超、刘师培等近人书稿，也遇到这类情形）。我明白了，那不是通常所说的笔误，那是凭记忆引录的。记忆或偶有差池（或依据版本不一样）。这是童子功，古人那些书他们幼时就诵读。以前在《读书》上看过金先生的一篇文章《书读完了》，说到陈寅恪早年拜访夏曾佑的一则轶事：夏对陈说，你懂外文能读外国书，我只能读中国书，都读完了，没得读了。听上去狂妄而悖谬，但金先生认为这话恰恰道出内在的文化结构与系统，作为中国文化源头的古代典籍不过就几十种，都有其内在联系，是可以理出头绪的。金先生认为，能理出内中的头绪就逮住了读书要诀。金先生万卷散尽，将文本留在了自己脑子里。

| 89 | 历史不能假设，但假设本身具有一种逻辑魅力，将可能性的推理进行到底。菲利普·罗斯的小说《反美阴谋》就是在

假设的历史中展开自己的故事。假设一九四〇年美国大选是另一种结局：飞行员出身的查尔斯·林德伯格击败富兰克林·罗斯福，入主白宫，因之美国演变为纳粹之国，美国的犹太人遭到迫害乃至屠杀……林德伯格实有其人，创造独自驾机飞越大西洋的飞行纪录而名声大噪，但这位飞行英雄却是崇拜希特勒的反犹主义者。罗斯在书中描述了一种纳粹化危险，再现了人类的历史恐惧，让读者不寒而栗。书中的历史背景是一九四〇至一九四二年，美国尚徘徊在战争之外，社会上各种声音都有，法西斯主义亦蠢蠢欲动。罗斯的叙事逻辑包含着一种细思极恐的图景，厄运已不期而至，历史的烂尾楼竟或然在目。但这绝非或然率的随机生成，因为那些人为设计的图景总是朝着自己的反向发展。

|90| 夜里，他站在电梯旁，不停地抽烟，腿边搁着出行携带的小箱子。他在等着内务部特工来抓他，与其穿着睡衣让人从被窝里拽出来，不如守候在这里。这是巴恩斯小说《时间的噪音》开头的情节，主人公是作曲家肖斯塔科维奇。一九三六年某一天，斯大林来看他的歌剧《姆钦斯克县的麦克白夫人》演出，却中途退场。因为最高领导人不喜欢，这部歌剧和他的音乐创作遭到了批判。在那个大清洗年代，从批判到逮捕或枪决，往往是顺理成章的标准程序。肖氏此生便一直生活在恐惧之中。巴恩斯在这部传记小说中，将主人公的懦弱，以及他对音乐的执着和顽强，都写得很透。用作者的话来说，其旨在探讨强权与艺术之关系。书

中引用叶甫图申科的诗歌,描述权力阴影下的生活:"在伽利略的时代,一个科学家同行/并不比伽利略笨。/他很清楚地球是旋转的,/但他还有一大家子要养活。"活着才是最重要的,活着才有我们看到的故事。当然,这是一个别扭的故事。强权需要一个"乐观的肖斯塔科维奇",而肖氏心里明白,作为一个俄国人,骨子里就是悲观的人。悲观而顽强,好像也有一种"乐观"在内,他顽强地在音乐中追求自己看见的真实。从肖氏的《第二圆舞曲》中,谁都能听出这种纠结着悲观与乐观的叙事,在电影《日瓦戈医生》中我们又听到了这个熟悉的旋律。

| 91 | 所有的计谋只有空城计不可复制。就谋略效应而言,空城计或可归入古代战例常有的疑兵计一类。疑兵计通常是以弱搏强,以虚应实,玩的是心理战。就兵家常理而言,这是一种反其道而行之的谋略。兵者的"诡道",首先是一种诱敌之策。如《孙子兵法》所谓"能而示之不能,用而示之不用"(计篇),说的是要装出一副不能打的样子让你来打,背后自须实力支撑。长坂坡林间"尘头大起",武功山遍野"鼓角喧天",都是将文章反过来做,是佯装声势使对方止步于阵前。但空城计的设意又恰恰相反——目的是阻挠对方进攻,偏又摆出一副不设防的样子。明明是拒敌之策,又像是在诱敌深入。诸葛亮城头操琴的优容自如,那不慌不躁的神态,让人根本看不出是逞强还是示弱。按说司马懿应该明白《孙子兵法》所说"无恃其不攻,恃吾有所不可

攻也"（九变篇）的道理。可这里是拐了几个弯的反向思维，竟未能堪破此义，自是绕进了这颠倒舛互的套子里。司马懿之所以不进而退，却只知诸葛亮亦是谨细之人，未料其敢于如此铤而走险。但以小说描述的情境，双方兵力如此悬殊，诸葛亮实际上已无路可走，既已身处险境也就不是主动弄险的事情。事后众人皆惊服"丞相之机，神鬼莫测"，诸葛亮倒是说了一句大实话："吾兵止有二千五百，若弃城而走，必不能远遁，得不为司马懿所擒乎？"打也不是，走也不是，只能将拒敌之策隐于诱敌的假象之中。但这"示之不能"的假象还不能做得太像，否则将司马懿引入城内就坏事了。可想，空城计营造的从容淡定只是从进退两方面模糊对方的判断，因为这里有一个难以调适的悖论：既不能拒敌，更不敢诱敌。在兵家眼里凡事都要反过来看，司马懿戎事倥偬之际没有时间考虑其中的荒谬，只能凭感觉行事。作为无奈的应对之策，严格说空城计未必一定有胜算，只是危急之中抓住了最优选项。诸葛亮的运气在于对手是司马懿，如果杀到西城是张郃，就绝无这一出好戏。从这个意义上说，空城计是诸葛与司马的"共谋与合作"。

|92| 从一九八三年到二〇〇五年，我在出版社做了二十二年编辑工作。巧的是，一头一尾的工作都是同一个作家的两个选本，开局是《许钦文小说集》《许钦文散文集》，收官是《博尔赫斯小说集》《博尔赫斯谈艺录》。出版博氏两个集子时，原著中文简体字版权和翻译版权都还在社里，是从本社出版的《博尔赫斯

全集》里边遴选的。那套全集做得很不错,在原有的基础上另做编选一点不费事。那时做全集的主力编辑舒建华老弟已移居大洋彼岸,想起他陪我和文敏去见玛丽亚·儿玉的情形,似乎很遥远了。后来这套全集的版权让别社拿走了。再后来,听说许多版权都让别家拿走了。从在场到不在场,感觉渐已麻木。终于,麻木成了一种永恒的存在。别了,博尔赫斯!别了,镜子迷宫,时间与记忆!

作者,2005 年

|93| 一九八二年夏天，我还在厂里，在宣教科搞职工教育。科长姓章，性格开朗，又是"资深美女"，工间休息时，其他科室的头儿喜欢聚集到我们办公室聊天。那日，生产科吴科长买了一台家用电冰箱，全厂近千职工他是头一份，这便成了一个焦点话题。听老吴描述，那是本地产单门冰箱，九十升容积……可一说价格大家啧啧不已，现在想不起是多少钱，当时听来不啻天文数字。书记、厂长也来了。厂长问耗电量多少，老吴说一天一度电。这又让大家惊愕不已，书记说他家每月用电不过十几度，这玩意儿一个月下来要三十度，太作孽了。章科长则对冰箱的用途感到疑惑。老吴你用它做啥，保存蔬菜肉食用得着吗？厂门口就有小菜场，你下班拎回去，难道塞进冰箱第二天吃隔夜菜？大家一想，冰箱好像是没什么用处，于是纷纷笑话吴科长"洋盘"。老吴辩白说：怎么没用处，下班回去喝瓶冰镇啤酒，那叫一个适意（惬意）！财务科马科长感叹不迭，老吴你那是有钱人想法，一天一度电，喝瓶冰啤酒，啧啧……说话的都是厂部大佬，听他们抬杠斗嘴亦颇发噱，这种场合没有我插嘴的份儿。不料，书记转过脸问我：小李你怎么看？我满口附和科长们的意见，也说没什么用处，其实我觉得那东西离着自己太遥远。书记见我案头摆着线装书《云笈七签》，拿起来翻了翻，对我说：你看这种书也没什么用处。现在想来是没有什么用处，读书也不是非要奔着有用而去，那时只是太无聊。他是委婉地提醒我，上班不能看那些与工作无关的东西。我马上把书收进抽屉。福克纳早年在邮局做事，就是

上班看闲书被开除了。第二年春天,我跳槽去了出版社。过了两三年,社里给职工搞福利,抽签抽到冰箱票,买了一台日产双门冰箱。当然背了不少债。一天一度电,喝瓶冰啤酒……陡然过上"有钱人"日子。案头书不再是《云笈七签》之类,因工作关系,恶补新文学和新理论。厂里的故事仿佛很遥远了。

| 94 | 《诗经》中有好几首叙说戍卒的离合之情,如《豳风·东山》,曰:"我徂东山,慆慆不归。我来自东,零雨其濛。果裸之实,亦施于宇。伊威在室,蠨蛸在户。町畽鹿场,熠燿宵行。亦可畏也?伊可怀也。"歌者在微雨途中思念着荒芜的故园,想到屋檐下疯长的瓜蒌,想到壁下虫豸和满室蠨蛸,想到萤火虫流星般飘过野兽践迹的林中空地……渐渐唤醒的记忆伴随着麻木的哀感,而疲惫的心灵依然怀着生活的执着。《小雅·采薇》亦抒写戍卒归思之念,但主要叙说戍守和战事造成的"忧心孔疚",因为"王事靡盬",因为"玁狁孔棘",归去之日一再延后。这是一些"我心伤悲"的歌吟,仅从某个侧面透出战争的残酷。这些诗里没有鼓吹王事王业之伟大,没有战斗者的豪迈之情,可能那时候不讲英雄主义,戍卒们只是惦着家园和亲人。当然,他们不敢妄议和呐喊,其情感表达具有深挚、含蓄的特点。孔子所谓"乐而不淫,哀而不伤",都是生存磨砺造成的内敛与节制,绝非《诗大序》里"止乎礼义"的政治正确。

| 95 | 中国的侠客故事源自《史记》刺客、游侠二传。所述刺客乃曹沫、专诸、豫让、聂政、荆轲五人，都是战国乃至更早时期的人物。游侠皆出于汉代，太史公主要传述朱家、郭解二人，但其时又有田仲、剧孟等以侠闻名者，而郭解之后"为侠者极众"，传末开列了一串人名。其实，早先的侠义之士不止那五个刺客，襄助魏公子窃符救赵的侯嬴、朱亥等岩穴隐者亦当属此。从太史公笔下看，这些人多为诸侯卿相效力，如曹沫劫齐桓公，专诸刺吴王僚，豫让刺赵襄子，聂政刺韩相，荆轲刺秦王，都是惊天动地的大事件，成败之间只在舍生取义，故太史公曰："自曹沫至荆轲五人，此其义或成或不成，然其立意较然，不欺其志。"后来秦始皇时亦有这类刺客，如博浪椎之无名力士。但自汉代以后，行刺更多采用掷杯为号的鸿门宴模式，成与不成皆在觥筹交错之际，吃盒饭的一众刀斧手取代了独狼式刺客。但朱家、郭解并不搅入上层斗争，不去行刺大人物。朱家解救被通缉的季布，只是仗义行侠，已经跳出政治博弈的棋局，如太史公所谓"趋人之急，甚己之私"而已。值得注意的是，朱、郭之辈活动范围是在民间。此辈以做事公正、扶危济困而享有盛名，就像《水浒传》里的宋江，"及时雨"而"呼保义"。后来唐传奇叙述侠客之事，已从民间遁入江湖，愈发带有神秘色彩。不过，既然作为刺客的后身，侠客叙事亦往往回归上层路线，或隐于高墙深院，或周旋于藩镇之间，如虬髯客、聂隐娘、红线、昆仑奴，都是事毕之后抽身而去。从侯门到民间，再到江湖，这是侠客变迁的大致轨迹。

|96| 辛弃疾有一首《念奴娇》,题"书东流村壁",词曰:

野棠花落,又匆匆、过了清明时节。刬地东风欺客梦,一夜云屏寒怯。曲岸持觞,垂杨系马,此地曾轻别。楼空人去,旧游飞燕能说。　　闻道绮陌东头,行人常见,帘底纤纤月。旧恨春江流未断,新恨云山千叠。料得明朝,尊前重见,镜里花难折。也应惊问,近来多少华发。

看上去是一首艳词,却有不堪重述之感。梁启超解释题中"东流"地名,以为"徽钦二帝北行所经之地"(《韵文与情感》)。梁启勋亦谓"乃写徽、钦二宗北迁之痛心事",考略徽钦二宗北行途径,推测东流村"当在豫北与南直隶之间"(《词学》下编)。梁氏兄弟穿凿傍说,借此做国难文章。唐圭璋又作进一步阐发,评曰:"起句,破空而来,大声疾呼,弥见壮怀之激烈。盖失地已久,犹未恢复,而时光匆匆,又见花落,故不免既惊且叹。"(《唐宋词简释》)但吴世昌认为这只是一首感旧情歌,谓人将老矣,镜里折花亦难云云(《词林新话》)。据邓广铭考释,东流实非村名,应是安徽池州之东流县(按,1959年与至德县合并为东至县),而"东流村壁"者,盖指东流县境内之某村(《稼轩词编年笺注》)。而吴则虞辨析,稼轩似未尝至池州。浙江桐庐有东流,只是"稼轩官浙东,已六十有四,不应复有此兴"(《辛弃疾词选注》)。吴氏亦视此词为赋艳情之作,却以衰年不应有男女之情而存疑。但稼轩镜中之景，明显是一种回忆。他二十二岁就渡淮南归，不是非要在浙江做官才能去桐庐。其实，邓氏池州之说亦未尝不可能，词人之雪泥鸿爪不能仅据其官场经历，他毕竟在江南待了四十余年，很多时候是赋闲，寄怀山水美人，行踪实无以一一考辨。邓笺编年将此词定为淳熙五年（1178）"自江西帅召为大理少卿"时作，无非是根据宦游履迹推断（邓笺最大的问题就是编年）。淳熙五年，稼轩三十八岁，似不应有"近来多少华发"之叹，登楼强说少年愁者，如何能抒发感旧心境？

| 97 | 那时老王是社里分管生产的副社长，总抱怨我手里不出效益。其实，我也编过几种印数十万左右的书。他说这点印数还来表功，想想都替你害臊。那年头书价低利润薄，发不到几十万不算畅销书。他最引为自豪的是，做小编时编过一本《武松演义》，累计印数达二百六十万。在本社这个数字前无古人后无来者。此书根据评话改编，由杭大刘操南先生和评话名家茅赛云合著，确是一部不错的通俗文艺作品。然而，此一时彼一时，所谓群众喜闻乐见这种路子很难搭准脉，吃瓜群众与时俱进，风向转得很快，今儿余秋雨，明儿就于丹了。说来老王也有败着，后来重印钟毓龙《上古神话演义》，他说不敢冒进，先印个十万册看看（全书四册，等于印了四十万），结果出货不多，大部分还是压库。老王再拿效益说事儿，我便反唇相讥：你那些演义也是有赚有赔，可压着几百万码洋，演到哪儿也白搭。老王有些不悦。他手

里还攥着一串演义选题，从杨家将、岳飞到窦尔敦，我说没准又得压库。他说别废话，什么时候你也整出个演义给我看看！那是八十年代中期的事情。三十多年后，我竟真的做了一本"演义"，《三国如何演义》。梦里遇见老王。我说老王，兄弟我也跟着你演义了一把。他不屑，三国怎么演义也是三国，难不成让你整出了十六国？

|98| 我看书一般会注意书前的序言，作者自序也好，别人写的序也好，多少有些导读的意思。不尽是涉及文本内容，序言对于了解作者著述思想和人格修养往往也是一种门径。早年读汪曾祺《晚饭花集》，把他的自序读了好多遍。他的《晚翠文谈》是我和育海做的责编，那篇自序自是反复读过。我喜欢他序文平易淡然的笔调，以及其中包含的"我行我素"的艺术执念。喜欢的还有博尔赫斯的自序，那是一种机智而隽永的风格，篇幅都很短。鲁迅集子的自序不用说了，那种文字和精神气度，这辈子是学不来的。通常而言，自序有自抒胸臆之方便，但文章高下亦格外明显。请别人写的序，最怕是世间应酬文章，但这样的文字偏偏不在少数。当然，真正有品格有学问的著述家总有自己的意见要表达，既不拘于成规，亦不至于敷衍塞责。如陈寅恪为邓广铭《宋史职官志考》所作之序，不能说没有提携后学的意思，但回忆与邓氏论学论史之谊，完全是一种平等身架，更由邓氏作辛弃疾事迹考证言及古今之变与功名学术，举述"稼轩之郁郁"，颇有惕厉

之义。早年在出版社编"新人文论"丛书,作者当时都是刚出道的年轻人,希望他们找前辈名家做序,这是扩大影响的出版思路,自亦未能免俗。我自己出书,怕麻烦别人,多半是自序,也有几种是请朋友做序。这事情我从未找过前辈作家和学者,是因为更看重同代人的理解和交流,这有点接近黄子平兄所说"同代人批评"的意思。我较早的两本集子分别是黄育海、韦健玮兄做序,一个是同事,一个是同学。九十年代出小说集,请吴亮兄做序。近些年出版《小故事》《三国如何演义》劳烦子平兄,《水浒十讲》幸有平原君出手,都是极好的文章,实使蓬荜生辉。我自己很少给人做序,当然也很少有人来找我,找上来的能推则推,我知道给人做序之事颇为不易,不易之处未是三言两语所能道尽。

|99| 有次与吴亮喝酒聊天,他醺醺然地出了个写小说的主意,就是写一个故事梗概,然后在非叙事层面延伸开去。譬如拿一个剧组拍摄某部影片作为元叙事过程,影片本身的故事,拍摄的故事,都可以摘出各种问题,借此用大量注释作为补充叙事的织体和肌理,甚至还可以像钱锺书《谈艺录》那样弄出许多"补订"和"附说",造成叠床架屋的晕眩效果。听上去不错,他老兄说说容易,真要写起来,我自己就先晕菜了。不过,我对想象的著书方式一直很着迷。曾经想过将博尔赫斯各篇小说的情节打乱混编,做成一部长篇。如,穿过小径分岔的花园,走入通天塔图书馆,遇上博闻强记的富内斯,愣是逼着你改变记忆方式,将关

于犹大的三种说法生生地楔入伦罗特推理之中……这种文字游戏做起来也不那么容易，只是想想很过瘾。想象一本书，却不是自己能够胜任的写作，实是一种心理挑战。我很想写一部多文体杂糅的另类小说，将故事编织在诗歌、戏剧、日记、书信、评论和网文之中，最好能找人插图做成绘本，各章一律按标题党风格设置标题和摘要，不妨有几个不同的叙事层，彼此不搭的叙事展示一种互文性的递次推进，在林林总总的文字迷雾中信马由缰地兜一圈，最后回到故事起点，就像埃舍尔的怪圈。不过也就是想想而已。但也不光是胡思乱想，兴致一来，还是在电脑上做了一些笔记。只是那个叫石建国的主人公的身份一直未能确定，他在门口台阶上摔断了腿，现在还躺在床上……

|100| 我在出版社时编过两种小说家的文论集，一本是汪曾祺的《晚翠文谈》，另一本是王安忆的《故事和讲故事》。安忆那本是一九九一年底出版的，所收文章都是一九九〇年以前的文字。这类谈论小说创作的书籍，后来她陆续出版过好几种，但这本是她同类著作的第一部。现在重读这本书，仍能感受到思想的愉悦。全书有三十多篇文章，大约一半是结合创作实践展开的分析和讨论，其中包括谈自己的创作和评论别人的作品；另一半是从阅读中获取的艺术经验，她的阅读面很广，除了大量的中外名著，还有戏曲和俗文学，包括《歇浦潮》那样的通俗小说。她认定的"故事"，不但是一种具有叙事逻辑的东西，也包含其中的"物质

构成,即语言和细节。她分析约翰·克里斯多夫的"英雄的动机",也是谈罗曼·罗兰的叙事动机。一个跟跟跄跄的人生过程,那些猝不及防的变故,那些摆脱孤独与污秽的挣扎,在安忆的讲述中都是处处可以感触的生命气息,她是从感性的肌理中剥离出理性的经络,总结为"从一个混沌不明的永恒走向一个理性的永恒"的叙事结构。安忆对小说的复述实在是一种精彩的教案,她的文本细读真是抠得很细很精准。关于小说结构这种东西,她有条分缕析的认识,也有混沌的感悟。说起自己写《小鲍庄》的体会,她提出一个"故事本来的形成构造和讲述方式"的命题。她是这样说的——"我

与汪曾祺、王安忆、吴亮,1991年秋在杭州南山路浙江美院参观丁聪画展后

对自己最大的妄想，便是与一切故事建立一种默契，自然而然地，凭着本性地觉察到每一个故事与生俱来的存在形式。什么是多余的，要去掉的；什么是有用的，应该存在的。"

|101| 以前每年临近十月，老A总要跟我猜测本年度的诺贝尔文学奖得主。世事无聊，猜奖只是找个乐子，跟博彩无关。真让我猜中的只有一次，就是多丽丝·莱辛（2007年）。库切获奖那年（2003年），他没找我聊这事儿（那时没有微信，我还没用手机），可之前我就建议老曹买下库切五本书的版权。不过，那年我还真是忘了这一茬。老A这两年不联系了，老曹也退休归山，没人再找我讨论诺奖了。吃饭时我跟文敏说，今年没准会是唐·德里罗。她译过德里罗的《人体艺术家》。她认为不大可能：一是四年前刚给过美国歌手鲍勃·迪伦，今届再落到美国人头上，几率本身就很小；二是种种信息表明，瑞典文学院对美国文学实在不大感兴趣。鲍勃·迪伦获奖那年就颇有争议，有人干脆以为是喻示老美那儿找不出像样的作家了。诺奖评委的艺术眼光或许是有问题，可是"文无第一"，这事情原本就没有非谁莫属的准则。我总觉得，文学以外的某种考量，很可能使他们再将目光投向美国。诺奖不像英国布克奖更多考虑作品本身，原因是它还有三条互相缠绕又彼此制约的非艺术原则：一是骨子里的欧洲中心主义，二是文化边缘性和地域平衡的多元思路，三是新自由主义的政治理想。哪一条都不是绝对的，此一时彼一时也。今年的诺

前烹饪用油主要取之来源有限的动物脂肪，受此限制，至少在明代以前治馔手法主要是蒸煮，而如今一般厨灶大率以爆炒为主，这种变化应在明清之际。看宋人的《山家清供》，就没有炒菜一说，像"山海兜""蟹酿橙"都是蒸菜，至于众多以"羹"命名的肴品，如"碧涧羹""太守羹""玉糁羹""锦带羹"等等，则是煮或炖的做法。再看明代前期的《易牙遗意》，还是讲蒸煮、腌糟，没有爆炒。明代榨油工艺的推广对于庖厨实影响巨大，另外像鲁菜、淮扬菜这类菜系之形成，更有官府和商业活动作为推手。如果说鲁菜产生于清代河厅（治理黄河的机构）的筵席，实不为过。金安清《水窗春呓》下卷"河厅奢侈"条谓："其肴馔则客至自辰至夜半不罢不止，小碗可至百数十者。厨中煤炉数十具，一人专司一肴，目不旁及。"做工程项目有钱，尽可吃喝。山东河厅设于济宁，水路交通方便，集南北优良食材，如此反复操练，治馔必是日臻完美。

| 103 | 叶嘉莹比较苏、辛词作，反复使用"生命中志意与理念的本体之呈现"这一说法，大赞辛词之性情襟抱之呈现，认为苏词概作于"其仕途受到挫折以后"，不过是表现"放旷"的自慰文字（《灵溪词说·论辛弃疾词》）。其说大谬。苏轼确实不像辛弃疾那样将全部笔墨付与词作，在诗文方面或用力更甚，但非要将他说成是一个长于"出"，而并不执着于"入"的人，这就不是知人论世的见识。如苏轼宦途之不顺，恰是入世太深之故。北宋

真宗以来形成君子小人新党旧党的长期恶斗，官僚士人无不选边站队；元祐间旧党又分化为洛蜀朔三党，原为旧党的苏轼则陷于新旧错综的夹缝之中；连续遭遇贬谪之后，若不是如此调适心态，旷达逸出，还能有他的活路？这难道不是生命形态之表达？在两宋词人乃或文学家里边，像苏轼这样知悉民生又有经世才略的人物，数数能有几人？他没有陶渊明那种决然遁世之念，入世之心惓惓不舍，却不得不放弃一些东西。但他出任各处地方官俱有政绩，亦见其"志意"与"理念"，更趋沉着和务实。王国维说过，"东坡之词旷，稼轩之词豪"（《人间词话》），个中分际自是性情不同。至于叶教授一再强调的"襟抱"，亦当从不同的历史语境去观察，未是抑此扬彼的道理。东坡之词旷，乃出于随缘自适的把握；稼轩之词豪，则另是一番气吞万里的表达。譬如，同样是怀古之作，苏词《念奴娇》（大江东去）确是俯仰古今的超然，而辛词《永遇乐》（千古江山）则为直面"烽火扬州路"的悲慨；一者是"人间如梦"的顿悟与慨叹，一者是"望中犹记"的历史痛感。东坡身陷内斗，而稼轩主要面临外患，精神负荷自不相同。东坡亟须超越，故笔下澄澈而寥廓，呈收放自如的历史穿越；而稼轩须直面相对，吐属字字激扬而沉郁，是不能自已的回溯与追问，一概将古人代入现实语境。换个角度看，东坡虽说宦途坎坷，词中绝无跟人置气的意念。辛氏则是耿介任气的主儿，总有"英雄无觅"之慨，他不是跟人较劲就是拿自己问责。"蛾眉曾有人妒"（《摸鱼儿》），"旌旗未卷头先白"（《满江红》），"人间不识精诚苦"

(《虞美人》)，"不恨古人吾不见，恨古人、不见吾狂耳"(《贺新郎》)……稼轩绝不似东坡那么风轻云淡，此公豪气太盛，语多嚆喈而悲郁，可谓纵横踔厉，吞吐八方，更有一种喋喋不休的劲头。集豪放与悲郁于一身，终究亦是生命意态把握不定。不管怎么说，稼轩还是将功名事业看得太重。

|104| 八十年代以前，街上没有卖花的店铺，喜欢花的人家自己栽种几盆。早年在北大荒务农，看朝鲜电影《卖花姑娘》，才知道花卉也是可以作为商品的。苦役中不能体会别人的水深火热，外边的世界都是异次元。我一向对花卉没有太多的喜欢，种地时只关心水稻扬花时节别遭遇风雨天，田边的野花不如茄子花辣椒花马铃薯花来得赏心悦目。那年头习惯将花花草草跟资产阶级思想联系到一起，男人喜欢花，更不免让人想歪了。但吊诡的是，花卉作为一种喻象，亦往往用于革命浪漫主义的想象与表达，其语义升华腾越，自然不在庶民生活层面。如，领袖咏梅赏花，一窥"她在丛中笑"，即为革命意志之转喻。又如，每逢节庆之日重要场所照例搭建起巨型花坛，欢迎外国领导人来访时也有少先队员献花节目……电视新闻镜头中所见花海如潮，每使瓜众喜逐颜开，深信明天一定更美好。不管怎么说，有花的世界总是比无花的世界显得美好，冬日里窗台上搁一盆菖蒲或水仙，便有满室生辉之感。几十年过去，人们的审美观念确实变了许多，关于花的叙事不再是那些悖谬的话语方式。但是，观念也好，趣味也好，

这东西往往并不真正源于自己内心，你喜欢鸢尾兰还是郁金香，是因为它们被标记为时尚或某种品位。流行的花卉品种就像流行的时装一样，成了符号化的审美对象，自然亦容易被纳入嫌贫爱富的鄙视链。邻家阳台上不再是凤仙花鸡冠花之类，记忆中缠绕竹篱的牵牛花也不见了。

| 105 | 闻一多探讨古人神仙思想之发源，认为中国人心目中的神灵原初来自所谓"祈寿""难老""不死"之念，是由灵魂不死观念逐渐具体化而产生的肉身永生的想象。其《神仙考》一篇，就专门述说神灵的起源，考辨神仙说及其理论与技术途径。肉体如何不死，大抵产生于人死后的"形解销化"——从火化之"登霞"，到辟谷食气之"飞升"，都是通往上界之路。但闻氏的考论并未涉及神与上界之缘起，这里的叙事思路只限于凡人求仙之道。其实神已先在，这似乎也只能想象。葛兆光是将那种原始存在视为一种"神秘力量"，认为那些"神秘力量"被想象为众神的存在，乃"早期世界普遍的现象"(《中国思想史》第一卷第一编)，对此亦未作讨论。他书里从殷商时代众神谱系的秩序化开始讲述，直接切入重点。关于神仙的想象，在递相祖述的传说中自然被逐次放大，齐景公与晏子饮酒时大发感慨："古而无死，其乐若何。"(《左传·昭二十年》)可见传说容易成为一种信仰。《诗·鲁颂·泮水》曰："既饮旨酒，永锡难老。"这是以想象去践行。曹操《步出夏门行》曰："神龟虽寿，犹有竟时；腾蛇乘雾，终为土

灰。"又曰："盈缩之期，不但在天；养怡之福，可得永年。"曹瞒自信满满，龟蛇不能成仙，人杰可得永年。这"养怡"之说，自是登仙之道。古人的神仙梦实是国人养生观念之源头，从秦皇汉武到如今庶民百姓，历史就是一个泛普罗化的叙事过程。

|106| 午夜过后，很远的地方传来一阵阵引擎轰鸣。墨色的沉寂，放大了一切声音。蝇子蜂子蛾子扑在纱窗上嗡嗡作响，恍然听到断断续续呜呜咽咽的小号声。也许你听到的不一定真是听到的。但无声的中国不一定就没有动静。老A还在微信群里跟人死掐。渔唱起三更，写入张爱玲式的悲凉。想起三十年前某个时刻，是那心酸而旷废的乐声惊扰了午后的梦境，那是在什么地方？不能说只是悲切，旷废的调调也是一种从容不迫的意态。上海，建国西路？水泥拉毛墙面的老式公寓，楼道里弥漫着葱煎带鱼气味，夹着一头发卷的女人在对面阳台上拍打被褥……小号声就像顺着木楼梯拐进屋里，不知道是从哪儿跑过来的。听上去不像是专业水准，滴滴哒哒，断断续续，可也不是拉稀跑肚，不是新手的生涩，是有意强调某些音符。我跟着乐曲哼哼着，啦呀啦，哒呀啦，哒啦啦呀啦……小号吹奏的是《杜丘之歌》，电影《追捕》插曲。那部日本影片是上大学时看的，当时看得心醉神迷热血沸腾。推开窗子，霎时间啦呀啦的乐声像是潮水涌入。对面阳台女人将被褥收进去了，饭师傅坐在啤酒箱上抽烟，湿漉漉的拖把甩在楼下树篱上。啦呀啦的乐声在脑子里旋转，眼前是高仓健

骑马狂奔的镜头。那时在写一篇小说，题目是《卡雷卡的最后四十分钟》。宝子被抓了，灰子要跑路。吴亮走了，说晚上还过来。哒呀啦，哒啦啦呀啦……

|107| 计成《园冶·园说》："凡结林园，无分村郭，地偏为胜。开林择剪蓬蒿，景到随机，在涧共修兰芷。景缘三益（按，三益指梅、竹、石），业拟千秋，围墙隐约于萝间，架屋蜿蜒于木末。山楼凭远，纵目皆然，竹坞寻幽，醉心即是……虽由人作，宛自天开。刹宇隐环窗，仿佛片图小李（按，小李指唐代画家李昭道）；岩峦堆劈石，参差半壁大痴（按，大痴即元代画家黄公望）。"这个"地偏为胜"的治园理念似是师法自然的最佳阐释，园内借林泉丘壑之势，窗外借岩峦竹坞之景，因境而成，效果自佳。其文中追溯王维辋川别业、石崇金谷园，皆是择地偏僻之例。想来辛弃疾之带湖新居、袁枚之随园，亦同样显示主人的郊野之趣。苏州今存几处著名园林，如留园、拙政园、沧浪亭等（除网师园），原初都在城外。然而，随着城市向四周拓展，如今这些园子也被嵌于闹市之中。墙外既无"秀色堪餐"之景，园子是否也就身价减半了呢？当然不会，因为园内之景大大升值，外边街衢楼宇既已千城一面，如今要从园内看自然，那些人造丘壑更是弥足珍贵。治园讲究自然之趣，说到底还是一种模拟自然的审美意趣，真要是有心拥抱自然，莫如径直于山林草泽结庐而居，一间茅屋足矣。窃以为，计成"因境而成"的择地之说，于营造

倒是有极大的方便。选择涧流岩峦之处，省却许多堆石挖沟的工程，亦更见自然天成，即便洋人也知道这个道理，赖特的流水别墅就是一例。不过，治园作为一门艺术，根子上是刻意的人为之作；人为而欲以显示构造之巧夺天工，实是悖谬，亦见其超越悖谬之妙。

|108| 九十年代初，出版社刚搬迁到体育场路出版大厦时，有两位多年不见的初中同学来找我。一个是女生，早年下乡时和我在同一个农场，因为身体原因不久就病退回杭，多年未有联系。其时她在一家医院资料室工作，因为评职称需要论文，突然来找我做枪手。她以为我会写文章，什么论文都能写。我都吃不准其专业性质归于档案学还是图书馆学。过了没几天，另一男生冒出来了，自初中毕业后就没见过。他在一家国营大厂做会计，也是为职称的事情找我写论文。一提财会我更晕菜，可他固执地认为"随便划拉几笔"就行。他们以为论文就是语文课讲过的论说文，我费尽口舌解释专业论文是怎么回事。他们听着，好像是明白了，颔首流眄之际可以看出内心还是认为我不肯帮忙。好在之后再也没有人为这种事来找我，大概外边很快就有了替人解忧的论文公司。我把这事儿说给老A听，他竟甩出一个不大好回答的问题——如果在你专业范围之内，找上来的又是交情不浅的哥们，你写还是不写？我说，你要找枪手，我这就上网给你找人。说真的，我没想过这事儿，幸好不曾有人找我写我能对付的论文。许

多人眼里，写作只是一门手艺，就像电焊工或是修自行车的，这看法绝对没错。但文字本身应该有一种尊严，以文字作伪，我现在心里会感到不安（但老A认为，文字的基本功能之一就是作伪）。不过，想起早年在农场那会儿，常给领导写讲话稿，那叫不叫作伪呢？是领导讲话还是我讲话？当然是领导用我的稿子讲话，我讲话有人听吗？那时候为混口饭吃（写讲话稿那几日不用下地干活，还能享用几顿美餐），觉得那是一份美差。给领导写讲话稿和代人做论文有区别吗？老A说我太卑微，又故作清高。

|109| 电影《七宗罪》观赏效果奇佳，因为有悬念，有布拉德·皮特、摩根·弗里曼和凯文·史派西这样的大腕，还有抖包袱的知识卖点，不可能不吸引观众。史派西扮演的连环杀手约翰·多伊将凶杀变成了布道，目标分别定为犯有暴食、贪婪、懒惰、淫欲、骄傲、嫉妒、狂怒等七种罪孽之人——这是圣经教义对人类恶性的分类。第二起案子发生后，老警探萨默塞特（弗里曼饰）已经想到弥尔顿《失乐园》、但丁《炼狱篇》的故事。皮特扮演的年轻警探米尔斯办案劲头十足，起先可没把那位马上就要退休的前辈放在眼里，这会儿意识到办案亦须懂得那些"狗屁诗歌"，开始恶补基督教文学知识。第四起案子出现时，他们已通过FBI掌握的图书馆借阅信息锁定了凶手，可惜搜查多伊住处时却让他跑了。通缉令发出后，多伊竟来警局自首，让人惊愕不已。他诓称还有两具尸体，带两位警探去野外埋尸之处。他们刚到那

儿，一辆快递货车驶来，送来一个包裹，里边是米尔斯妻子的头颅。多伊供认是他杀的，他嫉妒米尔斯有这样漂亮的妻子（自己扮演"嫉妒"的角色）。按他的设计，米尔斯一定会开枪打死自己。果然，悲愤不已的米尔斯开枪了，补上了"狂怒"的角色。七宗罪凑齐了，杀手与办案人都装入其中。剧情构思是不是很巧妙？特别精致，也很做作和无聊。将杀戮弄成这样一种拼图游戏，血腥残暴背后有这些宗教教义和经典著作的知识支撑，实是模糊了犯罪动机。当然，也很难说这里是否有一种曲折的政治隐喻。这世界总有几个疯子，拦不住疯子更欲超凡入圣，从萨达姆到卡扎菲都想重新安排世界。对一部影片也许不必过度解读和苛责，电影这玩意儿好看就行。观影时谁都不会想得太多，画面在眼前不断闪过，你也来不及去细想。

|110| 李商隐《义山杂纂》胪列"杀风景"数事，如"松下喝道""看花泪下""花下晒裈""石笋系马"，等等。可照老A说，那都是雅痞吃饱了撑的拿人开涮，俺韭菜瓜众不管这些。俺阳台上都是花盆，还不让人晾裤子了？他说今非昔比，其实如今杀风景事儿更多，随口咧咧了几条：一、春节遭遇疫情，二、中秋高速（公路）赏月，三、Wi-Fi动辄掉线，四、手机不在服务区，五、评职称撞上老冤家，六、半路杀出前女友……倒也是，哪一条都让人不痛快。老A说，古今殊异，杀风景性质亦大不相同，你说最大的差异在哪里？我一时反应不过来，我这脑筋什么时候

都慢一拍。他说这里有分教：古人的杀风景，都是当事人自己老土，倒也怪不得人家笑话；现在的杀风景，却怪不得你自己，对你个人来说，哪一条都不可把控。事实上，社会越发展，个人越无足轻重，亦越是无奈。尴尬人偏遇尴尬事，不是杀风景，是风景来杀你！

|111| 范用先生仙逝十年之际，汪家明兄所编《范用存牍》（四卷本）由三联书店出版。书中有我写给范老三封信，汪兄日前寄来两套样书。护封上有说明：全书收入来信一千八百余封，写信人四百余者。看到这个数字颇感吃惊，眼前即刻闪现范老精神矍铄的样子。不过，想到范老从事出版工作半个多世纪，实际往来的信件会更多，毕竟年头太久，估计还有许多信件未能留存。一个老出版人与作者、读者乃至社会各界人士有着如此广泛交往，让我感佩不已。从这些信中不仅能够看出他勤勉而敬业的风范，更有一种文化关怀和眼界。作为晚辈同行，我与他书信来往中获益匪浅。我给范老的信件能有三封保存下来，自然十分高兴。其中一封是关于丁聪《阿Q正传漫画》出版事宜，写得比较琐碎。丁聪那本书是范老推荐来的，装帧设计亦由他亲力所为。另一封信，告知收到他寄来身着长袍上街的照片，赞其"重展前辈文士丰采"，那件长袍正是听了我的忽悠去做的。第三封信，感谢他对我写作的勉励，又提到他托我购买本社出版的《巴金家书》的事，按说出版社都有用以应酬的样书，直接来信索取就是，他还特意

寄来书款。一桩微不足道的小事，足见前辈清廉律己，又替别人想得周到。

| 112 |　看电影《逃离德黑兰》，看得心惊肉跳，忽而想起有一本苏联小说就叫《德黑兰》。我没看过那本书，却一直记得书名。为确证记忆不会有误，专门上网查了一下。孔夫子旧书网果然有，作者谢奉茨，译者一之（著译者名字都有些怪怪的），上海文艺出版社一九五九年出版。网上说这书是上下两册，但我怎么记得只是一册。知青时期，这书曾经两次到过我手里，只是还没来得及看，又离我而去。那是一九七一年还是七二年，麦收后放了几天假，我去另外一个场团看望几个同学。那天在一个女生宿舍聚餐，发现窗台上搁着这本《德黑兰》。她们见我捧起来就不撒手，就说你拿去看好了。她们说这书不知是谁的，也不知怎么跑到这屋里了。带着这份意外收获，满心欢喜踏上归途。可是火车上遇到查票（我们那时中短途多是逃票），被逮到列车员小间里搜身。从挎包里搜出这本书，列车员喊来车长，问怎么处理。那时苏联已是敌对国，看苏修小说跟偷听敌台一样罪名。好在列车长并未借此大做文章，书当然是没收了，训斥几句让我补了票，就算处理了。回去把这事儿说给老Y听，他说曾在几分场某人手里见过这书。我们农场有一个好处，就是从来不搞查抄"反动书籍"的事情，外国小说尽可放心阅读。大概过了小半年，老Y果然把书给找来了，限定两三天交还。可是只过了半天，下午还在地里

干活,晚饭后他就把书要回去了。他说场部某人突然来了个外场同学,这书先拿去给客人看,过几天再给你。可是这书再也没有拿回来。书的命运跟人的命运一样,从来都是说不准的。

|113| 贺圣遂兄执掌复旦大学出版社时,出版了一套"我们的国家"的小丛书,如《疆域与人口》《历史与文化》《技术与发明》《风俗与信仰》,等等。虽是介绍国情的通俗小册子,却都延聘葛剑雄那些专家撰写,书做得不错。我向老贺建议,再出一本《饮食与治馔》。老贺一听就说好。中华餐饮博大精深,这方面内容自是基本国情之一。后来不知道这书做了没有,好像是没做。后来老贺就退休了。我一直觉得,讲好中国故事,首先要讲好饮食文化,这是中国文化最值得弘扬的部分。可是,我们在抢救和挖掘许多文化遗产的同时,对源远流长的中华饮馔文化却不大在意。截至二〇一九年,中国入选联合国教科文组织非遗名录的文化遗产代表作有四十项之多,竟没有一个餐饮项目。窃以为,遍及全球的孔子学院滥讲新旧国学并非正路,应该跟歪果仁多讲中国餐饮才是。要抓住人家老外的心,先要逮住他们的胃!中国人讲"民以食为天",孔子说"食不厌精,脍不厌细",吃饱吃好,这都是硬道理。后世腐儒只记着孟子说过"君子远庖厨",就不大看重厨子这一行。确实,儒家祖训自有扞格之处,一方面"食不厌精",一方面又是"远庖厨",岂不成了食客的清谈。餐饮文化不能只练嘴上功夫,要讲手上技艺。不过,孟子说"远庖厨"是

不忍看杀生，倒也不是看轻烹饪技艺的意思。但这般绿党思维也透着一种伪善：没有杀猪宰羊，哪来饭局上的珍馐美味？真正讲餐饮文化，其核心是庖厨，落点在肴品，由食材加工到治馔烹饪，再到灶具和餐具，进而餐桌礼仪，这是一整套餐饮文化链，环环相扣，缺一不可。

|114| 八十年代文坛有"湘军""晋军""陕军""鲁军"之称，概以创作实力自领一军。这是以小说而论。其实江苏小说人才济济，倒是不见"苏军"杀入。别管人家江苏，我们浙军在哪里？老华很着急，其时老华为浙省作协秘书长，每忧乡兵涣散而不成军。我给他泼一瓢冷水，浇浇心火，我说从历史上看，浙人出了浙江方有作为，鲁迅、茅盾、郁达夫、徐志摩……哪个不是这样？他沉吟不语。我说早先北大都有"浙籍"之说，让别人看着眼红。出版方面亦如此，商务张元济，中华陆费逵，开明章锡琛，都是浙人，人家可曾将书局办在浙江？他依然沉吟，转过脸突然问起，评论界是否有"闽派"和"陕派"之说？言下之意，评论方面是不是能拉起一个"浙派"。我说，人家那是以评论家籍贯而论，未必是福建、陕西两省本土优势。如，谢冕、刘再复、张炯、李子云被视为"闽派"评论家，人却在京沪二地，孙绍振、南帆是在福建本地，且难说他们本地已成集团优势。所谓"陕派"，就是京中若干陕甘籍评论家，如阎纲、何西来、雷达、白烨诸腕，能凑一块儿吃羊肉泡馍。闽、陕二例，亦足证乡党不在本

乡。这事情本来跟闽、陕二省没多大关系，只是乡籍关乎本省荣耀，两省文士便大肆宣扬。其实，要讲籍贯，北京黄子平、陈平原，上海吴亮、程德培、陈思和，都是广东籍，却没有被整编为粤军粤系。大抵陈炯明之后粤人无敢言自治之道，至少文坛上并不拉帮结派。文学一途，终究是个人单打独斗的事业，创作也好，评论也好，都不必抱团。海明威说，狮子老虎独往独来，只有豺狗和狼成群结队。

|115| 昆德拉小说《玩笑》一共七章，分别由主人公路德维克和埃莱娜、雅洛夫斯基、考茨卡以第一人称讲述。这种叙事结构跟福克纳的《喧哗与骚动》有很大相似度。福克纳前三章是让班吉、昆丁和杰生各自讲述自己和家里的事儿，最后整合到黑人女佣迪尔西这儿。不同的只是最后一章，昆德拉是三个第一人称交替出现，而福克纳是用第三人称完成最后的叙事。《玩笑》的叙事时间只有三天，但路德维克自述的第三章是回溯青春往事，十五年前大学里与马凯塔的交往，在劳役营里与露茜的苦恋。《喧哗与骚动》主要叙事时间是一九二八年四月六日至八日，也是三天，但其中第二章昆丁讲述的是十八年前的事情。福克纳最后以复活节作为人性暧昧的隐喻，而昆德拉作为压轴的众王马队游行则是不可解喻的民俗活动。福克纳叙写康普生家族的没落，昆德拉说的是路德维克·扬个人毁灭中的生存。当然，昆德拉的故事本质上跟福克纳不是一类。路德维克为了报复当年落井下石的泽

马内克,勾引他的妻子埃莱娜,相约到另一个城市去幽会。在等候从布拉格驶来的长途汽车时,他想起马凯塔和露茜,正是两次失败的爱情注定了他被毁灭的人生。但爱情只是叙述的外壳,因为这个社会本身就是毁灭性的。当他成功完成了"复仇"计划(占有了埃莱娜)却并未感受到正义的胜利,因为自己也成了邪恶的一部分,就像众王马队那种莫名其妙的狂欢,一切都坠入无意义的废墟之中。过去,带着年轻人犯傻的真诚付出,给他带来无尽的痛楚;现在,半真半假的性爱游戏,更使自己感到空虚。归纳起来看,这个故事还是相当不错,但阅读时的感受却没有这么好。因为叙述本身过于理性,思想表达太多。记得八十年代我们常常批评某部作品"思想大于形象",昆德拉小说也有这个特点,絮絮叨叨的独白好像是要表达某种哲理,其实要抄录格言还不如去看励志小说,他这里必须费劲地从那些密不透风的言语中去梳理情节和人物心理。

| 116 |《巴黎评论》的作家访谈中,经常会出现的一个问题是,你写作时是手写还是用打字机(或电脑)?竟有不少作家回答是手写,完稿后由他们的夫人在键盘上打出来。如纳博科夫、普利切特、伊斯梅尔·卡达莱都是这样。保罗·奥斯特初稿一概手写,他不是不会打字,只是第二遍才用打字机。卡佛也是这样。往机器上誊录也是修改过程。作家的工作习惯因人而异,自是一种个性存在。海明威既用打字机也用手写,而且他喜欢站着写作,

好像纳博科夫也是站着写，他们使用一种适合站立的写字台。写作是一门古老的技艺，手写大概是使书写过程更带有手工感，便于控制思维和文辞。在机器时代，这或许也是保持个体独立性的心理需要。但是，键盘输入（无论西文打字机还是电脑）毕竟比手写快捷，渐而使许多人抛弃手写习惯。由于中文是非字母文字，汉语写作不可能使用中文打字机，因为要从排列着几千个汉字的字盘中去检字，实在太麻烦。过去中文打字机是给机关打印文件使用的，都配有专职打字员。八十年代末，出现了一种四通打字机，带有电脑文字处理基本功能，已非传统中文打字机。那时这种机器还很少见，我在别人那儿试用过，很快能适应。但四通机未及普及就淘汰了，因为九十年代初国内使用电脑渐成风气，于是作家们有了"换笔"一说。听说王蒙、陈村就是最早用电脑写作的中国作家。但还是有人顽固地坚持手写，去年见到王安忆问到这事儿，她至今仍不用电脑。吴亮好像很晚才上键盘，起初见他用一根手指敲字，被人戏称"一指禅"。谁曾想他现在手机上也能写作，新出版的小说《不存在的信札》就是用屏幕小键盘摁出来的。对了，前边说的"不可能"之事，倒是有人做过尝试，吾弟杭育就用中文打字机写过小说。好像是一九八三年，他还在富阳县广电局工作，利用局里的打字机学会中文打字，就用那台笨重的机器写了《最后一个渔佬儿》，还有另外几篇小说。他觉得，打字的检字过程手工感更强，亦更利于文字斟酌。直到离开富阳，他才改变这种特殊写作方式。

与吾弟杭育，2012年于杭州恒庐杭育画展

|117| 何谓"经典"？博尔赫斯认为，那并非完全是因为文本出众，他在《论古典》一文中说：古典作品具有的"美"和艺术魅力在文学中是"共有的"，其实"在二三流作家的作品或者街谈巷议中偶然都能发现"。这里所用"古典"一词，自然也是"经典"（classical）的意思。既然如此，经典就不应该只是传统认定的那些作品。他进而强调，经典之产生，"取决于世世代代的不知名的人在他们冷清的书房里检验诗人作品时所表现的激动或冷漠"。这里拈出了一种偶或性，但"世世代代"无疑又归于传统之延续。老博话里有话，实际上认为有些被称之古典（或曰经典）的作品，无非是承袭早先某个无名氏学究的个人偏好，以致形成世世代代的传诵或误读。他举例说，"对于德国人和奥地利人来说，《浮士德》是一部了不起的著作；对于别的民族来说，它是

最著名的引起厌倦的方式之一"。记得早年在农场，扛活之余读歌德、弥尔顿那些长诗，也是读得昏昏欲睡。当然，我是理解能力欠缺，更不敢像老博那样跟人实话实说。老A来信总是劝导我要读经典，读不懂也要读。多少年来，我在阅读中形成了这样一种信念：不管你喜不喜欢，经典就是一道道绕不过去的门槛，硬着头皮过吧。其实，布鲁姆怎么说不重要，更不必相信基于意识形态和多元主义的阐释，重要的是自己的感觉和认识。然而，阅读从来就不是完全随性的个人自主行为，传统和社会，图书馆和文学史，乃至老A老B那些风雅的哥们，已经规定了你的阅读方向，除非你存心不想跟他们混在一起。不必怀疑，通篇都是争吵和议论的《卡拉马卓夫兄弟》，或是为表现瘸腿疯子要攥上一大堆鲸类知识的《白鲸》，一定都是必读书。面对眼前一座座大山，你惊叹之余，还得想办法翻越过去。啃完这类考验耐性的大部头经典，我会找一本闲杂读物犒赏自己，油腻大餐后来一道消食甜点。多少年过去，那些八卦励志的东西没有给自己留下多少记忆，记住的还是经典作品的人物和场景，因为这些东西早已成了精神世界的话语构成。

|118| 十一年前，赵园先生赠寄《想象与叙述》一书。我一向喜欢她的著作和文章，这书名更是引起阅读的兴趣。赵先生对明清之际士人研究，擅于根据文献叙述去想象当日的事况，从而理解当事人对历史境遇的想象与叙述，亦即凭借士大夫言论和行

为方式去复原历史的生活图景。作为一种治学路径，这显然比常规的史学著作更贴近对象本身。应该说，这部叙史作品的写法具有某些文学特点，我是指文学的修辞方式。比如，将易代之际锁定于某个"瞬间"，围绕这个时间节点讲述甲申年的一系列事况；以"废园"和"芜城"映照士大夫的黍离之悲，标识为记忆历史的符号，诸如此类。读后很想写一篇书评，但那时已有十多年没有再接触这方面的史料，离开那种语境太久了，不敢难为自己。有些零星的读后感一直留在心里，因为赵先生的文字也启发了读者的想象，只是在我这儿言语思绪难以归拢加以叙述。书中《废园与芜城》一篇，自是沉痛的文字，那种破坏与修复的循环（如从《扬州十日记》到《扬州画舫录》），如何交织在历史的记忆与遗忘之中，都是令人深思话题。明季士大夫对私家园林之痴迷，不止是一种生活方式，或可视为独特的文化现象。在局面日坏的情势下，祁彪佳、倪元璐诸辈依然大肆造园，是未能感受危机临近还是另有动机，赵先生在叙述中未遽作判断，却让人领悟到某种生命寄托的意思。想起九十年代某年某日，陪赵先生往嘉兴王店游览朱彝尊曝书亭，假山亭池之侧，江南士人治园情怀略窥一斑。鼎革之后，情调依然，却不敢如早先那般嚣张放肆。或是清初尚俭，竹垞的园子很小，只是多少亦见主人匠心独妙。但这地处乡镇的景点游人寥寥，亭园颇显颓败。其时官家正讲温饱奔小康，"传统文化"尚无以寄托，康熙所赐"研经博物"匾额扔在管理员屋里，池畔厢房若干闲汉裸袖揎衣玩台球……

|119| 子平兄推荐挪威作家尤·奈斯博的侦探小说，文敏上网买了五六种。我挑着看，看完了《雪人》，看了《警察》前边几章，觉得太阴冷，就撂下不看了。早年读阿加莎·克里斯蒂的东西，总觉故事布置过于精致，破案者只是智力付出，不用像霍勒探长那样把身家性命都搭进去。确实如此，不管是波罗还是马普尔小姐，职业侦探还是业余玩票，阿婆那儿几乎都是以旁观者的姿态介入案件，他们温文尔雅的推理言述展现了上流社会人士的聪明睿智，有如绅士淑女们下午茶或是牌局上妙趣横生的谈吐。作为探案这种智力游戏的玩家，波罗和马普尔小姐并非游戏中的一个角色，他们多少具有叙述主体的控驭力，其令人信服的条分缕析取决于超然事外的清醒与从容。但是，那种沙龙式的断案亦颇乏味，破案者若是不能与杀手和罪犯共处互相搏杀的危境，总让人觉得不够来劲。但是的但是，像霍勒探长那种苦逼角色却让人于心不忍，加之阴郁的场景，变态的心理，黑社会的诡异氛围，使得阅读变成一种不堪承受的苦役。奈斯博擅长令人毛骨悚然的心理细述，无疑具有某种精神深度，但也破坏了我对此类作品的阅读期待。我比较喜欢的是另一位北欧作家的作品，就是瑞典作家斯蒂格·拉森的"千禧年三部曲"，《龙纹身的女孩》《玩火的女孩》和《直捣蜂窝的女孩》。拉森的探案故事不像奈斯博那么使人揪心揪肺，也跟后者一样是参与性的，是将几方面的角色都投入危机的旋涡之中。女孩萨兰德、记者布隆维斯特、警方调查组、具有苏联间谍背景的俄罗斯黑手党，形成四方博弈的局面。拉森

的格局更大，他不玩细部的惊悚，却透过案件本身追究国家与法律问题，悬念背后有着更多的道德关怀。应该承认，拉森和奈斯博的侦探故事都有纯文学的精神取向（勒卡雷愈到晚年作品亦愈是接近纯文学），只是叙事形式尚较传统，未见别出心裁的新意。毕竟是类型小说，你不能要求更多了，适合自己口味就行。

|120| 书架上有一本《冒险家萨拉卡因》，作者皮奥·巴罗哈为西班牙"九八年一代"的代表人物之一（九八年即1898年，被认为是西班牙近代文学发端）。这书上海译文一九八四年出版，原价才七角七分钱，封底盖了"特价书"章子，想不起于何时何处购入。书一直没看，近日抽时间读完，感觉有些奇怪。这部小说像是一个故事梗概，因为几乎没有什么细节描述，更没有欧洲小说常见的那种长篇议论和内心独白。或许西班牙小说有自己的传统，跟欧洲别国不大一样，像《小癞子》那种概述性文体亦自成一格。但这书跟《小癞子》的生动风趣差远了。主人公马丁·萨拉卡因在自由派和保皇党交战期间从事走私和贩卖军火的勾当，跟两边都有来往，这种冒险生涯确实很奇特，真正是超越混乱之上。但叙述过于简率，几乎通篇都是这样一种过场笔墨："途中，他们经过了一个叫奥伊基纳的小村子，这个村子仅仅由乌罗拉河河岸上的几间茅屋组成。接着，他们又经过了阿伊萨尔纳萨巴尔，在大桥附近的伊拉埃塔客栈里歇下来用晚餐。[换行]夜色很快就降临了。晚饭后，马丁和包蒂斯塔商量是在这儿歇宿还

是继续赶路，最后决定还是继续往前走。[换行]……"马丁与奥安多一家的爱恨恩仇是小说的核心内容，却也是草率敷衍，阅读时总觉得自己好像漏掉了什么。我读小说偏于喜欢文字简略的一路，可这巴罗哈之惜墨如金却让人大跌眼镜，大大颠覆了我的阅读经验。所有的介绍都称巴罗哈是大作家，甚而是伟大的作家，《冒险家萨拉卡因》是其代表作之一。鲁迅说"伟大也要有人懂"，我是没看懂。当然不只是我，豆瓣读书介绍此书也只列出出版信息，没有评论，但有两条读者留言，其中一条说："我想知道上海译文是出于什么目的出版翻译这部作品的，感觉就是小孩子过家家的童话书嘛！"这话也像孩童直言无忌，到底是没弄明白。

|121| 很早的时候，有一次听钱理群先生聊天，聊起某些著述文体和行文特点等话题。钱先生说他喜欢马克思著作中的注释风格。他说的注释，不是现在论文中交代引文出处的文献索引，大抵相当于古人所说的注疏，是对正文中提及的名物、事件和现象等加以解释（不同的是，古人注疏是诠释前人著作，不是给自己文章下注）。马克思的注释则不限于此，更有许多是对正文的补充或说明，或是不便在文中细述的话题专门在注释中另作阐释，因而一段注释往往洋洋洒洒写成很长的文字，读来很有论据赅博、思路开阔的气势。其实，这种注释在欧美学者那儿并非少见，只是以前某个时期我们能看到的只是马恩著作，所以印象特深。钱先生写文章亦是汪洋闳肆，对于这种借助脚注的分导式论述甚是

着迷。他早期的几本著作，如研究鲁迅的《心灵的探寻》、研究曹禺的《大小舞台之间》，都在注释上花了许多功夫。他写曹禺那书是我做的责编，看稿时很是叹服他资料之详备，能予不同层次胪列论据，可见不是一般学人的视野。赵园《明清之际士大夫研究》及续编，葛兆光《中国思想史》，皆有此特点，且往往在注释中转述其他学者的论说或加以辨析，结合正文看整个论述就显得十分通透。现在一般学术著作也都重视注释，但基本上都是检索引文出处，甚至为了注释栏显得壮观还要尽量多引书。其实，在我看来，引文出处大可不必在注释中列出，难道正文中不能直接告诉读者这话是从哪里来的吗？你看鲁迅的《中国小说史略》，陈寅恪的那些论著，有哪种多此一举的注释吗？我不明白为何要弄出这般没有必要的著作格式。有人告诉我，注释栏就是为了让读者/审读者一眼看出论文资料是从哪里来的（有人据此判断作者的学术门径）。还有人说，是便于统计被引用著作的"影响因子"。都是懒人省事的歪理。我自己写文章，不能像钱、赵、葛那几位借助注释作出丰赡的学术表达，又讨厌多此一举将引文出处另置一栏，所以就不用注释。

| 122 |　历史书写往往有一种误导，偏让你记住某些不重要或是干脆不存在的事况。如，曹操"入朝不趋，剑履上殿"，常被讲史者作为如何跋扈而藐视朝廷的例证。《魏志·武帝纪》是这样说的："公还邺，天子命公赞拜不名，入朝不趋，剑履上殿，如萧

何故事。"这是建安十七年（212）正月，曹操平定关中后返回邺城，献帝遣使前往嘉慰。所谓"剑履上殿"，是一份悬拟的待遇，实际上曹操已久不入朝。自建安十年拿下冀州，他就一直居于邺城，并不与献帝同在都城许昌。所以，献帝的诏命要派人送往邺城。第二年册封魏公的典仪也是在邺城举行，如《武帝纪》所述："（建安十八年）五月丙申，天子使御史大夫郗虑持节策命公为魏公。"此回由专人"持节"前往，亦可证明曹操不在许昌。越明年，魏公的待遇又加码了，"天子使魏公位在诸侯王之上，改授金玺、赤绂、远游冠"。裴注引《献帝起居注》曰："使左中郎将杨宣、亭侯裴茂持节印授之。"这回还是派人去邺城。自从曹魏的政治中心迁往邺都之后，许昌这座都城便是备受冷落。寂寞无聊中的献帝倒是希望老曹常来自己这儿走走，也就不断弄出这些讨好曹操的娱乐节目。献帝不是高祖，曹操也不是萧何。他老曹固然藐视献帝，既已"挟天子"将之玩弄股掌之上，何须"剑履上殿"让自己扮演成一个武弁。从《武帝纪》看，官渡之战后，曹操就再也没有回过许都。顾炎武《宅京记》备载历代都城之制，倒是偏偏不列许昌，大概在亭林先生看来那儿根本就不是朝廷，只是献帝囚居之所。

| 123 | 维特根斯坦《哲学研究》是以一小节一小节的思想片断写成，行文带有日常口语特点，完全没有一般哲学著作的晦涩与枯燥。他开头先从语言的表意功能说起，借助浅显易懂的事

例引出意义的概念和某些哲学命题。在某一节断想中，他举述教师训练孩童识字的情形："例如他用手指着石板的形状并说出'石板'这个字词。这种指物识字法可以说是要在字词与事物之间建立起一种联系。但这是什么意思？唔，可以有不同的意思……"他是说，当孩童念出"石板"这个语音，脑子里可能想到的是该物的图像，也可能不是——或是进而转换成书写的概念。这里作为举例的"石板"，是从前小学生用于练习书写的一种工具，读维特根斯坦这一节，想起自己刚上小学时还用过那种文具（那是六十多年前）。大约当我升至三四年级时，石板就被淘汰了，所以比我年龄小几岁的人恐怕就没见过。在那种打磨成薄片的石板上写字，当然是为了节省纸张，用滑石笔写上去的字迹很容易擦掉，可以反复书写。石板四边镶有窄条木框，大小跟我现在使用的 iPad（mini）差不多，我最初使用 iPad 时也想到幼时用过的石板。只是我那块石板用了没几天就摔碎了。简爱在石板上解算术题，想避开校董和老师的视线，把它举高遮住自己的脸，却不小心掉在地上摔成两半。我是怎么摔破石板的，竟想不起来了。反正那种石材很脆，一摔就碎，也像 iPad 的液晶屏似的。我上一个 iPad 就是掉地上摔成了黑屏，那一瞬间我想到了碎成几瓣的石板。好在我摔破石板不用像简爱那样被罚站，只是没敢跟家里说。可是，此后我就成了班里的另类，课堂上当别的同学都拿出石板写字或演算的时候，我只能埋头看课外书，或是迎着老师犀利的目光一味发呆。我好像被排除在班级这个团体之外。这时候若是听

到维特根斯坦喊同学们念出"石板"这个词儿,我脑子里浮现的肯定是一个破碎的形状,那图像后边则是一颗被疏离的破碎的心。

|124| 四十年前在黑大念书,我们中文七七级是最捣蛋的一拨,课堂上爱给老师取绰号。不过,虽是玩笑戏谑,称名亦颇雅驯,不能说是对老师不敬。教现代汉语的吕教授自创一套语法体系(其中引入乔姆斯基转换生成语法),许多人整了两学期未得要领,乃谓"春秋繁露",而吕老头子就被称作"吕氏春秋"。哲学课讲辩证唯物主义的老师一副寒士派头,手里连个拎包都没有,就用一块破布裹着讲义进了课堂,被唤作"哲学的贫困"(借用马克思书名)。另一位哲学老师,讲课正气十足,满嘴江湖四海,便有"马列大哥"之称(并非学黑社会,其时李季长诗《石油大哥》影响甚巨)。七七级纪律涣散屡被校方斥责,系里主持教学的刘老师整饬教学秩序,立种种规矩,欲举新政却无法推行,大家戏称"探春理家"。写到这儿,突然想起,本年级还发明了一个特殊词儿。刚入学时,正恰北京举行全国科学大会,闭幕式上郭沫若发表题为《科学的春天》的热情洋溢的讲话,"科学的春天"一语顷刻传诵南北,见诸各色报刊标题。一次课堂讨论中,有某生不恰当地简称为"科春",引起满堂哄笑。如此造词弄出不谐之义,这"科春"一词就成了大伙嘴里的嘲谑语,用以挖苦过度夸张、刻意和弄巧成拙,乃至一切不谐和的语言表达。比如,读到一篇矫揉造作的文章,就说是写得"太科春",或是"有点儿科春"。后

来，此语指涉逾出言语范畴，又引申为某种追逐时髦而实质上又是老土的审美品位，如："你穿这身夹克还系个领带，不嫌科春吗？"或又不限于审美之类，如行事高调唐突，或是有违世俗情理的事儿，也会被说成是"科春"。甲生在校外做好事不欲留名，乙生偏给校广播站写表扬稿，甲便阻拦说："别给我整这科春事儿！"至于报纸和官媒的许多宣传，自然不乏"科春"之例，因为往往有违事物之本义。这个词儿实无明确定义，譬如说某人某事"科春"，大家都知道是怎么回事，却也难以做出确切解释。可以定义的是，"科春"的反面正是事物本身，是自然、朴素与谐和。

| 125 |　如今唐诗宋词大热，诗经楚辞也快成了少儿读物，汉赋却备受冷落。在历代具有代表性的文学样式中，辞赋可以说是当今读者最为陌生的一种，恐怕是因为其自身难以摆脱"繁华损枝，膏腴害骨"的审美缺陷。然而，自汉赋初兴到唐宋赋体变调，这一千多年间，辞赋在士夫文人眼中一直是堂皇典丽的高端文体，甚至延至清代依然为文人看重。在《文选》辑录的各体创作中，赋被置于最高地位，所选篇幅差不多占了全书三分之一。《毛传》谓："不歌而颂谓之赋，登高能赋可以为大夫。"可见作为文体的辞赋，不仅是一种文体，也寄附着一种表达理念。就文体而言，它是介于诗与散文的"中间物"，其铺采摛藻、体物言事的特点，体现了诗文演化过程中企图兼容抒情与叙事乃至言理言志的统辖性追求。因为在它勃兴的时代，朝廷需要这样一种能够承载宏大

叙事的华丽文体。汉高祖刘邦创立的大汉王朝经过文景之治，至武帝时已呈一派强盛之象；从开拓边疆到修筑宫殿，从巡游、田猎到泰山封禅，这一系列体现武功文治的大动作需要铺张扬厉的文字来讴歌。因帝国需要应运而生，所以它就成了言语表达的主旋律。从贾谊、枚乘将骚赋体推向散体大赋，到司马相如之时已是"诡滥愈甚"。之后班固、张衡赋两都二京，不再似司马相如之浪漫无边。汉末魏晋至南北朝，政权更迭，战乱不已，大赋衰落自是必然。辞赋由长篇变为短制，以后六朝骈赋和唐宋律赋和文赋，体物对象不再是宫殿苑囿和天子游猎之类，对人生世情亦有切实观照。但辞赋过度营造整饬的美感，与后世的审美意趣愈益相远，故渐而丧失一般阅读价值。但是，辞赋作为一种文字思维定式依然传递着浮夸的表达之欲。从"文革"时期两报一刊社论到至今不绝如缕的官样文章，那些夸张铺排的大话套话，那些推陈出新的骈语和金句，内里的功夫仍是汉赋家数。王国维说，一代有一代之文学，而后世莫能继焉者也。这话要看怎么理解，文体样貌的变革并不能真正隔断传统。

|126| 一九五五年，王元化因胡风一案牵连被隔离审查，离开了他主持的新文艺出版社（上海文艺出版社前身）。据说该社是胡风案的重灾区，同时遭难的还有张中晓等人。这一年，德昭公从上海团市委调入新文艺出版社，自然是作为被信任的干部充实该社编辑力量。他担任民间文学编辑室主任，早年北新书局的李

小峰时为编辑部负责人，工作上颇有交集，听他讲过李的一些故事。德昭公大学里学的是机械工程，转入编辑岗位须从头学起。鸣放时他结合自己的学习体会，给《文汇报》写文章，说到党员干部应带头学习专业知识，不能满足于做"万金油"。因为这番言论，他被打成"右派"，然后调离出版社。上边安排他下放劳动，有两个选择：近处是上海郊县，远处是青海省。他选择了去青海。我问他为何舍近求远，偏去塞外苦寒之地，他说"想亲眼看看那片青色的海"。那年德昭公三十多岁，困踬之中不失"诗和远方"的浪漫情怀。王元化隔离审查后亦被下放，我听王先生说过，同样是远近两处选择。元化先生幸而去了上海郊县，我想，这是理性而痛苦的选择。先生的治学离不开上海这座城市的人文蕴藏（包括学界师友、图书资料、文化机构，等等），六十年代初他还常去淮海中路熊十力寓所，请教佛学诸子学问题，当时他已经回到市内。倘若先生去了青海，很难说能否成就那一番学术事业。德昭公下放之日，就在青海湖东侧的湟源县日月山乡，在十分艰苦的条件下与当地农牧民一起种地放牧。那地方距离"青色的海"只有六七十公里，可是他竟没能去青海湖看一眼，一次都没去过。雪泥鸿爪，人生歧路，真是世事难料。有时"诗和远方"是一种情怀，现在往往成为蛊惑性的人生教导，可是仅有情怀并不能带你走入理想之境。王先生特别理解张中晓《无梦楼随笔》中表达的饱经患难的心路历程，他为该书作序，最后说道："中晓既以'无梦'命名，我想大概也含有抛弃梦想，向乌托邦告别的意思吧。"

|127| 悉尼向北,不到两小时车程,进入崇山峻岭环绕的河谷地带,我们去一个叫袋鼠谷(Kangaroo Valley)的地方。在蜿蜒曲折的山路上,詹姆斯·郑的越野车一路狂奔,后边跟着吾家女司机驾驶的丰田商务车。我不幸坐在老郑车上,被他狂野的车技折腾得几乎虚脱,一下车差点栽倒在地。喘过气一看,这地方果然是好,青岚翠谷,空山无人,绵延的草地,白色围栏,三三两两的牛和羊,一幅慵懒闲适画面。遗憾的是没见着袋鼠。这处牧场兼作民宿,我们一行七人分别入住四幢相隔不远的木屋。这儿没有厨师和餐厅,晚上大伙聚到我这屋里做饭,室内炉灶和餐具一样不缺。我们从悉尼带了牛肉、海鲜和蔬菜等食材,各人做了自己的拿手菜。主食是老郑选购的一种很有嚼头的土耳其面包。吃饭时老黄问起,袋鼠谷怎么不见袋鼠?老郑说有的。老黄说他和老婆女儿沿着崖坡走了一圈也没见着。老郑说他见着了。老郑在悉尼经商,已在澳洲生活二十多年,这地方来过好多次。一月份是澳洲夏季,但夜间还是冷飕飕的,我们把壁炉烧上,原木劈柴发出噼里啪啦的响声,炉火映着一张张醺醺然的面孔。我喝了多少?没有一瓶也有半瓶多。是皮特小酒庄的特酿,这酒的酸涩度正合口味,两天前我们在那儿买了一整箱。餐后人散,收拾好杯盘,文敏在壁炉前看书,我出去转了一会儿,月光下河谷那边闪过几道黑影,看不清是不是袋鼠。卧室里没有壁炉,盖着厚被

睡觉还是觉得冷，但迷迷糊糊也就睡着了。半夜里听到咣咣咣的响声，是有什么东西撞击客厅房门。停了一会儿，那声音又来了。肯定是袋鼠，难道还会是别的什么？好在门板门闩很结实，不至于让那东西破门而入。早上起来，跟他们说起夜里的撞门声，那几屋都说没听见什么动静。老郑说，昨晚在你们屋里做饭，准是食物气味把袋鼠招引来了。可惜当时没敢出去看一眼。那东西突然就来了，穿过夜雾草场，带来夜半惊魂的迷离叙事。

|128| 老A问我怎么看荣誉这件事，我说这种假设性话题毫无意义，就像咱俩讨论发财之后做什么打算。我自己这辈子没获得过什么荣誉，小学里得过几张奖状，初中只是体育比赛拿过名次。此后从下乡到上大学，从工作到退休，一辈子跟先进无缘。老A提起这一茬自有原因，这老兄整理旧物，翻出了一大摞奖状和获奖证书：三好学生、植树能手、麦收大会战先进个人、优秀团员、工会积极分子、计划生育先进个人、五讲四美标兵、五好家庭、遵纪守法个体户……五花八门的先进。他老妈在世时都给他收拾在一个小樟木箱里。他问我，这些东西是否还有必要留存。我说当然要妥善保存，最好镶成镜框挂到墙上，就像街上餐馆小吃店都用镜框挂起营业执照和卫生合格证。你这是冬瓜扯到豆蓬里，别拿我寻开心了。他有些不悦。其实，我真的羡慕他一生能与荣誉相伴。虽说有些表彰现在看来不太荣誉，因为过去的政治正确现在看来往往不大正确，这都不去管它，凡人俗子不可

能都去做反潮流勇士。我总觉得被表扬是很受用的事情，至少能够激励上进之心。当然老Ａ上进并非有往上爬的心思，亦并不唯上。这是我特别佩服他的地方。据说中医养生观念是缺什么补什么，我是自己缺什么就羡慕人家什么，简直羡慕嫉妒恨。一辈子未获阳光雨露渥眷，内心似已枯萎，不能不怀疑自己心理是否有问题，不至于阴暗也至少是阴郁或忧郁。所以，我不敢涉足政治，在文学行内瞎混可以，但也不能胡说八道。老Ａ不在文学圈里，却把文学圈里的问题看得很透，听他放言无忌骂骂咧咧，总是让人羡慕。

| 129 | 九十年代时，我用过一个笔名"来凤仪"，主要用于编书，如拙编《徐志摩散文全编》《张爱玲散文全编》等，都是署这个名字。编纂书稿有别于责任编辑的工作，在社内称为"职务作品"，按惯例另拟笔名署之。这些书出版后，陆续收到一些读者来信，或赞赏鼓励，或指谬献疑，或对再版提出若干建议。那些写给编者的信都是请出版社"转致来凤仪女士"，我荣幸地被被误作"女士"了。有人问，你怎么偏用一个女人名字？这事情我并没有在意，最初发稿时随便写了一个。不过，名字中带"凤"字就被认为是女性，实是误解。旧时男人名字用"凤"字的不在少数，一时想不起太多，也能举出几个，如明末戏曲家张凤翼、清初书画家高凤翰、晚清办洋务的李凤苞等等，还有汪曾祺小说写到的扬州评话里的皮凤三。其实，我上一辈人名讳用"凤"字的

亦常见，因为汉字中"凤"指雄性，"凰"指雌性，查查字典就知道。现在"凤"和"凤凰"都被认为是跟女性相联系，大抵有种种缘由，不知是否要从宫廷仪制到民俗符号之演化过程去寻绎，我自无力考辨。不过，"来凤仪"这名字，之前曾在自己一篇小说里用过，是写一个爱逛旧货店的人，那个人物身上有我父亲的影子。前辈出版家范用先生很关注我们那套"全编"，向人打听"来凤仪"是谁来着，有一次来信说起，听说那人是我亦不禁莞尔。

|130| 八十年代至九十年代初，报纸上常有一些知识竞赛活动，列出的题目往往有一整版。前边有一些时政问题，后边便是五花八门的知识考点，如：郑和下西洋是哪一年？五胡十六国都是哪些？中国首次参加奥运会是什么时候？鲁迅曾经劝哪位作家不要移居杭州？还有告诉你书名让你说出是哪位作家的作品，诸如此类。这些知识内容深浅相差很大，有的张口就能说出，有些题目专业学者不查书也未必能答对。有回大概闲得无聊，我试着做过一份这样的竞赛答卷，不翻书只能答上一半题目。有人认为这类知识竞赛毫无意义，因为那许多知识对于一般人来说没有知识价值。譬如，非洲最大的深水港在哪个国家，你不搞外贸和航运有必要去记住吗？但我觉得，这种知识竞赛倒是测试记忆力的一个办法，测试你平时看报读书能记住多少。别的不说，记忆力对治学是至关重要的基本素质。读钱锺书《谈艺录》《管锥编》，最让人惊讶的是，说到一个问题他能举述十几个以上的事例，这

绝对不是临时查书所能办到（即使有卡片积累亦须随时能记得）。在我看来，一个人若是记忆力欠佳，身陷知识积累性的学术泥淖便是难以前行，不如玩点别的更好。原先一直不解，鲁迅做了《中国小说史略》之后，竟未能于学术一途继续开拓。他思想最深邃，亦最有眼光，没有继续在学术上用力，可能有多种原因，或许亦是记忆力受限。因为鲁迅文章里的某些引述舛误使我想到他的记忆力并不出众（那些舛误《鲁迅全集》注释里都有说明）。鲁迅的思想大多是借助杂文表述，这是最能发挥其心智优势的文体，亦最能显示他的创造性。通常有一种看法是，记忆力与理解力（又推衍至思想性）往往并不兼容。博尔赫斯小说《博闻强记的富内斯》说的就是一个记忆力超强，却缺乏思维能力的人。这人甚至发明了一种独特的记忆法，一种无穷尽的知识吸纳大法。他尽量把世界压缩到自己的编码词汇中，却又不得不还原到每一个细节，因为他所记住的是一个个具体编码。博尔赫斯对记忆的这种虚构，似乎预示着阿尔法狗之前的电脑功能，或者可以视为揭橥知识密集型游戏的一个寓言。

| 131 | 二十年前，在《读书》发过一篇文章，指正《鲁迅全集》第一卷《坟》若干注释错误。其中提到《春末闲谈》有一个应该下注的词，书中却没有作注，就是"世上挺生了一种所谓'特殊知识阶级'的留学生"一句中的"挺生"。这个词不作解释，读者可能会以为是"诞生"之误。此处若作"诞生"，似乎也

通。好在《全集》的校勘者没有擅改，大抵是心存审慎之念。未名社一九二七年《坟》的初版本就作"挺生"。我还见过北新书局一九三三年的第四版，"挺生"一词仍旧。既然"挺生"无误，为什么不作注呢？我想大概是注不出。这个义项，《辞海》《词源》都没有，应该算是生僻词。"挺生"的来源是《吕氏春秋·仲冬纪》"芸始生，荔挺出"一语，高诱注："芸，蒿菜名也。荔，马荔。挺，生出也。"是谓仲冬时节，这些野菜开始破土而出。高诱称为"马荔"一名，别书释义又作"马蔺""马薤""马苋"等，是一种野菜，并非水果中的荔枝。总之，古汉语中确有"挺生"一义。由于《全集》未作注，果然有人以为此句出现错字，当时见漓江出版社所出《鲁迅杂文精编》（1998年9月初版）就望文生义将"挺生"改成了"诞生"。我给《读书》写那篇文章期间，正好手头有陈奇猷的《吕氏春秋校释》，很凑巧看到"荔挺出"一语。我的阅读收获有时亦是一种机缘。其实，陈奇猷这个校释本到我手里也是匪夷所思，就是九十年代哪一年，平白无故地收到了这部书，寄书的牛皮纸封套上只是一个陌生名址。更奇怪的是，这样的事情居然还不止一次，有次收到的是纳博科夫小说《黑暗中的笑声》，还收到过一本苏州评弹史料汇辑。与这些书籍的不期而遇，并不会改变你什么，但埋首于文稿之际，忽然觉得自己平淡的生活里竟代入了一点奇幻感。

|132| 黄宗羲《思旧录》笔墨极简，寥寥数言见性见情。所

记士者百十余人,早年皆有一段交游,可见其声气之广。这"朋友圈"里一大批才子名士,亦不乏公卿宰辅。改革之际,范景文、倪元璐、祁彪佳、徐石麟一班大佬纷纷殉节,连驸马爷巩永固亦自焚而死。甲申惨烈之象于梨洲心中不能磨灭,写这样的文字必然沉痛。各地围城之际,尚有更多的士子投缳落井或忧愤而卒,如祁彪佳、施邦曜、赵初浣、朱大典、张国维、王毓蓍等人,还不止这几个。之后,杨廷枢不薙发而死,汪泖不入城市,顾杲死于乱兵,陆圻不知所终,吴应箕起兵山中,孙嘉绩率邑人抵抗,冯元飚以海船迎驾南迁,张煌言等从亡海外,瞿式耜、方以智辗转两广……明季士人多以志气相激励,遗民故事亦是可歌可泣。今之读者很容易想到这样一个问题:如此一班文化精英,如何救不了国家亦葬送了自己?兵燹之后,梨洲或曾也这样想过,但那些义无反顾的殉节更使他感动,那种泫然泪下的庄严情感铸就了历史的合法性。历史在儒者"正气歌""浩气吟"的慷慨叙事中延伸与循环,传递着一份永恒的精神遗产。悲情与慷慨,实不容去究诘他们信奉的是怎样一种文化信念,强制性地摒除了其他一切话语。如闻吴钟峦在普陀庙中抱夫子神主举火自焚,梨洲亦不由感慨:"何处容腐儒道得一句!"

|133| 从前欧洲贵族将自己孩子送到寄宿学校去培养,据说有助于养成独立自主的人格和能力。不过,现在寄宿成了一种有争议的办学模式,许多专家认为孩子过早离开父母弊大于利。勒

卡雷小说《完美的间谍》有一段说到主人公皮姆小时候读寄宿学校的情形，真是很有一种失怙的感觉。当然，这种事情恐怕因人而异。我念初中时就是住校生——那时杭州除了一所军队干部子弟小学，没有真正的寄宿学校，但许多中学都给路程较远的学生提供宿舍——我没觉得这种寄宿生活对自己造成情感和心理损伤，反倒觉得很开心。因为整天跟同学在一起，自然不缺玩伴，还不用回家做家务。我那个学校在城乡接合部，学校很小，条件极简陋。男生宿舍是几十人的一个大统间，就在校园的河对岸，原是附近生产队的仓库。我们入住时，里边还堆放着农具和稻谷脱粒后的砻糠。大伙就在砻糠堆里翻跟斗打虎跳，玩得不亦乐乎。但那种草创的简陋版寄宿学校有其可恶之处，学校盖校舍铺筑运动场地的主要劳力就是我们这些学生，三年里差不多有一半时间做劳役（劳役还是思想品德主要得分点）。管理又极严苛，如午睡不让回宿舍，让你在教室里趴在课桌上睡觉。男生们屡屡违纪便屡屡受处罚，可以说比简爱在寄宿学校的境遇更坏（简爱读的是收容孤儿和残障的学校）。屈指一算，那是五十八年前，毛主席号召"向雷锋同志学习"那一年，我们课后上街学雷锋做好事。老A还经常忍痛割肉掏出一个钢镚去交给警察叔叔，扮演拾金不昧的好少年。受罚后自有一种救赎心理，受罚／救赎，再受罚／再救赎……少年的顽皮淘气掩饰了急切要被认可被接纳的欲望。那种心理扭曲落下的毛病，许多人终身未能治愈。但那不是寄宿生活的错，当然是教育理念和制度问题。

| 134 | 那年上山下乡，从杭州发往北大荒的知青专列，一路走了四天四夜。途中要避让正常车次，停靠时多是甩在站外岔道作"临时停车"。车到锦州靠上站台，一车人大喜，都下去找吃的，可是找不到售货摊。站房后边栅栏有一处豁口，我从那个临时通道跑到街上去了。只见满街革命气氛，走过一队队游行人群，庆祝刚又发表了什么"最高指示"。这时，一阵彻天彻地的吹奏乐将我吸引过去，行进演奏的乐队正朝这边过来，正午阳光下晃出一排排闪亮的铜管乐器。之前，在杭州从未见过这阵势。演奏的是当时流行的语录歌之类，可那铜管乐偏是摄人魂魄，不由跟着乐队和游行人群走出好长一段。终于不敢再往前走了。我们的车每次停靠时间都不确定，没准什么时候就开走。急忙赶回站里，车真的是走了。幸好身上有知青乘车证，我找站里说明情况。调度员查了行车图，那趟专列将在沈阳站停靠一小时，便安排我上了半小时后北京驶往沈阳的特快列车。他说，你放心，到沈阳准能赶上你们的车。果然，到了沈阳我们的专列也前脚刚到。许多年以后，我跟外场的朋友说起这事儿。老A说，要是到沈阳还没赶上，那咋办？我说，还得找站里调度想办法。他说，人家是调度车的，不是调度人的，沈阳站要是不理你这一茬，那咋办？想想也是，怕是要流落街头了。老B不说咋办，说了一个他听来的故事——那是上海发往北大荒的某次知青专列，真还走失了一个男生。他说，就跟你一样，在什么站下去了，车开了也没回来。不一样的是，这人竟失踪了。不至于吧，我说，在中国不管什么

时候要找个人都很容易。他说,过了若干年,有人见到那哥们了,在加州伯克利。你不是去过伯克利么,就在那条主街上,那人开了一家摄影器材商店,兼做图片生意。有意思的是,他店里挂满了知青上山下乡的老照片。这很像是保罗·奥斯特小说的诡异构想。他怎么去的美国,又怎么置起自己的店铺?老B说,你自己琢磨。

|135| 稼轩词《水调歌头》(我饮不须劝):"头上貂蝉贵客,苑外麒麟高冢,人世竟谁雄?"又,《鹊桥仙》(小窗风雨):"诗书事业,青毡犹在,头上貂蝉会见。"词中所谓"貂蝉",跟《三国演义》的美女貂蝉没有关系,是宋代的一种官帽,即"貂蝉冠"(故曰"头上貂蝉")。《宋史·舆服四》谓:"貂蝉冠,一名笼巾,织藤漆之,形方正,如平巾帻。饰以银,前有银花,上缀玳瑁蝉,左右为三小蝉,衔玉鼻,左插貂尾。"这"貂"和"蝉"都是官帽上的装饰物。以貂尾饰冠,至少汉代已有,如"貂羽""貂珥"皆以表示达官显贵的身份。关于冠冕饰貂附蝉的记载,按《汉书·燕刺王刘旦传》《续汉书·舆服志》的说法,为汉家天子近臣(侍中)所用。作为帽花的"蝉",汉唐时期为金质,宋代多为玳瑁,或是玉雕的蝉形饰件。在宋代,貂蝉冠是大臣朝服配置,但那种玉蝉饰件大抵亦早已流入民间,有作为帽花的,也有摆件之类。记得小时候常见旧式丝绒女帽上缀有玉蝉玉兔之类的玩意儿(五十年代还戴那种帽子的皆是老年妇人),至于貂尾就省去了,民间服饰不用那么讲究。冠冕装束之附蝉,从官场到民间,从男

性到女性，这习尚变迁不知是什么道理。

|136| 吴亮小说《不存在的信札》是一种很特殊的叙事，我读后写了一篇评论（刊于《扬子江文学评论》2020年第1期），按自己粗率的理解对这个文本做一番解读。显然，这不是一个完整的故事，甚至是否可以称之小说都可能大有争议。确实它过于碎片化了。这个作品由二百六十五个单元组成，绝大部分是书信，还有一些零星的札记和文稿。因为收信人很零散，写信人又被隐去了——但根据信中内容和语气判断，写信的显然不是同一个人，这更将叙事脉络扯散了。总之，很难让读者在不同信件之间勾连起故事线索。当然，并非毫无线索，曼达似乎是一个中心人物，书中有三十多封是写给她的，另外还有一些信中提到此人。许多信都在谈论艺术与宗教，知识的密集呈示是这个时代的文化风气，将思想隐于知识面具背后的写信人自然面目模糊。但是，那些"不存在"的信札却写得很真实，不像通常文学作品中杜撰的书信，就语言文字角度而言，这里绝对充满写实主义的温情，绝对符合亲友之间书信的常规语态，让你清晰地触摸到现实生活的肌理。写信人，亦即身份不同面目各异的叙述者，组成了众声喧哗的言述。这是一种开放的"言语场"，通过人物之间的话语关系，可以窥察他们的心性、情趣和相当有限却耐人琢磨的一部分生活内容。这种大量留白的开放性叙事显然不是一个自足的文本，需要读者积极参与，这是我在评论中反复强调的观点。吴亮的独

创性亦在这里，利用言语的张力，将叙述变成诗意的关联。与同样喜欢作碎片化处理的贝克特有所不同，贝克特注重自我解构，吴亮则期待受众的解构与建构，召唤受众的想象力介入——最终变成他们自己的叙事。我想起热奈特《叙事话语》一书引述普鲁斯特那个著名说法："作品最终不过是作者奉献给读者的一架光学仪器，用它帮助读者窥见自己的内心世界。"我从书架上找出那本书，见热奈特又补充说："其实，每个读者在阅读时都是属于他本人的读者。"

|137| 在我之前，程德培就给《不存在的信札》写过评论，与吴亮的小说一同发表于《收获》杂志。我写评论时没看过德培的文章，不看是因为不想受他的影响。后来仔细看了两遍，感觉真是写得精彩。我俩的思路大相径庭，面对同一部作品，我的文章着眼于如何解读这个文本，而德培的重点是如何理解这种写法。应该说，他的取径更契合这部作品的开创性特点。这不是一部需要作知识诠释的作品，需要的只是受众的经验与想象力。现在不少欧美小说喜欢设置一套"知识考古学"的陷阱（从艾柯到丹·布朗，雅俗皆然），那是一大堆符号学、语义学和话语衍射的观念史，由此建构的伪学术叙事偏是在接受层面上阻断了文学想象。其实，叙事手法的创新不需要那种过度的寓言化，真正的先锋派不是学院派，是江湖派。福柯有一种杞人忧天的看法，认为文学的历史是在增加新的断裂，总是勾勒出一种不连续性的现象。

其实，不能说是不连续，而是断而后续。这种断而后续的"断裂"才是文学持续发展的生命力，否则当下的小说家写不过十九世纪那些人。对于吴亮这种碎片化的大量留白的叙事，我深感解读难度不小，写作时亦尽量避免强作解人。现在看来，这是多余的顾虑。我明明意识到，这是一个真正开放性的哈姆雷特式的文本，需要读者积极参与故事的建构，但碍于不可捉摸的"作者"叙事意图，未能更多地表达自己感觉到的或是可以作进一步想象的故事内容。德培援引罗兰·巴特"作者已死"的理论，完全把作者甩到一边去了。其实，甩开吴亮，才能对吴亮这部作品作出更好的阐释。其实，从某种意义上说，这是没有标准答案的完形填空，曼达、阿德和大愚，还有其他那些人物，在吴亮的故事中也在你自己的故事中存在，或许各有不同的活法。德培说，我们只能在"误读"中求生存。

|138| 我有过一次"触电"经历。那年，杭育发表了长篇《流浪的土地》，北影厂文学部考虑将之搬上银幕，联系他改编剧本之事。我一直想尝试戏剧文体（电影编剧亦差强人意），就将改剧本的事情揽了下来。写出初稿后，北影来信让我去厂里修改。这是他们的惯例，从剧本结构到所有镜头的表达，文学编辑都要跟你面对面地捋过几遍。结果在北影招待所待了四个月，折腾到最后剧本还是未能通过。那时梁晓声已是北影编剧，我常去他家蹭饭。晓声一开始就说，你这本子不大可能被纳入拍摄计划。我

说你都没看，怎么知道不行？他说现在导演都自己抓本子，没有人从编辑手里接活。"触电"未捷心先死，我亦不抱什么希望，能借此在北京泡上几个月，本来就是一桩乐事。我去北大找黄子平聊天，去三联蹭老沈吴彬他们的饭局，去东四吴方家吃烙饼，骑着他的二八杠满城乱转。当时北影招待所还有另外两位在改本子，一位是张弦，之前他根据自己同名小说改编的《被爱情遗忘的角落》曾是创票房纪录的影片，另一位天津剧作家赵大民，亦是实力不俗的前辈。有闲工夫就去他们屋里聊天。赵大民手上是一个写李叔同的本子，张弦依然在做政治夹缝中的爱情叙事。八十年代，张弦他们那一代经历过政治磨难的作家重新焕发创作青春，屡屡引起文坛轰动。如张贤亮的《绿化树》、从维熙的《大墙下的红玉兰》、鲁彦周的《天云山传奇》（同名电影比张弦的《被爱情遗忘的角落》更火爆），全国大小报刊几乎没有不讨论的。他们的主人公都有着被极左路线迫害的悲惨经历，凭借足够坚强的内心和爱情力量（爱情或亦寄寓来自人民群众的关爱），终于熬到拨云见日之时……这种叙事凸显出约翰·克里斯朵夫式的坚强意志，同时已将苦难神圣化，黄子平评论《绿化树》的文章指出过这个问题。神圣化，必然伴随浪漫化，苦水血水中将女人和爱情元素捏合成"大地母亲"的意象，书写着九死不悔的浪漫主义，结果就是子平兄所说"把坏的过程合理化"了。跟张弦老师稍稍混熟了，说话已毫无顾忌。有回谈论他之前的一部影片《秋天里的春天》，我说如果换成男人之间的故事更有展开余地。他没想到会有

这种馊点子，狐疑地转向赵大民，老赵你说呢？老赵亦疑惑，那不就没戏了？张老师朝我叹气，你不懂电影。

|139| 从朋友圈得知，平原、晓虹夫妇将他们的藏书捐献给了广东韩山师范学院。平原是潮州人，负笈京华，又倾箧回归故里，真是个不错的安排。学者到了一定年岁，必然要考虑自己藏书的归宿。前些年在网上看到周振鹤、葛剑雄诸教授著文说到此事，但也说到一个难处，就是个人捐赠很难进入中心城市的大学和公共图书馆，馆方接受与不接受，主要根据藏书版本价值而定。问题是，如今学者很少藏有珍稀版本，这跟从前缪荃孙、傅增湘、马隅卿那些人没法比（甚至，像钱锺书那样的大学者据说都没有多少藏书，他做学问主要使用图书馆的书）。但这不等于现在学者的个人藏书就没有价值，图书除了版本价值还有其他价值。他们的收藏和使用，本质上是带有学科意义的目录学，书目或亦隐含着一种学术脉络，可窥见其本人治学足迹。所以，学者藏书作整体捐献值得重视和提倡。我们的国情是文化资源过于集中，一二线城市图书馆庋藏丰富，确实不需要锦上添花的捐赠，但是对于更多的三四线城市以及边远地区，个人和社会捐赠图书就有着不可低估的意义。之前，我所知道的是，前辈学者贾植芳先生将自己藏书捐与甘肃河西学院，便使西部这所普通院校跟内地学术界文化界建立了某种纽带。贾先生走后，他的学生李辉先生又时常组织作家和学者去河西讲学，或是开展各种学术活动，更大程度

上实现了文化资源共享。

|140| 陈维崧长于咏史,"广陵旧事,泪多于雨",心头总是有个梗。王朝兴替,人事沉浮,都使肝肠掩抑。作为明末四公子之陈贞慧之公子,迦陵颇见东林遗风。词中总喜谈兵说剑,似有谋事之想。如《南乡子》(秋色冷并刀)下阕:"残酒忆荆高,燕赵悲歌事未消。忆昨车声寒易水,今朝,慷慨还过豫让桥。"这给人感觉还是惦记着恢复大业。壮语磊磊,实是文人夸张笔墨,遗民泪里不拿荆轲高渐离说事儿不够分量。其实朱彝尊亦曾有"十年磨剑,五陵结客"的情怀,但迦陵毕竟不是竹垞(朱某早年与反清人士暗通声气,差一点就卷入抵抗运动),只是纸上慷慨而已。入清以后,朱彝尊放弃举业,各处游历二十余年。陈维崧是七赴乡试,苦于不售,直至晚岁与竹垞同举博学鸿儒,做了翰林检讨。竹垞入仕后,著文填词愈趋小心,容有登临怀古之作亦颇节制。迦陵公子却不然,借古讽今,语多激越,大有奋袂而起的意思。这就有点意思。迦陵词中还特别爱说"泪"字,珠泪、血泪、铅泪,不一而足。细数铅泪最多,如《满江红》(坏堞奔沙):"我到日、一番凭吊,泪同铅泻。"又(席帽聊萧):"叹侯嬴、老泪苦无多,如铅泻。"《瑞龙吟》(春灯妣):"今日怆人琴,泪如铅泻。"《贺新郎》(剪烛裁书罢):"镇无言,潸然红雨,泪如铅泻。"又(古碣穿云罅):"铜仙有泪如铅泻。"流泪形诸"铅泻",来自李贺《金铜仙人辞汉歌》"忆君清泪如铅水",金铜仙人自是亡国

之恸。

|141| 那时候阿尔·帕西诺还是年轻帅哥，在《热天午后》里扮演劫匪桑尼，合伙抢劫布鲁克林储蓄银行一个营业所。开头从汽车里下来是三个人，桑尼、塞勒和史迪威，但史迪威进去不一会儿就退出了。显然，这是一个计划草率的劫案，他们进去之前解款车已将现金带走，金库只剩一千多美金。还有，他们居然都未戴头套，其时美国银行已安装监控探头。为首的桑尼也是菜鸟，警方打来第一个电话时，竟把塞勒和自己的名字都报给了对方。这些年看过许多抢银行影片，没见过这等自报家门的笨贼。不过，这是一九七五年出品的老片子，根据之前一桩真实事件改编，很大程度上是写实。二百多个警察围在门外，让桑尼有些慌神，等镇定下来他以劫持人质跟警方谈判。电视台的直升机和FBI几乎同时赶到，记者和围观群众让桑尼感到兴奋，塞勒在里边看住人质，他不时出现在门口与警方怒怼。桑尼让警察把他的同性恋"妻子"利昂带到现场，结果使得大批"同志"赶来声援。同性恋的合法性也是当年平权运动的成果之一，影片在表现这一面的同时，亦带有讽刺意味——桑尼这个越战老兵竟不能获得工会把持的工作岗位，无异于指责平权运动忽视了更基本的社会不平等。在接受电视采访时，记者问桑尼为什么要抢银行，他缄口不语，其实此番冒险是给利昂做变性手术筹钱。更具讽刺意味的是，利昂想变成女人就是要离开他（同性恋权利没有你们想象的

那么重要)。黑色幽默就是黑色幽默。街对面理发店成了警方临时指挥部，条子们一边忙着摆弄通讯设备，一边大嚼汉堡。其实，桑尼还有一个合法妻子和两个未成年孩子，家庭负累亦是他铤而走险的动机之一。抢银行是干了一桩蠢事，但桑尼这人骨子里不坏，营业所里空调停了，夏日午后真是燠热难熬，保安老哥和胖经理先后晕厥过去，桑尼格外心焦，还得照顾热汗涔涔的女士们，整个儿就是小屁孩过家家的阵势。有一点很奇怪，几乎所有抢银行的影片（指欧美影片），劫匪都是被同情的一方。如果表现劫匪对人质施暴的情节，相应便有揭露警方或是银行方面更坏的一面（如西班牙影片《劫中劫》）。

|142| 我和育海兄搭档做书那些年，有几套书做得比较顺手，影响也不错，如"新人文论丛书"（17种）、"学术小品丛书"（19种）、"中国古典诗歌基础文库"（8种）、"现代作家诗文全编系列"（50种）等。可是，更花力气策划的几套大书，却不意连连砸锅。八十年代末做《新时期文学理论大系》（8卷），书都印出只待装订，竟胎死腹中。九十年代中拟编新版《鲁迅全集》，刚起了头就被上边叫停。后来邀人编写《中国文学史案》（拟8卷），折腾一二年又半路寝废。"史案"项目大约立于一九九六年，之前章培恒、骆玉明主编的《中国文学史新著》风靡书市，社头认为文学史是来钱项目，让我们在这方面动动脑筋。做文学史我们倒是有兴趣。但考虑再三，不欲按传统编写方式来做，我们提出的

方案是，撇开以作者/文本为核心的叙述脉络，将历代种种文学现象作为案例，以贯穿"王官采诗"以下至晚清白话文崛起的整个文学史过程，做成与传统体例相互补充的一种文学史读物。我们约请的撰稿人有徐中玉、顾易生、严迪昌、肖荣华、刘明今、曹旭、陈引弛等老中青学者，除苏州大学严迪昌教授外，其余都是上海高校专家。这套书以上海为学术依靠，不仅是因为沪上高校人才济济，亦考虑到联络作者方便。但是，我们忽略了这些教授校内教学和科研的负担，加之年龄层次不一，实际撰写进度相差很大。刘明今教授当时年富力壮，他竣稿之日，有些作者尚在提纲阶段。负责清代卷的严迪昌教授身体不好，但做得很出色，最早提供大家参考的几篇样稿就出自他的手笔。严先生不幸于二〇〇三年离世，后来在网上看到他的博士生写的追忆文章，提到《清代文学史案》未竟稿，还只完成四分之一。事情弄到旷日持久就不太好收场，后来社领导换届，这个项目也就作罢。唯独刘明今教授已完稿，他希望自己这一卷能单独出版，但这时育海早已离开本社，我请示社里未获批准。他撰写的是辽金元部分，这一块不像唐代宋代那么受人关注，单出这一本确实亦难。我深感歉疚，一直觉得很对不起他。后至二〇〇四年，他这本《辽金元文学史案》终于由上海古籍出版社出版，我收到刘教授寄来的两册样书（另一本嘱我转交育海），真是如释重负。这书功夫下的很深，以我陋见，实是这个研究方向的硕博生入门津梁。

|143| 那时还年轻，喜欢往北京跑，北京的诸多好处之一是买书容易，还有懂书的朋友带我去各处书店转悠。中国书店有两家门市部几乎每次必去，一是隆福寺那家，另一处在东四南大街。我喜欢那种光线昏暗、散发着霉味儿的旧书店。那时偶尔还留意线装书的签条，或打开函套翻一下，多是清末民初刻本，那会儿还没有照排的假古董。有回看到一册破损的《随园食单》，出价是我大半月薪水，任何线装书只能是打个照面而已。有一阵喜欢掏弄民国旧书，并不是要搜罗什么版本，因为许多老书没有新的印本，只能从那些书页泛黄的卷册中去寻觅，像商务的"丛书集成"和"万有文库"之类，先后买过不少，还有《崇祯长编》《一士谭荟》《八贤书札》等杂书。进了那种书店，再有十七八双眼睛不够用，四下堆叠杂乱，插架从地面顶到天花板，感觉人就淹没在那里边。在东四那家门店，有时能被允许进入书库去挑书，我曾在那儿找到一套不全的《中华民国史资料丛稿·大事记》（征求意见稿），还有一套黄云眉《明史考证》，拿到手里真是高兴坏了。八十年代至九十年代初，许多并非稀见的古籍也还没有标点排印本，好在陆续出了不少影印本，尽管不喜欢那种硬壳装订的粗拙品相，也只能收进。如段注《说文解字》，还有徐锴《系传》和朱骏声《通训定声》。有回得了一笔稿费，将《大明会典》《征献录》一举拿下。那几年热衷明史，从《万历邸抄》到《治水筌蹄》，胡乱买了不少。人还不老的时候以为自己真可以遨游书海，抱着《记纂渊海》《夷门广牍》归去，感觉就像往脑子里又下载了几个

G。我在《个人阅读史》里说过，因为没养成使用图书馆的习惯，兜里有几个钱就胡乱买书。在北京，多半是老同学尚刚陪同逛书店，有时是吴方和不二兄带我转悠。尚刚还喜欢带我去琉璃厂，有不少书就是他忽悠我买的。这书才印一千册，你不买就亏了！我说你怎么不买？他说，不留些银子咱俩晚上吃什么！许多年过去，隆福寺的门店关了，不知东四那家是否还在，现在再去北京也不常逛书店了。现在的书店都是窗明几净，灯光柔和，格调雅致，更像是咖啡馆和会所，好像不是我该进去的地方。

|144| 有回在北京，遇见老同学张一兵。当时他在中华书局做编辑，问我要不要打折的二十四史。他们社内员工每人限购一套，这套书他早就有了，可以将自己的这份福利转让给我。听说三百多块就能拿下（具体价格记不确切），我当然要。三百多块当时也是大数，身边没带那么多钱，我到《读书》编辑部找吴彬借了一些。可是整套二十四史能装满一书架，怎么带回杭州呢？我让一兵找了辆平板三轮，将书都拉到尚刚家里，存放在尚宅一间闲屋里。那时寄邮政包裹太贵，办铁路托运又很麻烦——这头要跑到永定门，到杭州要去闸口取货，两边找车都不容易。好在每年都要往北京跑一两次，我每次返杭带走一些。这样陆续倒腾了七八年才都弄回家里。但不是全都拿回来了，其间尚爷要用《新唐书》《旧唐书》，这两种让他顺走了。后来我补齐了两唐书，那时书价已翻了几个跟斗，比当初整套二十四史花费还多。现在上

孔网看看，整套的开价都是好几万。三十多年过去了，家中书架上这套二十四史已经破旧不堪，胶装的书页渐已脱落，翻阅多的几种只能用胶带纸粘上，每次翻开来小心翼翼地捏在手里，生怕抖落散了。一兵离开中华后我再也没见着，后来他去日本读博，再后来回国在深圳博物馆做考古研究。每次翻阅着那些发黄发脆的书页时，还会想起一兵当年蹬着三轮来送书的情形。

|145| 整理旧物，抽屉里翻出一沓复印件，是某年替浙江人民出版社审读《孟森学术论著》二校的笔录。写了满满十页A4纸，订正的错讹有一百六七十处之多。该书仅收《清史讲义》一种，全书四百多页，二校尚有这许多问题，可能是采用的底本不佳。当然，不少错字是电脑录入造成，当时普遍采用五笔输入法，相近的字形容易混淆。除此之外，还有繁体转简体的择字错误。九十年代末，电脑排版初起之时，编校工作几乎成了人机大战。那时责编尚刚的《唐代工艺美术史》，看校样真是头大，如"袄教"一律排成了"袄教"。八十年代刚入行时，还是铅字排版，铅排工人辨识冷僻字不逊于一般编辑，倒不至于出现这种错字连篇的情形，尤其二校阶段应该很干净了。以前带我的老编辑铁流先生曾一再叮嘱说，看校样不似你平日看书，二校以后重点是字和词，你得耐着性子逐字逐句的扫描。他把这活儿称作"捉臭虫"。他说，编辑看校样跟校对员不一样，校对员以原稿为准，但原稿难免会留下疵点，"捉臭虫"是你最后把关的机会。刚上手编书那

一阵，二校三校捉出若干"臭虫"，颇有些成就感，兴头头地拿给铁流看。老铁说，你看仔细了，哪些是排字排错，哪些是你自己编稿时没有发现的问题……兜头一盆冷水，让人悻悻然。回头检查一遍，又是一身冷汗。

|146| 上上个庚子年，二十岁的鲁迅作了一首《庚子送灶即事》的旧体诗："只鸡胶牙糖，典衣供瓣香。家中无长物，岂独少黄羊！"典衣办祭品，可见家境贫寒，诗中对这种旧俗实是不屑。"黄羊"一词，《鲁迅全集》有注释，引用《后汉书·阴识传》"黄羊祭灶"的故事，曰："宣帝时阴子方者，至孝有仁恩。腊日晨炊而灶神形见，子方再拜受庆。家有黄羊，因以祀之。自是已后，暴至巨富……故后常以腊日祀灶而荐黄羊焉。"注释又引《康熙会稽志》所载绍兴风俗，曰："祭灶品用糖糕、时果或羊首，取黄羊祭灶之义。"我是编辑书稿时遇上"黄羊祭灶"一语，想到鲁迅有这样一首祭灶诗。特意去查阅这条注释。那时王树村先生所编《中国民间美术图说》交由本社出版，我负责文字编辑。该书文字不多，但有中英文对照，英译由上海外国语学院张承谟教授担纲。张老先生译界口碑甚佳，且熟悉文史典故，做事极认真。翻译期间，不时来信与我讨论原稿中的一些名物问题。如祭灶所用"黄羊"，是羚羊、岩羊，还是泛指一般黄色的羊？我真没想过"黄羊"是个什么东西，但英文里各有不同语词，张老先生说一定要落实才好。《鲁迅全集》注释给出这个词语的来源，亦说到绍兴人

以糕糖作为替代的风俗，偏偏回避了"黄羊"之本义。黄色的羊，我可没见过，羚羊、岩羊在内地恐是无处寻觅，旧时家家祭灶，哪里去搜罗这些罕物？从常理推测，很可能是别物的代称。于是便像无头苍蝇似的胡乱查书（那时没有网络，我还未用电脑），当然是先查类书。早先购入一套《初学记》让杭育拿走了，好在手边还有一套《艺文类聚》，是书卷五时岁部下，见阴识祭灶事出自《搜神记》。这书我有中华书局汪绍楹校注本，卷四"阴子方"条注谓：《荆楚岁时记》有"黄犬"谓之黄羊之说，又注《古今注》："狗一名黄羊。"短短几条注释，梳理得再清楚不过，这汪先生不能不让人佩服（我看的《艺文类聚》也是他整理的）。再核《荆楚岁时记》，其中抄录《后汉书·阴识传》（应为《阴兴传》）那段话，已将中间一句改为："家有黄犬，因以祭之，谓为黄羊。"原来民间向以"黄犬"为"黄羊"，这就说得通了。自己有书毕竟方便，不枉胡乱购入。

| 147 | 书架上找出一本汪曾祺的《旅食集》，是汪老赠给文敏的签名本。书中有一篇《吃食和文学》以前读过，文章开头就叙说各地的咸菜酱菜，认为腌渍应是一种中国文化。汪老说，"如果有人写一本《咸菜谱》，将是一本非常有意思的书"。这句话我记忆有误，总记得是汪老自己想写这样一本书。以前读书见古人多有记载各种咸菹、酿菹和鱼肉腌腊制法，如《齐民要术》有"作菹藏生菜法"，《易牙遗意》有"配盐瓜茄""酿瓜""糟茄"等，

《随园食单》更有不少腌渍做法。我想，汪老若是将这些汇辑成书，也是不错的选题。其实，辑古不难，汇录现今各处腌菜酱菜却非易事。这事情如果仅凭汪老一己之力，倒是很难做成。中国地域辽阔，南北各处饮食风俗千差万别，咸菜酱菜加之其他腌腊制品，恐是难以细数。譬如，酸菜一名，实非一物，各地所用材料和腌法都不一样。我平生游历不广，对各地咸菜腌菜也有所见识，如东北咸疙瘩、锦州虾油小黄瓜、四川榨菜泡菜、扬州什锦菜、湖南剁椒、龙游小辣椒、潮汕橄榄菜、保定春不老……汪老文章里专门提到"春不老"，那是一种用芥菜（雪里蕻）腌制的咸菜，其他地方也有这名称，好像《金瓶梅》里就提到过。用芥菜腌制咸菜是最常见的一类，从南到北皆有，浙江各地就有多种腌法。如，宁波雪菜（当地称咸齑）、绍兴霉干菜、杭州暴腌菜、建德淳安的倒笃菜……腌法不同，自是各具风味，这还不算用芥菜根茎腌制的榨菜和大头菜。汪老不曾在吾浙生活，那文章提到浙江腌菜只有鲁迅作品里出现的霉干菜。在我的阅历中，浙江似是腌菜和腌腊第一大省，除了用芥菜腌制，各种笋干也是一个重要门类，还有腌萝卜（兰溪和萧山各有其妙），还有宁波臭冬瓜、绍兴霉苋梗、海盐薹心菜等。杭州冬腌菜是腌菜家族的一个异类，好像是天下独一份，它所用的长梗白菜别处亦未见过。腌渍腌腊原初大概是作为保存食物的方法，后来成为"下饭"的必需之物，再后来竟成为带有乡情乡愁的家乡美食。这中间有着太多湮没无闻的历史，现今仍流传民间或蹿入超市的腌制品种必是经历了无数吃货的汰选，更借助文人笔墨弘扬于外。

| 148 | 三国叙事讲究谋略运筹，从史家到小说家，无不贯以古代兵家、法家、纵横家的诡道，我在《三国如何演义》那本书里有专文述及。后来又写了《空城计札记》(刊于《读书》2020年第8期)一文，将"空城计"作为一个不可复制的特例略作讨论。其实，《三国演义》屡试不爽的却是反间计——如，蒋干盗书、周瑜打黄盖，再如曹操离间韩遂马超，还有王司徒之连环计、杨彪以妇人行反间，等等。不过，说到反间计，倒是专写间谍小说的勒卡雷玩得更出色。《柏林谍影》主人公利玛斯在柏林损兵折将之后，对东德情报机构首脑蒙特恨之入骨。回到伦敦，"圆场"(书中英国情报机构)头儿为他量身定制了一套反制方案，就是以反间计给东德人下套，使他们认定蒙特早已被英国人策反，借敌人之手除掉此人。利玛斯先是被转入财务部门坐冷板凳，很快又被打发退休，于是就酗酒堕落。一个被组织废弃的特工很容易为对方情报机构所关注，这一切都是为使他能为对方所招纳。果然，在伦敦的东德特工很快找上这个堕落的退役特工，他先是被带到荷兰的一处秘密地点，后又转移到东德。他将若干模糊的指证混杂在一大堆零散的情报中，让东德人分析出蒙特正是潜伏在他们情报高层的英国间谍。野心勃勃的费德勒是该国情报部门另一位负责人，利玛斯的供词成为他扳倒蒙特的利器。谁料在秘密庭审中，蒙特的辩护律师竟从利玛斯女友丽兹身上发现了"圆场"

插手的痕迹，揭露了英国人陷害蒙特的阴谋。从"堕落"到"叛逃"，本来这一切都做的天衣无缝，最后竟功亏一篑。可是，事情还没到最后。蒙特是怎么发现丽兹这条线索的？其实，蒙特就是"圆场"的卧底，其时他已面临暴露危险，头儿安排利玛斯向东德人提供对他不利的证据，实是一种双重反间计——被敌人视为敌人，恰是负负得正的逻辑，不啻塑造了一个忠诚的战士。头儿向利玛斯交代任务时，并没有将这一切和盘托出，只叮嘱他做得巧妙些。在蒙特安排他们潜逃的途中，利玛斯突然想到了这一层。蒙特是比自己重要得多的间谍，为保住此人，他和整个柏林站都可以牺牲掉。勒卡雷的故事往往瞩意书写间谍命运的悲摧，带有人文思考的特点，这且不去讨论。这里从《三国演义》说到勒卡雷，绝无做中西比较的意思，只是意识到一个简单的道理：现代人脑子终究比古人复杂。

| 149 | 以前新建住宅区不叫小区，都叫新村。结庐在人境，以"村"命名是正理，"小区"这名目带有网格化管理思路，就像农场的地块和牲口栏。五六十年代，我家所在的新村尚属城乡接合部。常有小贩和手艺人进来吆喝生意。卖鸡崽的，卖南瓜秧的，阉鸡的，弹棉花的，修棕绷的，修雨伞的，磨剪子菜刀的，锔碗锔缸的，收鸡毛鸭毛甲鱼壳的……现在这些买卖都没有了。小时候喜欢看修伞师傅干活，那不算是有技术含量的操作，却也是一门手艺。师傅在伞面开裂处蒙上绵纸，细心地刷上桐油，然后就

晾在一边，等油干了再刷一遍。闲闲的阳光从树缝里落下，几如"牛衣古柳卖黄瓜"的场景。那时用的油纸伞，伞柄伞骨材料都是竹子，伞面是用某种皮纸做的（《天工开物》谓："凡糊雨伞与油扇，皆用小皮纸。"），表面敷以桐油作防水层。那种伞碰上锐物甚至被树枝划一下就容易破损，所以修伞的一来就有做不完的活计。等着晾干的工夫，师傅便修补另一把伞，或是整理毁坏的伞骨（要把伞骨拆散，换上新的骨料重新穿线），指尖很灵活，动作是慢悠悠的，嘴上叼着烟，跟新村的女人们说着话。修补过的伞都撑开，摆在地上。伞面上是一幅山水画，多半是西湖十景之一，如"三潭印月""雷峰夕照"之类。油纸伞过去也算是杭州的一张名片。杭州多雨，用伞的日子亦多。《白蛇传》戏里游湖借伞，就靠那柄油纸伞结成姻缘。杭州人戴望舒的诗中，那人撑着油纸伞，独自彷徨在悠长、悠长又寂寥的雨巷，宛自一幅图画。倘若换成现在的钢骨伞，就没有那种意境了。油纸伞毕竟容易破损，拿在手里也不方便，早已没人用了。听说现在还有厂家生产这种伞，是作为工艺品，或是作为保留的非遗项目。可是，它只是一种日用物件，离开了真正需要它的生活环境，就成了多余的饰物。

|150| 劳伦斯的长篇有时显得散乱，有过于简略或过于琐碎的地方。但他的中短篇多半比较精致，总能保持一种均衡的美感。其叙述手法一般说比较老派，话语力量往往赖于某种心理深度，这一点很像哈代。不过，照伍尔夫的说法，劳伦斯并不依附

任何传统，他有一种超凡的力度，显示出让人难以置信的独创性。在《你抚摸了我》那篇里，他写了一种并未发生情感关系的情感危机，非常简练地刻画了两性对立的微妙之处。陶器作坊主人临死前答允养子哈德里安的请求，将女儿马蒂尔达许配给他。女方并不喜欢这小伙，但若是拒绝将失去数额不小的遗产，这个故事冲突的根源似乎就在于钱财。马蒂尔达夜里错将他当成病榻上的父亲，抚摸了他的额头，这在自幼失怙的哈德里安心里唤起"一连串新的感觉"，并且为他打开了"从未领略过的种种意境"。这是一个直接的欲念。求婚并不是为了钱财，他真的很在意这门婚事，因为在马蒂尔达身上他看到了"有教养的人的品质"。这跟《儿子和情人》中的保罗一样，在对中产阶级深怀戒意的同时，显然注意到那个阶级具有他们所没有的东西。从女方这边来说，那个错误的"抚摸"同样在她封闭的心灵中造成撞击，产生了自己都"解释不清"的感觉。可是对于这桩婚姻，她不像哈德里安那样怀有人生目标，她最后作出妥协，可以理解为财产的原因，也不妨说是一种报复心。是哈德里安那种压制不住的挑战，那种想要掌控命运的欲望，把她的生命本能压缩到非常狭隘的一角。在劳伦斯的眼光里，未来无疑属于哈德里安这类人物，但是他们的未来之途却难以绕过中产阶级的价值理想。劳伦斯对于哈德里安这样的性格似乎有着特殊的表达兴趣，这种生命力的表达富于刚健气息，有时会带有更加残酷的意味——在《狐》的男主人公亨利·格伦费尔身上，那种进攻性就纯粹变成了一种征服的欲望。

《狐》也是一个求婚故事，不同的是，其中没有撮合双方的家长意志，只是玛奇本人让亨利给迷上了，插在中间作梗的是她的女友班福德。这两个经营小农场的大龄姑娘相依为伴，过着一种单调沉闷的生活，年轻士兵亨利的到来打破了日常惯性，也使得班福德产生无可回避的失落。原本均衡的小世界让外界楔入的因素给打乱了，玛奇必须重新审视这一切关系。可是这个并不缺乏理性的女人却不知道自己到底要什么，她半推半就地保持着跟亨利的交往，明知自己是在做傻事，而且"傻得会把这件事继续下去"。班福德呢，她总是玛奇生活的轴心，她就像一根刺扎在亨利脑子里，让他痛得发疯。等到这大兵终于意识到"非把这根刺拔除不可"，悲剧就上演了。在帮她们砍树时，亨利故意让大树朝班福德那边倒下，一下解决问题。班福德死后，亨利把玛奇弄到手，可是他并不快活。玛奇和班福德原来都是追求独立的新女性，就这样被摧毁了。小说中那只偷袭鸡舍的狐狸是一个外力楔入的象征，有时喻指突然出现在两个姑娘生活里的亨利，思绪恍惚的玛奇就一再觉得"他就是那只狐狸"。不过，这个异数还有更混沌暧昧的含意。玛奇曾梦见它在歌唱，她有过跟它直面相觑的机会却没有开枪。似乎，这只后来死于亨利枪口的动物也喻示了某种终将被埋葬的希望。劳伦斯在这里不太明确地写出了希望的歧义，男人有男人的希冀，女人有女人的期盼……

|151| 十几年前，九久公司和复旦大学出版社要出《胡风

家书》，让我帮着处理一些编辑问题，因而曾将书稿读过几遍。此书辑入一九三三年至一九八〇年胡风致妻子梅志的三百三十封书信，其中大多写于一九四九年至五十年代初，就是胡风几次逗留北平/北京期间。对胡风的个人经历，我最感兴趣的也是这一段。时间久了，书里能记住的事情不多，记住的或是一些文坛以外的家庭事务。譬如，叮嘱梅志和三个子女要讲卫生，少吃咸菜，营养要弄好，每人每天至少要吃一个鸡蛋（这让人想起张文宏医生的建议）。胡风无疑是一个好丈夫好父亲，信中时常探问梅志的写作情况，冬天担心她"盖的垫的都不厚"，夏天记得要给窗户安上竹帘子，就连给孩子添置衣物文具的琐事也都记挂在心。我对胡风没有专门研究，他为何长时间被挂在那儿，与新政权的磨合何以如此困难，最后竟弄成了一桩冤案，症结到底在哪里？我抓不住重点。不是说"时间开始了"吗？他不遗余力地讴歌新时代，最终竟是凄惨出局。最近又将此书粗略翻阅一遍，发现他信中常用"冷战""冷局"这类词儿形容自己与当局的情感对立，也许是性格使然，也许原本以为自己尚有博弈的资本，也许⋯⋯可当时文艺界的领导人周扬林默涵等，还有一些过去的老朋友，都成了他的对立面。后来他被迫写检讨，跟梅志说是"阿Q供词"。即使悃愊文坛诸事，也依然操心上海家里。去重庆参加土改之前，女儿晓风正值"小升初"，他信中不忘提醒梅志："晓风，考务本（按，上海有名的女中），也可托一托人，免得临时发生麻烦。"那年头一般人子女上学没有择校观念，胡风当然不是一般人。虽然跟周扬关系不好,可是决定移家北京后,为晓风转学插班的事情硬着头皮去找周扬夫人苏灵扬(时任北师大女附中校长)。一九五三年八月,胡风举家迁来北京,此刻距离囹圄之灾已经不远了。之前他信中跟梅志说过,居京是"大隐隐于市",似是心灰意懒之念。可即便没有后来的冤案,我也不大相信他真的会做隐士。不过任何推测都没有意义了,历史不允许他自行其是。后来的事况说明,他和许多人一样都没有真正理解"时间开始了"的真义。

|152| 最近看一部电视剧,剧中民国时期上海警局的人都是满口东北话。影视配音当然不能满台沪语,警察叫你"滚犊子",上海话就没有对应语,普通话也难以表达这意思。看来东北话取代普通话已是大趋势。语言的交融与博弈是相当复杂的棋局,有许多说不清道不明的因素。不过,我倒是喜欢听上海人说话,上海话有一种特别的风趣。也许是因为青少年时期接触过许多上海人,多少能感受内中的滋味。记得王安忆在什么文章里说过,上海人的语言特点是冷幽默,言词并不丰富,却似有洞察一切的智慧特点。上海话的语词相对贫乏(相对北方方言区),譬如它竟没有"腿"这个词儿,腿是用"脚"来表示的,大腿小腿都是"脚膀",大脚膀小脚膀。膝盖不叫膝盖,叫"脚馒头"。甚至可以用"脚"来表示整个身躯,高个子就叫"长脚",或称"长脚螺丝"。其实未必发不出"腿"这个音,如火腿还是叫"火腿",方言里那犹似外来语。对了,上海人说话还喜欢越级使用词语,走路叫

"跑",说到跑那就是"奔"了。真要是奔,就得外加形容语,如"伊急吼吼奔过去"。再如,上海人把白开水也叫作"茶",真要是茶水,就叫"茶叶茶",以前去上海人家做客,主人端茶送水之前总会问:"侬吃白茶,还是茶叶茶?"词语的压缩与展开,具有举一反三特点,少少许胜多多许,凸显言语思维的关联性。就语音而言,沪语有呢喃柔美的特点,也有呱啦生脆的一面,像"拆烂污""帮帮忙""瞎七搭八""斜其昂赛"这种俚语,很生动,亦颇为发噱。上海话的发音比较特别,有些名词和短语,外地人很难准确发音,如"内环高架"这个语词,念起来真是舌头打结。但不管怎么说,词汇贫乏总是吃亏,书面语的表现力就有很大局限。沪语至今进入普通话的词汇依然不多,电影电视剧情节出纰漏,现在都说是"穿帮",这个说法就来自沪语。还有麻将牌局的"和",各地都念作"胡",也是沪语影响,因为上海人"和""胡"同音。影视和麻将是沪语的两个辐射路径,不会只有这两个路径,现在地产业普遍用"写字楼""写字间"取代办公楼办公室之称,也是沪语一个小小的优胜记略。

| 153 | 早先全国好像只有两家评论刊物,《文学评论》和《文艺报》,都在北京。八十年代初,各省陆续创办文学评论刊物,如黑龙江《文艺评论》、吉林《文艺争鸣》、辽宁《当代作家评论》、天津《文学自由谈》、河北《文论报》、山西《批评家》、陕西《小说评论》、甘肃《当代文艺思潮》、四川《当代文坛》、广

西《南方文坛》、山东《文学评论家》、福建《当代文艺探索》……这些刊物均由各地作协或文联主办，大多在北方，南方各省不多。江苏评论力量不俗，不知何故当时竟未办刊（现在的《扬子江评论》是新世纪以后才有的）。上海评论界甚强，《上海文论》(《上海文化》前身）却迟至一九八七年才创刊。可无独有偶，第二年上海又出现了一家评论刊物，就是《文学角》。这份双月刊一九八八年初创办，至一九九〇年出刊第三期后停刊，总共出了十五期，前后存在两年半。《文学角》由上海作协主办，主编宗福先，副主编程德培。宗福先在作协另有职务，实际主持编务的是程德培。这份刊物一出世即以敏锐、活泼的风格影响文坛，很快就有口碑。创刊号有钱谷融、李劼的对谈，有采访王安忆的特稿，还有吴亮、韩少功、李锐、刘恒、陈村等人的文章。更值得一提的是，还有关于金宇澄小说的评论和他自己的创作谈，老金二十多年后才因《繁花》一鸣惊人，可见办刊人的眼光相当厉害。在刊物为时不长的存活期内，它刊发过一些很有影响的文章，如王安忆《汪老讲故事》、黄子平《"创新"这条狗》、吴亮《真正的先锋一如既往》等。德培是办刊好手，总能琢磨出一些好点子，引领批评潮流。网上"天涯社区"载录该刊全部目录，我上去看了看，有我七篇文章。其中《老树着花无丑枝》是评论林斤澜小说的，我自己手里已无存稿，写林斤澜的只记得在别处发过一篇。《文学角》的停刊好像是由于经济原因，市场化改造了中国，亦改变了文学批评的走向。现在依然存活的评论刊物大多成了C刊，

被整编到学术圈里了,如今做批评的也都是学院中人,说长论短都要纳入学科思路。将评论做成了学术,就只有研究而没有评论了。

| 154 | 九十年代初,我和育海策划一套"中国古典诗歌基础文库",其中《唐诗卷》由葛兆光选注。葛爷选诗未见别出心裁之处,特点是注释做得特别好。此书后来多次重印,再后来育海办九久公司又拿去重做,书名改为《唐诗选注》。记得最初出书后不久,我收到一个读者来信,抗议此书将贺知章作为"山阴(今浙江绍兴)人",认为贺氏应是萧山人。写信人是萧山地方志办公室人员,自然要为捍卫乡贤而抗争。贺知章籍贯究竟何处?查两唐书本传,《旧唐书》称"会稽永兴人",《新唐书》说是"越州永兴人"。永兴是萧山古称不错,但萧山直至二十世纪五十年代之前尚属绍兴,过去会稽(越州)郡治府治都在山阴县,旧籍惯以山阴泛指现在的绍兴市。介绍中忽略"永兴"这具体地名固有欠缺,但就人物乡邑而言,自然应循从历史政区,视为绍兴人并无不妥,如刘大杰先生六十年代修订《中国文学发展史》仍将贺知章定为"会稽(浙江绍兴)人"。那位方志办干部来信责难并不只是因书中介绍不够详尽,不忿的是将贺诗人划归绍兴,这就造成地方文旅资源和无形资产流失了。其实萧山、山阴二县地界相连,古今行政区划屡屡变更,具体情况亦颇复杂。倘若按着五十年代以后不断变化的行政区划作重新认定,自是变迁无已。事实上后来萧山划入杭州市区,难道贺知章又算是杭州人不成?就方言和习俗

而论，萧山与绍兴相当接近，贺氏诗中称"乡音无改鬓毛衰"，其乡音实与绍兴相通，杭州人却难以听懂。说到这儿我突然想到李白，李白的出生地是一个有争议的问题，但学者大多认为是在中亚碎叶，即今吉尔吉斯斯坦的托克马克，唐太宗贞观间安西都护郭孝恪于此破西突厥与焉耆，设焉耆都督府。据《旧唐书·西戎》：郭孝恪后移置安西都护府于龟兹，兼统于阗、疏勒、碎叶，谓之"四镇"。李白出生时，那地方正是"武皇开边意未已"之所及之处，但如果要按现今的疆界认定籍贯，我们的大诗人李白岂不成了歪果仁？

| 155 | 杭州话是一个语言孤岛，它跟浙江别处的方言很隔绝，杭城周边除了余杭话略微相近，其他都差得很远。萧山话更像绍兴话，而富阳、临安各有自己的方言。它的语音特殊性很难描述，这里只说用词用语的一些特点。以前外地人最能感受杭州话的特点是儿字缀：小伢儿，老头儿，筷儿笃笃唱歌儿。耍子儿，闹架儿，筒儿将军滴卤儿。乡巴佬儿拍洋片儿，美国佬儿吃葱爆烩。一到夜快边儿，抠不牢他个活灵儿。跷脚拐儿荡嘞嘞箍儿，马路边儿看姑娘儿……儿字不仅作为词缀，还有夹在词语中间的用法，如：颗儿糖、筒儿面、片儿川、拷儿鲞、门儿布、踏儿哥、盖儿头……很明显，杭州话的儿字是单独的音节，跟北方话的儿化音不是一回事（儿化音与词尾是合字，书写中不用写出"儿"字），但很可能是从北方中州音演化过来。历史上的宋室南迁，直

把杭州作汴州，大量北方人口带来了儿化声腔。本来，儿化音是卷舌发生的音变，可是杭州本地人学不来卷舌，硬生生地将儿化念成了儿字。我这个说法只是经验推测，不知语言学家怎么解释。另外，杭州人说话还喜欢用叠字，例如：好好交、轻轻交、滥滥湿、墨墨黑、实实硬、笔笔直、滚滚壮、收收拢……这些是词头重叠。还有词根重叠，如：莫佬佬、直逼逼、大模模、贼兮兮、晕淘淘……这类叠字是状语修辞。大词人李清照晚年在杭州待过，像"寻寻觅觅冷冷清清凄凄惨惨戚戚"这样用叠字，不知是否受杭州话影响。还有一种词根重叠是宾语前置而作为动词修饰，如"衣裳洗洗""伢儿带带""老酒扳扳""脚踏车骑骑""茶室里坐坐""西湖边儿荡荡"……宾语前置是杭州话的另一重要特点。北方人说"吃过饭了"，杭州人说"饭吃过了"；北方人说"去了一趟新马泰"，杭州人说"新马泰跑了一趟"；北方人说"老年人可玩不了现在的智能手机，杭州人说"介歇智能手机老年人是拨不灵清"……汉语的动宾结构是将最重要的东西摆在后边说，杭州人说话是直奔主题词。作为语言孤岛，杭州话相当弱势，跟外地人交流很容易表现出一种趋附姿态，跟上海人交谈不免就随上海腔，跟北方人在一起就说普通话（卷舌就免了）。相反，外地人不学杭州话，相声、小品和影视剧中从来不拿杭州话逗哏。由于杭州做过南宋都城，之后也是通都大邑，历来有称杭州话是"官话"，实际上却是千年孤独。比起东北话、广东话、四川话、陕西话、河南话、山东话、上海话、苏州话、天津话甚至唐山话，它是如此羸弱，只能憋屈地窝在杭州老城区里自嗨。

| 156 | 老A最喜欢的一本书是《好兵帅克历险记》，手里有一部全译本，还去搜集各种节译本甚至连环画。他说做人做到帅克那样真是够境界，小人物干预世界大战，你觉得有点搞笑，却是一个重量级话题。作为一个狗贩子，又成了哈谢克所说的"谦卑的英雄"，他在军队里难免受尽凌辱，却也自得其乐，还总不忘拿人家开涮。帅克是那种话痨式人物（言述本身是一种隐喻），喜欢妄议长官和时政，这就每每将自己绕进困局。人在困境中总要有自己的生存手段，貌似无脑的帅克对付这一切却游刃有余，真不知是大智若愚还是一种与生俱来的本事。他懂得如何弄虚作假，做狗贩子时就以普通狗冒充名犬，还得意扬扬地跟长官们讲述如何用杀虫剂做香肠的诀窍……在奥匈帝国的宏大叙事中，在这人们互相糊弄的世界里，他总有一套应变之策，他好像不是真的犯傻，可不是犯傻又是怎么回事呢？宣布志愿兵马列克被关禁闭时，帅克偏偏凑上去也一同进了禁闭室，于是每晚就在黑屋子里大唱军歌，组织一场"爱国表演"。老A每次跟我提到帅克的故事，总是一脸虔诚的样子，他不仅认为这是最有深意的文学经典，实际上在他眼里不啻人生教科书。忘了以前在什么文章里见过有人提出这样一种假设：如果把你扔到一个与世隔绝的荒岛上，只允许带一本书上岛，你会带什么书？这是测试你阅读趣味的桥段。许多西方人会说带《圣经》，有人说要带《论语》或《庄子》，

小资们可能会带张爱玲。老A问我带什么，不会是《尤利西斯》吧？就带一本书，我得选一本自己没看过的书，不过也太难选了。我说，你老兄肯定是《好兵帅克历险记》啦！他说，到那份上，十个帅克也没用，只能带《野外生存手册》了。

| 157 | 古人说"读万卷书，行万里路"，除了幼时的玩耍，这是人生最美好的两件事。这辈子走过的地方不是很多，可也不算少。读书却是远远不够。三十岁以前都是书荒年代，能拿到手的非常有限。八十年代出版物渐多，已经不能抓到手里就看，因为工作关系，只能先顾及专业范围内的东西。图书品种真正丰裕是在九十年代中期以后，那时我已奔五了，求知欲望直是锐减，书得来容易就没有太多的感觉。有时真很怀念那种如饥似渴的劲头。记得那年上大学，到哈尔滨不久，一批经典名著刚解禁，新华书店开售那日，我和同学们天不亮就赶到道里的门店，排队等了几个钟头（每人限购一本，还不允许挑拣，营业员扔给你什么就是什么）。买到一本狄更斯小说《艰难时世》，欣喜若狂地挤出人群。书店门内门外那种人山人海的场面以后再也见不到了，那是真正的"饥饿销售"，足使读者饥饿了几十年。星移斗换，又是几十年过去。如今书多了，书店里琳琅满目，古今中外各色图书充斥其间，网上书店找书更是容易。可是现在我几乎不买书，到了这个年岁已经要考虑怎么清理插架了。这辈子的读书总是没能赶到点子上，没书的时候想看书，等到有书了，买书找书都不

难了，偏就没有多大的兴致。记得早年在农场时，拿到《呼啸山庄》，只给你一晚上时间，恩肖家林敦家那些亲属关系都还来不及弄清楚，书就被人家收走了。可现在再看这书，怎么看也不是自己那盘菜。年岁愈增，阅读的口味亦愈是挑剔。有时检讨自己有些"忘本"，过去没书看，连拖拉机维修手册都能读得津津有味。忆苦思甜真是要吐血，直到九十年代初，许多颇有影响的学术著作还是四处难觅，那时找一本谢国桢《明清之际党社运动考》不知托了多少关系。陈子善兄做华师大图书馆副馆长时，好歹求他给复印了《小腆纪传》和好几种古籍，当时有钱也买不到那些书。人生的悲凉莫过于此，从小到老都是错位。

二〇二〇年六月至十一月
原刊《北方文学》二〇二一年第一至六期 / 第九至十二期

四十年樽俎之间

很难还原压缩在记忆中的四十年当初的情景了,抖落开来全是碎片。

一九七九年最清晰的记忆是饥饿感,食堂里永远弥漫着烂菜叶子和陈化粮的馊味。可是晚上一过九点,藏起的两块苞米面饼子就让人搜刮走了。中文系男生宿舍灯火通明。二班的曹诗人喊我去参加文学社活动,讨论王蒙小说《夜的眼》。饥肠辘辘的意识流,代入精神的饥饿状态。城市惺忪的灯光,黑暗中一双双饥渴的眼睛。民主与羊腿,鱼与熊掌……

关于早年黑龙江大学的文学社团活动,我写过一篇《社团风云》的回忆文章(见《书城》2008年7月号),记录了当时的一些情况。我们这些知青出身的七七级都是揣着文学梦而来的,诗与远方却并不只在梦里,更是现实的挣扎。系主任一再强调,中文系不培养作家(岂料如今中文系都在开办创意写作中心),我们的文学社还是出了好几个诗人和作家。成就最大的要算如今在美国的小说家哈金（本名金雪飞），他是英语系的，跨系加入我们文学社。写诗的张曙光，日后成为重量级诗人。还有李龙云（已故），是专业剧作家。龙云未加入文学社，却经常跟我们交流，大二时写了话剧《有这样一个小院》，在北京演出，文学社有我和张维功去观摩。其代表作《小井胡同》至今是北京人艺保留剧目。

文学社聘请周艾若老师担任顾问。周老师教文学理论，骨子里极富诗人气质。由于文学，我们频繁出入周老师家，去他那儿蹭饭。当初讨论的话题早已忘得一干二净，却一直记得周老师家的番茄鸡蛋面，还有窗边巨大的龟背竹。伤痕文学几乎伴随着整个大学时代，一切皆于苦难中导出。粗服乱头，箪食瓢饮，自有波希米亚范儿。延宕的青春开始躁动，扃闭的心灵终于从铁屋子里夺路而出。周老师讲《文心雕龙》，诠释"昔诗人什篇，为情而造文；辞人赋颂，为文而造情"。认识文学的发生和变异，是真正的文学启蒙。

不光是社团，宿舍里八条汉子，每天都在谈论文学，扯开去又是饮食男女。风雨如晦，鸡鸣不已，饥饿现实主义叙事不乏画饼充饥的想象力。同屋尚刚以画家李苦禅的名字相调侃，笑我是"李苦馋"。时而亦有凑份子的宿舍聚餐，廉价红烧贻贝罐头加劣质白酒是标配，隔壁那屋喝酒只是路边采几把灰菜蘸大酱。那种白酒哈尔滨市面上都叫"工艺酒"，其实是工业配方生产的勾兑白酒，入口很呛。毕业前尚刚准备报考中央工艺美院的研究生，大伙戏谑地称之"工艺酒"。那时候工艺美术史论还是冷门专业（岂料而今已成显学），尚刚的志趣跟我不同，但我们很谈得来。多年以后，他已是学科大佬，时常飞来飞去各处讲学，来杭州就来我家喝酒，樽俎之间自然未能忘情四十年前的"工艺酒"。文学是性情，是酒是药，是无边界之国。"何时一樽酒，重与细论文"，我总是期盼他突然降临。

大学毕业是一九八二年初，回到杭州在一家工厂做科室干事。那时大学生国家包分配，由不得个人挑肥拣瘦。系主任说的没错，中文系不培养作家，大多数人分配去向果然跟文学无关。其实，文学跟哪一行都有关联，那阵子全国人民都操心文学。

厂区广播喇叭天天播放"妹妹找哥泪花流"，供销科一位业务员拉我喝酒，跟我讨论报告文学究竟是"报告"还是"文学"。人事科长提醒我，你们不要搞成钱守维和韩小强的关系，那是样板戏《海港》里边阶级敌人腐蚀青年的例子。

我进厂就在人事科协助调查"经济犯罪"案子，不曾想很快查到那个钱守维。那人报销的餐饮发票有一大沓，不知后来怎么定性。转过年我调到出版社，厂里来电话让我回去领取四季度奖金，在财务科碰上钱守维，又被拉进饭馆。他点了河蚌肉炒春笋，响油鳝丝（后来发现这道菜只有上海人做得好），从公文包里拿出半瓶洋河大曲，要两个杯子。我有些不好意思，他说那些事情他都知道，不怪你。说起刚弄到一本好书，脸上挂着诡秘的笑容。一看是《十日谈》，我说这书做知青时就看过。

这世界永远是异次元。人与人并不只有阶级斗争。

你在厂里混得蛮好,做啥说走就走了?换作我,讨饭也不去那种是非之地。他给我分析,文字一途如何风云莫测。老甲鱼真是洞若观火,若干年后想起那番酒后箴言,不由大为钦服。他说,王蒙是做领导的料儿,刘宾雁早晚要吃栽(杭州话栽跟头的意思)。

还在工厂时,我的大学毕业论文由《文学评论》作为头条刊出,随后又被《新华文摘》转载。我能进入出版社,那篇论文起了关键作用。论文题为《关于曹操形象的研究方法》,却是借着三国话题论证文学自身规律,那时我对《三国演义》谈不上什么研究,真正研究三国叙事是许多年以后的事情。想到这一节,是因为它使我与文学界开始有了接触。

调入浙江文艺出版社是一九八三年春天,第二年夏天去兰州参加一个当代文学会议,会后转道去了北京。那时我刚在《文学评论》发表了第二篇论文《文学的当代性及其审美思辨特点》。我给他们投稿,并不认识哪位编辑,到了北京就想去认识一下。在建国门内大街社科院大楼里找到他们的编辑部,没想到人家对我这外省文青相当热情,京中文化单位待人接物跟我们那儿大不一样。聊到中午饭点,编辑部主任王信、副主任贺兴安和理论组编辑王行之三人带我去就餐。

那时候社科院大楼附近只有一家涮羊肉小馆,因不便走远就进去找了座位。我是第一次吃涮羊肉,顾不得天热,吃得大汗淋漓。紫铜涮锅嗤啦嗤啦地翻腾，水蒸气里弥漫着炭火味，没有空调的店堂整个儿笼罩在烟雾里，几乎看不清对面的人脸。王信说，倒是找对地方了，老北京人就好这一口。王行之询问我新的写作计划，我说起当时评论界一些牛头不对马嘴的文章套路，很想从审美意识角度厘清某些问题，他跟我讨论了几个要点，鼓励我赶快写。回去写了《论文学批评的当代意识》一文，第二年也在他们那儿发了。餐后三位前辈抢着付账，争了半天结果是王信买单，王信说他工资高，他掏腰包，必须的。

那天，王行之跟我说，有个地方你应该去一下。第二天他带我去了朝内大街166号，那里是人民出版社和人民文学出版社的办公楼，当时刚刚独立建制的三联书店也在那栋楼里。老王带我走上顶层阁楼，把我介绍给《读书》编辑部的人，自己就走了。那天见到沈昌文、董秀玉、吴彬、赵丽雅这些让人敬慕的出版人和编辑，也有幸窥见他们后台运作的若干情形。《读书》这份刊物我在大学里就每期必读，以前觉得那是很遥远的文化殿堂，现在我就坐在里边喝咖啡。绝非想象中的富丽堂皇，办公室显得简陋、寒伧，四周挨挨挤挤的柜橱，桌上堆满了稿件和校样，地板上是一摞摞的书刊。这里跟《文学评论》风格迥异，谈论的话题也不一样，但有一点相同，就是让造访的陌生人一点都不感到拘束。中午编辑部请饭，带我去了楼下的大食堂。老董让几个编辑分头排队和占座。食堂饭菜说不上如何美味，倒也吃得很开心，他们的真诚和热情不仅是一种个人秉性和修养，似乎也是团队传统。

后来我就成了《读书》的作者，再去北京没少在他们那儿蹭饭。

一九八四年故事多多，去兰州和北京之前认识了两位上海青年评论家，程德培和吴亮。

那年七月，杭州文联在建德举办李杭育小说讨论会，打算请几位省外的评论家，因为程德培写过杭育的作品评论，他们首先想到了德培，结果德培又拽上吴亮。据说程德培以前是烟酒不沾的好青年，但会议最后那天晚上也破戒喝上了。招待所餐厅顿顿是当地出产的芦笋，肉片芦笋，平菇芦笋，木耳芦笋，清炒芦笋乃至清汤芦笋，从那以后见到芦笋我就反胃。大学毕业后不再是以前饿死鬼样，胃口极好，口味亦与时俱进。整个国家经济生活正迅速向好的方面发展，会议餐难道不能搞得像样些？有人从外边带来一些鱼干和卤味，大家跑到招待所露台上喝啤酒，聊着各种信息和动态。又聊创作的话题，林斤澜的怪异，贾平凹的简古风格，陈村的复沓叙述。会外闲聊有时比会上讨论更精彩，话题转向抨击主流评论家们官话连篇的平庸与浅薄。德培嚷嚷啤酒没了，操办会务的老高马上又搬来一箱。大家都意识到，那种以传统现实主义为"政治正确"的评论准则绝对是一种窒碍。借着酒劲，德培将那些抱残守缺的评论大腕数落一通，发出惊人的宣言："他们那帮人撑不过三年，你们看着吧！"果真让他说着了，不到两年工夫评论界已是另一番天地。

这一年冬天,《上海文学》牵头的"新时期文学创新座谈会"在杭州举行,杭州文联和我所在的出版社是两个合办单位。后来许多参会者的回忆文章和访谈都称之"杭州会议",我写过一篇《开会记》(刊于《书城》2009年10月号),也提到一些情形。记得参加会议有三十余人,有作家也有评论家,我跟大多数人是第一次见面。其中来自北京的是阿城、黄子平、季红真、李陀、陈建功、郑万隆,上海是茹志鹃、李子云、周介人、徐俊西、张德林、陈村、吴亮、程德培、陈思和、许子东、蔡翔、肖元敏等,其他省市有韩少功(湖南)、南帆(福建)和鲁枢元(河南);杭州市文联是李杭育、徐孝鱼、钟高渊、高松年等,出版社仅我和黄育海二人。会议由茹志鹃、李子云和周介人轮流主持。会上讨论的情况没有记录,因为拒绝媒体采访,亦未作任何报道。事后阿城、韩少功、李杭育、郑万隆几个写了文章,呼吁重新认识传统/民间文化的审美范式,以开拓创作视野,被认为是寻根派宣言。其实会议不只是酝酿了寻根思潮,对崭露头角的先锋小说亦有足够关注,记得有一天下午,集中讨论了马原尚未发表的《冈底斯的诱惑》。

会议租用陆军疗养院的两幢小楼,过去是将官休养的住所,其时窳陋不堪,屋里连暖气都没有(那个冬天非常冷),会议餐食亦乏善可陈。杭州文联尽地主之谊在"知味观"请大家吃了一顿,《上海文学》又在"楼外楼"回请一次,那是当时杭州最有名的两家饭馆。"知味观"那次,阿城谈兴甚浓,说话间不知喝了多少绍

与茹志鹃先生，左为吾弟杭育，1986年在杭州五云山

兴花雕。那酒入口绵顺，他喝得太快，像《水浒传》说"吃得口滑"。筵席散后踉跄奔出，扶着电线杆呕吐。有人上去搀扶，他拽住人家说，"我告诉你，这酒有后劲，这酒坑人！"

杭州会议前一天，因会务安排我先去了上海，当晚《上海文学》宴请北京过来的那拨人，是在上海展览馆的"西角亭"餐厅。我第一次走进那么气派的餐厅，水晶吊灯晃得两眼发愣。周介人叫我别拘束，我便大快朵颐，那儿的芥末鸭掌特别好。饭局开始前，王元化先生特意来看望大家，李子云向他逐一介绍在座的客人，像是领导接见的意思（王元化时任上海市委宣传部部长）。他没吃饭就走了。再过十年,我才有机会跟王先生共进晚餐。

一九八四年以后去上海的机会多了。文学的宴飨刚刚开席。走进巨鹿路675号院子,感到格外亲切。上海作协机关和《收获》《上海文学》等著名文学刊物都在那座楼里,那是真正的作家之家。吴亮、程德培尚未调入作协,作协掌门人茹志鹃先生已是满怀热忱地关照他们。杭州会议之前,我收到吴亮一封信:

庆西兄:

刚刚接到茹志鹃一封信,她非常热情地把我向江苏人民出版社推荐了,据说他们对出我的作品表示"欢迎",要我寄目录去。

这让我就有点犯难,不知如何处置。出版社情况种种我不甚了解,你的意见怎样?我要请你为我来决定了。

南京我还没有去信,等你的"手令"。

即颂

近好!

阿亮 [1984] 11.5

吴亮信中说要等我"手令",是因为在建德会议期间,我跟他和程德培谈过约稿意向,希望能编辑出版他们的第一部评论集。只是出版社向来看重专著而轻视集子,况且领导闹不清两位年轻人有多少分量,说再等等看——"看他们发展情况再定"。吴亮多少有些要挟的意思:你那儿不要我就给江苏了。因为之前跟他有约定,先跟我打招呼也算有信用。他信中附来茹先生手札,全文如下:

吴亮同志:

昨天江苏人民出版社有同志来,我们向他推荐了你的作品,他很欢迎。可惜我们不知你的地址,否则立即就可给他,他今天已回南京。明天我也要去南京,但也无法带去,只好你接信后自己寄了,寄:

南京　高云岭　江苏人民出版社文学编辑组　周行同志收即可。

祝
好

茹志鹃〔1984〕11.4

茹先生这封信正好是一个契机,我拿着信去找头儿,我说不能再等了。总编看这情形,当即拍板。我马上回复吴亮,千万别给江苏!从吴亮的《文学的选择》、德培的《小说家的世界》这两本书开始,我和黄育海形成了编纂出版"新人文论"丛书的思路。之前我们已经出了许子东的《郁达夫新论》(那是专题性著作),重印时亦纳入这套书。"新人文论"前后一共出了十七种,作者还有黄子平、陈平原、赵园、王富仁、蓝棣之、刘纳、季红真、南帆、王晓明、李劼、蔡翔、殷国明等人。这是国内集中推出新时期文学批评与研究成果的第一套丛书,人民文学出版社"百家文论新著丛书"、上海文艺出版社"牛犊丛书"和"文艺探索书系"都在我们后边才启动。

前些日子,吴亮来我家喝酒。醉意朦胧中,说到三十五年前这桩事儿,他怎么也想不起来了。当然,如果不是留着他和茹先生这两封信,怕是我也记不得当初的情形。从这事情上看,茹志鹃实是"新人文论"的强力推手。还有李子云、周介人,他们主持的《上海文学》是吴亮、德培最初的园地。想起前辈功德,不由感慨万分。

一九八五年五月,《人民文学》在北京举办一个青年作者座谈会,地点在厂桥的中直机关部招待所(今金台饭店旧址)。我刚在该刊发了一个短篇,副主编崔道怡和小说组长王扶分别来信叫我去,说是王蒙也来。王蒙当时兼任《人民文学》主编,之前没见过他。

那个会规模不大,有何立伟、扎西达娃、马原、周梅森、刘索拉、徐星等十七八人。王蒙果然来了,还请来谌容、张洁给大家讲了一堂。第一次见识王蒙口若悬河不逾矩的丰采,简直惊羡,不由想起厂里钱守维那番话,果然是做领导的料儿。其实这话只说对了一半,日后的情形谁也没法料想。

私下里,王扶跟我说,王蒙对我新写的《张三李四王二麻子》有些想法。她把王蒙的审稿笺给我看了，上边密密麻麻地写了许多。原以为他只是挂个主编名头，没想到真的看稿，还抠得很细，提了若干具体修改意见。我有些犯难，这跟我原来的思路相差太大。王扶说，要不你自己跟王蒙谈一谈？会议有一天安排大家游览颐和园，在听鹂馆吃午饭。坐下来正好在王蒙边上，上烤鸭的时候，王蒙教我怎么用荷叶饼裹住鸭肉再搁葱丝……吃了几口，我说起自己那篇稿子的想法。王蒙耐心听着，最后放下筷子，只问了一句："你确信这样效果好？"见我自信满满地点头，他也点头了，"这烤鸭不错，那就这样发。"

许多年以后，大约是二〇〇九年夏天，我去青岛海洋大学参

与王蒙，2009年春在青岛

加关于王蒙的一个讨论会。那次的会议餐像是流水席，好几次恰跟王蒙凑在一起。我说起当年听鹂馆餐桌上谈稿子的事情，他想了想，"有这事么？"他说饭局上就怕人找他说事儿。

一九八五年冬天，韩少功、古华、凌宇他们邀集若干评论家和学者去湖南聚会。与会者有钱理群、吴福辉、赵园、雷达、黄子平、吴亮、许子东，我亦混迹其间。会议前三天在长沙，住在蓉园宾馆，据说是从前毛泽东下榻之处。座谈会与游览节目穿插进行。爱晚亭边讨论歌德的"世界文学"，听老钱从堂吉诃德说到哈姆雷特。韩少功、蒋子丹带大家去火宫殿吃臭豆腐，湖南臭豆腐是煮着吃，黑乎乎一大碗，我有些吃不惯（江浙做法是油煎或炒青毛豆）。但湖南菜很对我胃口，许多菜肴都是加豆豉干煸，干柴烈火般的过瘾。

随后去岳阳，那是古华的根据地。登岳阳楼，披襟临风，凭栏远眺，八百里洞庭奔来眼底。古华带大家渡水到君山岛，在岛上吃饭。找一家渔民餐馆，露天摆了两桌，各种湖鱼轮番端上，号称"百鱼宴"。其中有一种洞庭银鱼，味鲜肉剔。岛上苍蝇多，寻着饭菜香味都来了，围着餐桌盘旋，就餐时须得一手挟筷子，一手赶苍蝇。吃到半截，几个女的扔下筷子不吃了，过了会儿男的也都撤了。人一走开，苍蝇密密匝匝落下。可我还没吃完，顾不得叮得满头满脸，赶紧在没落蝇子地方下箸。雷达说，就你贪吃，你看你这样儿……

第三站是张家界，从长沙过去面包车走了十一个钟头。湘西，沈从文，长河与边城，水畔的吊脚楼……一路崎岖走入文学史的记忆。车上蒋子丹、何立伟唱花鼓戏解闷，从《刘海砍樵》唱到《列宁在十月》，又用方言表演农村计划生育段子。湖南人搞笑一流。凌宇是湘西人，翻山越岭如履平地，爬金石寨把大家甩得远远的。另一日，一行十几人沿金鞭溪逛悠，见一猎户手里提着刚打的果子狸，凌宇说这玩意儿当地人叫"白面"，是山里珍物，便掏钱买下。在近处找了山洞里一家农户搭伙，让主人把

左起：钱理群、赵园、吴福辉、雷达、吴亮、凌宇（前）、许子东（后）、李庆西，1985年冬在张家界

"白面"剁碎炖了。连锅端上来，大家撇了斯文相，坐地成了老饕。见许子东猛往自己碗里扒，吴亮急了，扔下筷子干脆用手抓来吃，黄子平笑称"空手道"。

八十年代初，北京崇文门西大街开了一家名叫马克西姆的法式餐厅，据说是当时北京最贵的饭馆。有一次尚刚和我走过那儿，他说："等咱有了钱，来这儿撮一顿！"如今尚爷是不差钱了，却始终没带我去马克西姆。

尚刚请饭喜欢在萃华楼和仿膳那种地方，还有美术馆对面翠花胡同一家私人小馆。大学毕业头一两年去北京，请我在绒线胡同的四川饭店吃过，那时杭州没有川菜馆，头一回领略川菜滋味觉得美妙无比。对了，那时候劲松有家叫豆花饭庄的川菜馆，也相当不错。吴彬和统一兄请我在那儿吃过几次，有一回同时请了外国文学专家荒芜先生。老先生翻译过奥尼尔，抗战时在重庆待过，喜欢川菜。夫妻肺片，大神布朗，座中不乏麻辣叙事。

后来每次去北京差不多都有《读书》的饭局，有时是吴彬夫妇请吃。沈昌文沈公有一句名言："要想征服作者的心，先要征服作者的胃。"扬之水（赵丽雅）《读书十年》后记专门提到这话，我也亲耳听老沈说过。翻翻扬之水那书，不少饭局都有我——

［一九八七年］三月三十一日，中午编辑部一行外加李庆西、陈志红、冯统一，到鸿云楼聚餐。来至楼下客堂，被

告知满座，请往楼上，方落座，忙问价，呵，一人二十五元标准，点数腰包，勉强够得，虽知被狠敲了一笔，也不好再呼隆而撤，吃吧。计有海参、虾仁、百叶、香酥鸡等，最后一道是烤鸭。

十月十七日，午间冯统一在豆花饭庄宴请黄克、李庆西、黄育海，并嘱吴彬通知我们三人（王、贾）也去。辞未就，不忍也。

[一九八八年] 五月十日，午间编辑部四人请李庆西在人人大酒楼吃饭。闻讯而来者赵越胜、周国平、老沈、范用、丁聪，一共十人。二楼，广东风味。饭菜一般，唯饭后几味甜点甚佳。

七月九日，午间《读书》回请浙江文艺出版社的李庆西等三人，宴设人人大酒楼，王焱也受邀前来。宾以外，主四人：吴、杨加沈双。共费三百零五元。计有清蒸活虾、烤乳猪、红烧排骨、玉粟羹等八款，并几份茶点。

[一九八九年] 一月七日，编辑部诸位碰面（未见贾），午饭于森隆饭庄，就餐者，吴、杨、沈外，还有李庆西。

[一九九〇年] 三月十六日，午间吴方请李庆西、尚刚并《读书》三人在全聚德（王府井）吃饭。冷菜四，热菜六（炒虾仁、拔丝苹果等），烤鸭两只。楼上单间雅座。

八月八日，午间请李庆西到东四的花园酒家吃饭，粤菜，清蒸活鱼、咕咾肉、辣子鲜鱿、牛腩煲、牛百叶、北菇蒸鸡。只有鱼还可吃。

……

在北京食烤鸭有许多次，以吴方那次最为惬意。冷盘是鸭肝、鸭胗、鸭掌等鸭什件，配着韭菜花、芥末等调料，精致而美味。那个门店的经理是吴方"发小"，安排很周到。不过，扬之水丽雅记录也有未确处，如一九八七年十月十六日一则就弄错了是谁做东。其谓：

　　李庆西和黄育海来京组稿，趁便以浙江文艺出版社的名义请编辑部诸君吃饭。吴彬选了新近开张的"肯德基家乡鸡"。虽坐落在闹市，但光顾者似不踊跃……楼下买好，端到楼上就餐。厅堂布置得颇有村舍风，朴质而雅洁。没想到的便宜：六个人（三位东道并李陀、王焱、吴彬）一人一份"两块鸡"，只花了四十二块钱。不过这是最低规格的"份"，除两块鸡外，另有一坨土豆泥，一格生菜，一个小圆面包。虽则简单，但确能饱人，而且味道不错，炸鸡是极鲜嫩的。

其实，那回本来是吴彬请客。当时肯德基刚进入中国，在北京前门开了第一家门店。之前都不知美式快餐是怎么回事，吴彬想带大家去见识一下。可是到了那儿被拒之门外，须凭外汇券才能消费，所以"光顾者似不踊跃"（现在人们都忘了，那时许多洋货只能外汇券购买)。吴彬想到李陀有外汇券,马上打电话把他喊来。结果那顿饭是李陀买单。结完账,见他还剩一些外汇券,又敲他竹杠,带大家去王府饭店酒吧喝酒喝咖啡。

说起王府饭店酒吧,之前沈昌文带我去过,那回是大出洋相。身穿中式旗袍的小姐送来酒单,老沈让我点,他自己要了咖啡。酒单全是英文,好歹记得黑方尊尼沃克的拼写,指着那行洋字码,却不敢念。小姐不肯俯身看酒单,一连用英语问了几遍。老沈拿过酒单一看,朗声喊道:"Black Label!"小姐又问:"Ice?"这单词我居然没听懂。小姐很有耐心,老沈却烦了,扭头说:"要加冰!"听是中国话,小姐一脸悻悻。李陀请客那回,我不知道可用中国话点单了,嗫嚅着用英语说Black Label,这回对方是一脸懵圈。

《上海文学》的饭局多半在南京西路的梅陇镇,那是一家融入上海本帮风味的淮扬馆子,内外装修古色古香。有一次茹志鹃、李子云都在,好像很隆重。周介人把我叫去,席间说什么事情,现在一概想不起来,只记得有干烧明虾、蟹粉蹄筋、开洋煮干丝……

从饥饿现实主义到美食浪漫主义并不很遥远,那是狂飙突进的时代。那时我也常给《上海文学》写稿,写小说写评论。

八十年代没有"核心期刊"之说,同道中最看重三家刊物:《文学评论》《读书》和《上海文学》的评论版。我有幸成为这三家刊物的作者,首先是因为这些刊物都有一种兼容并包的文化气度，亦得益于主事人和编辑们提携后进的职业态度。在当日文坛上，李子云、周介人可谓"教父"级人物，他们也许不赞同你文章的观点，但他们的意见无疑会让你完善自己的论述，他们知道文学不会是某种意志的产物，江湖有江湖的规则。

巨鹿路675号拐过街角不远就是"红房子"西菜馆，周介人有时在那儿请饭。奶油焗蛤蜊、忌士焗蟹斗、葡国鸡、菲力牛排。当年吃西餐有一种新鲜惊奇的感觉。甚至，吃西式快餐亦是一种时尚，《上海文学》有次搞活动，老周带了一大帮人去延中汉堡包聚餐，不知谁还拍了我跟王安忆、史铁生他们一起吃汉堡的照片。餐桌上喜欢听老周聊天，在编辑部办公室里他总是比较严肃。老周说，你那篇谈新笔记小说的文章有点意思，新时期文学确实需要从各种不同角度去归纳和描述……老周循循善诱，总是鼓励我。

李子云喜欢静安宾馆九楼餐厅，带我去过几次，记得有两次吴亮也在。那是淮扬菜、川菜和本帮菜混搭路数，蟹粉狮子头、煮干丝和麻婆豆腐都很不错，白斩鸡特别好。餐桌上听李老师聊各地美食，聊前尘往事，聊上层动态。她说话挺有趣，在沪上生活既久，那口京片子略带上海口音，却又不似上海人说普通话，尤其字正腔圆地甩出几个弄堂俚语，更是发嗲。五十年代夏衍还在上海时，她做夏公秘书，对当年文艺界的事情很熟悉，也听她讲过夏公的许多事情。

我大学毕业后，周艾若老师也离开了哈尔滨，调到北京对外

与史铁生、王安忆，八十年代末在上海豫园

经贸大学。周老师是周扬的大公子，那时周扬已年迈，调周老师来是为了方便照顾。有一次在北京，我去看望他，他在外经贸大学教公共语文，离开文学教学岗位，言语间不无怅意。一九八五年，周老师终于又回归本行，调入中国作协创办的鲁迅文学院，担任教务长，其时唐因是院长。

鲁迅文学院在北京东郊八里庄，我去过一次，当时那地方是杂乱的城乡接合部，但文学院已初具规模，周老师带我校内校外转了一圈。见到作协创研室的何镇邦，好像是调来鲁院做专职教师。到了饭点，周老师让伙房弄了几个菜，拍黄瓜、炒合菜、京酱肉丝之类，还弄了一瓶二锅头。又叫来何镇邦，一起在他办公室里吃。周老师饮食不讲究，吃什么都甘之如饴。他自己不喝酒，一个劲儿让我喝。周老师说，文学院虽有早先作协文讲所的底子，实是百废待兴，希望把我调来帮帮他（那时正式调动不易，京中许多文化部门会以借调方式先把人弄进来），我倒是想来北京，但又不愿做这种教学行政工作，没多想就回绝了。周老师对文学院的长期发展有通盘考虑，也叫我帮他"出谋划策"，二锅头喝得晕晕乎乎，我口无遮拦地扯了一通。他找出纸笔，竟认真地记下来。

在北京，令人难忘的还有黄子平的家宴。子平兄那时住北大勺园宿舍，一套两居室住房布置得整洁而温馨。一九八七年夏秋之际，我在北京电影制片厂修改一个剧本，没少去子平那儿蹭饭。子平太太玫珊很会做菜，但给我印象至深的不是别的，而是一大盆拌萝卜凉菜，用北京人称之"心里美"的水萝卜做的，不知用了什么调味汁，吃着特爽口。这道菜被大家用一位演讲家名字命名，那人奢谈心灵美，正合那萝卜俗名。有一次人特别多，有钱理群、陈平原、夏晓虹、张鸣、查建英等人，一上来就风卷残云，玫珊看情况不对，转眼又端上一盆。

那年中秋节，我还在北影招待所，子平叫我去他家吃晚餐，那次还有苏炜。餐后，大家一起去圆明园赏月，子平夫妇带上了儿子阿力。苏炜专门带了两顶简易帐篷，在湖边搭起来。月亮升起了，玫珊切开月饼，与大家分食。那月饼是玫珊的朋友从香港带来的，特别好吃。

苏炜那时单身，住双榆树青年公寓，他那儿是文艺雅痞聚集的地儿，去过几次都是一大帮人。苏炜自己不开伙，他那儿没有饭食，只有洋酒和咖啡。我不喝咖啡，喝他的杜松子酒。他从美国回来时带了不少CD唱片，我还未见过这玩意儿，颇觉新奇。听百老汇音乐剧Cats，觉得凄厉而迷人，让他给我转录到磁带上带回杭州。苏炜介绍认识了林培瑞，林是研究中国旧小说的美国人，中文说得不错，对鸳鸯蝴蝶派自有见地。我问他为何不研究中国当下的文学，他说当下的许多事情他看不懂。

在北影招待所那几个月，中午吃食堂，晚饭常被梁晓声叫去家里。梁晓声就住北影厂宿舍，那时他是北影编剧。晓声家晚餐通常喝粥，为招待我总会炒几个菜，喝点小酒。喝酒时说起拍电影的事情，我很好奇，想让晓声带我去摄影棚瞧瞧，窜演个路人甲匪兵乙之类。他一本正经地说，那种角色也不是人人都能演的。灯光一打，轨道车嘎嘎嘎一响，镜头前你不慌神才怪。

有一天，晓声带我去参加张承志长篇小说《金牧场》的发布会，地点在北影厂附近的双秀公园。那实际上是一个Party，长条桌上摆了好多食品和饮料。除了文学同道，张承志还邀来一些穆斯林朋友，现场用炭火烤着羊肉串，有的打着手鼓跳舞。王蒙来了，还带来美国驻华大使洛德夫人包柏漪。大家注意力一下子都被身着白色长裙的包柏漪吸引过去了。包女士是华裔作家，还是舞蹈家出身。听到器乐声，她便在天井里翩翩起舞，拽着王蒙一起跳。王蒙的舞姿有些笨拙，竟也来了几下新疆舞的闪肩动作。张承志在旁引吭高歌，大家合着乐拍哼哼哼地鼓掌。

一九八五年十月间，《钟山》杂志组织了一次笔会，参会者有湖南韩少功、徐晓鹤，山东王润滋，江苏赵本夫、周梅森，浙江是我和李杭育。在南京丁山宾馆的接风宴上，我第一次尝到闻名遐迩的盐水鸭，果真美味。随后几日，辗转无锡、苏州、杭州等地。游无锡惠山，在"天下第二泉"石壁前，我与少功有一张合影，拍照时少功故意让镜头避开石壁左侧的"泉"字，以"天下第二"相激励，亦自有不争之义。在苏州，少不了松鹤楼的饭局。另日，范小青尽地主之谊，安排了一桌很丰盛的筵席，自然是苏州菜，席上还有陆文夫小说《美食家》写到的冬瓜盅。

那次笔会事先我给少功写了信（编辑部让我问他是否能来），同时信中向他询问《爸爸爸》的创作缘起，打算给《读书》写一篇评论文章。少功回信如下：

庆西：近好！

我去湘西参加省里一个青年文学作者会，与立伟、新奇、徐晓鹤等在一起，十分愉快，前天刚回。你的信回得晚了些。

与韩少功，1986年秋于无锡惠山

你接到此信，恐怕已从北京回来了。有什么重要的消息，还望能通通气。

《爸爸爸》，当初我写时，曾暗暗立意写成一个评家不好评的东西，使之戴什么帽子都不合适，也意在激励评家们制出几顶新帽子来。而我深以为，你在理论上是富于冲击力的、创造性的，显然能拿出新帽子来。严文井曾就这个作品有一封信给我，大概老人还抄留了一份，于是竟让《文艺报》给登了出来。信不长，你看了没有？可供参考。

作品的不定点很多，空白和残缺也很多，大概也给评论造成了困难，几近成了评家与作家之间的参禅。而我以为你大可不必顾及我的原意，大胆指手画脚无妨。注释性的唠叨必（毕）竟不是我们要干的事。

　　文学观念更新的事近来颇热闹。我听了刘再复的一个讲话，谈的是新方法论，引进自然科学成果。对冲击旧体系是有用的，然"京味"太足了些，吓人的术语多了些，似穿戴过繁，叮叮当当。他们重科学，重理性，重分析，而轻玄学，轻直觉，轻综合，似乎还过于"西化"，比年轻人的创作圈子的思路又慢了个半拍。寻根讨论被《文艺报》接过去以后，也时髦起来了，可怕起来了，大家都互相听不清了。这时节说话真不是容易的。

　　你的小说（《人民文学》那三篇）读过，觉得文字炉火纯青，凝重而从容，用极平凡的小材料揭示出人的生存状态，是真正的现代短篇小说。比较某些过于淡雅、闲适（也有卖弄之嫌）的文字，我觉得你这种风格我更能接受。你的评论我接触不多（也许我从来不太注意作者署名），有何近作，望提示一下篇目，我好找来一读为快。

　　我赴西德之事，因德方经费问题，还得拖一拖。因此秋凉以后还想写一点小说。你们的座谈会，我当然是极愿意来凑个热闹的，去年杭州一聚实在给了我很美好的回忆。何立伟也提到过这个会，大概上海方面已写信给他了，他也愿意来。

　　小集的事，烦你和育海兄多多支持，十分感谢。杭育近况如何？请代问好。请秋安！

　　　　　　　　　　　　　　　　　　　　少功　8.29

信中提到的"小集",是我和育海向他组约的一本文论集《面对空阔而神秘的世界》,其中收入了关于"寻根"话语的若干文章。少功说何立伟收到"上海方面"的邀请,可能是另一回事,那次活动何立伟没有来,《钟山》按我建议邀请了另一位湖南作家徐晓鹤。我很喜欢徐晓鹤在《收获》发表的荒诞小说《院长和他的疯子们》,也想认识一下。

后来意识到,疯子们也可能变为院长(至少一部分)。那时刚读了米盖尔·杜夫海纳的《美学与哲学》,记得书中有这样一句话:"为了具有意义,对象无限化,变成了一个独特的世界,它让我们感觉的就是这个世界。"

王润滋得知我和杭育原籍山东乳山,邀我们去胶东玩玩,那好像是一九八六年夏天。现在不常听人说起王润滋名字,八十年代初他以《内当家》获全国优秀短篇小说奖,影响很大。他的小说写得鲜活,生活气息浓厚,也多少带有诠释政策的痕迹。

他安排我们去了烟台、蓬莱、威海和乳山。在烟台住当地武警招待所,早餐有一种蘸韭菜末吃的打卤面,顿时勾起我儿时的味觉记忆。在威海,游览了当年北洋水师驻扎的刘公岛,老王请我们吃当地名产加吉鱼(真鲷),那鱼肉鲜美无比,一桌人都顾不得斯文。剩下的骨刺让厨师拿去氽汤,二次上席,大家都说汤更好喝。说话间一大盆鱼骨汤又没了,不知谁去找来热水瓶直接冲入开水,竟依然美味。在山东人的筵席上,有一样让人不适,就是不停地让你喝酒，顿顿灌得头重脚轻。后几日，老王让矫健带我和杭育去乳山老家（矫健也是乳山人）。那时王润滋担任烟台、威海两市文联主席，配有一辆旧吉普车，由他的司机陪送我们。矫健在当地人脉很广，走到哪里都有乡镇干部接待。

到我父亲家乡的山村，我们的一个姑姑还住在我爷爷早年建成的宅子里，那青砖瓦房原来颇有模样，外墙还嵌有石雕的拴马桩，可当时已破败不堪。在姑姑家吃晌饭，鸡蛋炒了几样蔬菜。盘腿坐炕上，抬眼看，头顶上缺了屋瓦的地方赫然露着朽烂的檩子。又去村里拜访父亲一位挚友（父亲的入党介绍人），那户人家更是家徒四壁，炕上破烂的席子都遮不住炕面。老头见到我们有些激动，讲起当年他和我父亲一起参加昆嵛山暴动的事情。当晚，回到乳山县城，因矫健的关系，县委宣传部设宴款待。海参、鲍鱼、偏口、青蟹、牛鞭……只是没有加吉鱼，部长说你们来的不是时候，这伏天的海产品都不成样子。

有一天，王润滋在家宴请我和杭育。文联主席居住条件亦简陋，两三间平房。让人惊讶的是，他院子里摆满了各种盆栽，简直就是一处花圃，雀梅、五针松、黄栌、花石榴……什么都有。那些盆栽全是他自己培植的，许多幼苗和砧木是他亲手从山上挖来。我不由嘀咕，这是否有些玩物丧志的意思？矫健私下跟我说，老王确有急流勇退之意，能堪破红尘自是高人。我不知道，他是有意淡出文坛，还是写作陷入了瓶颈期。其实，他一向写得不多。吃饭时，他不停地说话，介绍威海两位年轻作家，孙鸷翔和王春波，讲述他们小说中的情节和妙处。莫非他自己就此搁笔，一心为年轻人鸣锣开道？

不巧的是那次没见到张炜，老王说他去外地了。

胶东之行数月后，我在《文汇月刊》读到王润滋新作《小说三题》，大为叹服。那三个短篇写法跟他之前的路数很不一样，细致的笔触中更有一种深邃的开掘，阴郁的画面，映衬人性的复杂……可惜他后来也写得不多。后来听说他长年患病，二〇〇二年去世。这是一个未尽其才的作家。

一九八六年冬天，解放军总政文化部和中国作协组织若干作家去海南岛考察，人不多，只是八九个人。有老诗人高平、评论家王愚、剧作家王培公等，好像除我之外都是军旅出身。负责接待的是广州军区，大家在广州集合，入住珠岛宾馆（又称小岛招待所）。我初到岭南地界，满眼新奇。报到后就去逛街，在街头小摊吃蚝油捞面，甚觉美味。第二天，一行人飞海口，随同有广州军区一名干事和一名护士。

到海口当晚，海南军分区大张筵席，政委和政治部主任都来了。席上海鲜居多，但此地海鲜似不及舟山和北方黄渤海出产的美味。那顿饭记忆最深的是喝酒，习水大曲，喝白酒的小盅，我竟灌下二十多盅，我从未喝过那么多。政委和主任都是好酒量，还有他们的下属，轮番代表首长来敬你一杯。喝着喝着只觉天旋地转，脑袋都要炸了。

那次是环岛走一圈,路线是:海口—文昌—琼海—万宁(兴隆农场)—三亚—通什—儋县,最后直接从儋县返回海口。离开海口时,军分区派给两辆车,一辆簇新的丰田中巴,一辆旧军用吉普。我和王培公年轻,坐那辆吉普,一路上跟他聊得比较多。之前王培公创作的话剧《WM》(又名《我们》)曾风靡京城,忽而又被禁演(二十多年后重返舞台,由濮存昕、李雪健、刘佩琦等主演),但他个人尚未受到影响。王愚当时主编《小说评论》,对年轻一代的文学观念比较关注,途中住下就找我和培公聊天。一路上多是驻军接待,部队晚餐时间早,我们夜里都聊到很晚,总是备着酒食作宵夜。王愚之前做过腹腔手术,身上插着造瘘管,依然彻夜长谈,大口喝酒,大块吃肉。

在通什,我和培公应邀在驻军某师机关讲了一堂文学课,我讲现代派小说。那时候部队搞精简,军营里文化气氛倒很浓厚。儋县是苏轼流徙之地,在那里我们瞻仰了东坡祠。

海南之行美食记忆不多,印象最深的是文昌鸡。在兴隆华侨农场,晚餐前主人询问是否愿意尝尝法式蜗牛(农场有养殖),竟没人敢吃,真是应了鲁迅"吃螃蟹"须有勇气之说。

第一次见到陈平原、夏晓虹夫妇大概是一九八六年夏天。他们住北大研究生宿舍,平日吃食堂。我去那天,平原兄在楼道里用煤油炉做了几个菜,一起喝酒。平原不善饮,晓虹却是海量,端起杯子一口闷,看那架势我先怯了。

第二年夏天，平原南下芜湖、南京、苏州、上海、杭州等地，往各图书馆访书。在杭州再次见到平原很是高兴，我和黄育海请他在楼外楼小聚。本社副总编老徐亦闻讯而至，老徐对平原的苏曼殊研究极为佩服，非要认识一下。四个人的饭局，育海点了许多菜，没等最后一道香酥鸭上来，我已吃不动了。老徐和育海也撂下筷子只顾说话。我想这下坏了，还有一道鸭子怎么办？岂料说话间，平原兄不紧不慢将整只鸭子全吃了。这等胃口，让我想起大学生活的饥饿感，平日吃食堂饭的清苦不言而喻。

许多年以后，我跟别人说起楼外楼这事儿，一来二去，闲话传入平原耳中。二〇〇三年夏天，我和文敏携子去承德旅游，途经北京逗留了几日，平原、晓虹招饮，在中央党校门外一家潮菜馆。那天张鸣、岑献青夫妇亦在座。酒过三巡，平原兄责怪我将他描述成饕餮之徒，实有损其清誉。我强调确有其事，于是彼此各执一词，各自表述当日情形，众大笑不已。

平原是潮汕人，之前去北京请我吃过潮菜，他自己亦能上手做几道。我熟识的男性同道中，懂美食的不少，却没有几个会掌勺烹饪的，平原倒是知行合一的例外。九十年代初，他和晓虹刚分到住房时，我去他家，他亲自下厨，煎炒熘炸都有一手。

据说文学中人最擅庖事者是汪曾祺，我无缘见识汪老治馔，倒也有过尝脔的机会，有次在林斤澜府上吃过他做的西红柿牛肉汤，味道是极好。我写过《关于林斤澜的记忆碎片》一文（刊于《上海文化》2019年5月号），记述了当日聚会的情形，这里不多说。

好像听郑万隆说过，汪曾祺最擅长做豆腐，有"汪家豆腐"之称。有一次汪老来杭州，住新新饭店秋水山庄，那次出版家范用先生也在，晚上一帮人在范老房间聊天，就着花生米喝花雕。我将话题引向厨艺诸事，又求证郑万隆那个说法，汪老说你别听外边瞎传。老头笑容可掬的样子至今在我脑子里晃动。出门时跟我说，下次你来家里，我做给你吃。可惜之后我始终未去他府上拜访。

有一度，我很想操练厨艺，对川菜尤为着迷。找人打听干煸牛肉丝和水煮牛肉的做法，自己做过几次，也还像样。九十年代初，一度闲得无聊，常去杭育家里做这两道菜，那时杭州还找不到像样的川菜馆。大概是跟吴亮吹嘘过自己的手艺，吴亮告诉了王安忆，有次去安忆家做客，她事先备了食材，让我做干煸牛肉丝。我自信满满，逮着机会也想露一手。可是那天见鬼了，居然彻底砸锅，做出的牛肉丝竟嚼不动。后来吴亮常拿这事儿挖苦我，还写入他那该死的札记《夭折的记忆》一书中。

记忆尚在，倒是我那点厨艺从此夭折。

在我接触过的作家里边，喝酒最厉害的要数莫应丰。老莫的名字现在恐怕也被人淡忘了，早年他以长篇《将军吟》获首届茅盾奖，亦曾风光一时。

一九八六年（还是八七年？）在上海跟他相处了不少日子。

那时上海文艺出版社在建国西路384弄设有创作室，其实就是接待各地来沪作家的一个小型招待所，也接待出版界同行。我和黄育海出差住那儿，莫应丰已来多日，在修改一部长篇小说。那是挨着一幢旧公寓扩建的独立单元，楼上楼下三层，二楼三楼是客房，底层是客厅（兼餐厅）和灶披间。老莫住在二楼左侧朝南的屋子，我们去拜访，老莫衣冠不整地开门迎客，坐下来就聊中东局势。我惊讶地发现，那床下扔着几十个空酒瓶子。

创作室自办伙食，要吃什么，告诉做饭的师傅阿姨，他们去采买。我们经常叫伙房弄几个好菜，跟老莫一起喝酒。育海酒量好，拼酒不输给老莫。住了一阵，我们回去了，老莫还在。我们下次来，老莫还没走。一天半夜里老莫狂敲门，酣睡中被他拽起，非要跟我们喝酒。拉着我们到楼下灶披间找下酒菜，做饭师傅将厨柜收拾得干干净净，什么剩菜都没有。好歹找出一块咸肉，一包霉干菜，还有几根发蔫的茄子，老莫将这几样东西炒了一大盆。三个人就在他屋里喝酒，喝到天亮。老莫的酒都是杂牌的廉价白酒，一口下去直冲脑门。

建国西路的创作室确实很有故事，后来上海文艺出版社约请当年在那儿住过的作家写回忆文章，集成一本小书《小楼纪事》（1997年出版），其中也有我一篇。遗憾的是，没有莫应丰的文章，老莫一九八九年就患病去世了。

一九八八年五月，南京军区创作室让我去做了一次讲座，给军区创作员讲现代小说叙事特点什么的。其实那是一次面试，当时创作室要调我去，他们创作力量雄厚，亟欲加强评论。朱苏进是创作室负责人之一，之前专门来杭州跟我谈过。那时还算年轻，敢于胡说八道。讲课时，德高望重的胡石言主任陪我坐在台上，军区政治部文化部领导也在现场听讲。

第二天，朱苏进带我去逛夫子庙，告诉我领导那儿通过了，叫我回去等消息。夫子庙小吃有名，午间他带我进了一家门面豪华的馆子，楼上选一个包间，叫了一大堆好吃的。锅贴、酥饼、蟹黄包、开洋干丝、鸭血粉丝……前一天晚上军区文化部领导宴请，我只顾着说话应酬，记不得都吃了些什么，倒是夫子庙小吃印象至深。不过，那儿的东西做的过于精致，场面也太铺张（光是各种蘸料小碟就有十几样），小吃搞成了大吃。朱苏进结账时我留意了一下，两人竟吃了三百多。

一年以后，朱苏进来信告知：如果你没改变主意，现在可以办理调动（入伍）手续了。并有说明，时间拖了一年多，是在等老同志离休腾出编制。可是，我已改变主意。那时说年轻也不年轻，奔四的人怕是很难从头适应部队生活，毕竟一向散漫惯了。这事情朱苏进前后折腾两年多，到头来我又变卦，实在对不起他。

一九八八年夏天，《中国现代文学研究》丛刊举办一个中国文学史讨论会，邀集的学者有做古代近代的，也有做现当代的，明显是打通古今的学术意图。会议地点在牡丹江镜泊湖。出席会

作者，1988年夏

议的有钱理群、吴福辉、王信、陈平原、季红真、王晓明、陈思和、蔡翔、魏威、赵昌平、钟元凯、王钟陵、张中等众多学者。那是重写文学史的年代，讨论重点则是从文学观念的多元化到文学史书写的多样化。

那天出了牡丹江机场，四下顾盼，找不到去镜泊湖的车，幸好有人过来问：是不是去湖区开会的？原来同机抵达还有人民文学出版社的社长陈早春和编辑王培元，牡丹江师院有车来接他们，正好把我一同捎去。从机场到镜泊湖一百多公里，当时路不好走，面包车颠簸了三四个钟头，途中还找饭馆吃了午饭。

那顿饭值得一说，主菜是北大荒传说中的生鱼丝。那种生鱼丝跟日料刺身做法完全不同。首先食材不是三文鱼之类，是用新鲜鲤鱼切脍，正应了"飞刀脍鲤"的古语。其次并非真的生食，是将生鱼丝用醋精处理过，那泛白的鱼肉已半生不熟。然后拌入花椒油、芥末、青椒丝、香菜末等。不像刺身那么华美，吃起来却非常过瘾。从下乡算起我在黑龙江待过十三年，之前只偶尔吃过一次，这回是第二次，此生恐怕不再有这种口福了。听黑龙江老同学说，如今饭馆里根本见不着这道菜，松花江牡丹江的野生鲤鱼几乎绝迹。南方人眼里鲤鱼不算好东西，但在北方极寒之地绝对是上品。

开会住在湖边，那几日顿顿有鱼。但镜泊湖的鱼并不鲜美，不知是否堰塞湖的关系？

有一年秋天，我陪冯统一兄去富阳。他在当地办理一些私事，又去千岛湖羡山祭扫夏承焘墓。他是夏老入室弟子，跟我讲过夏老当年的一些轶事，我听过都忘了。我们住在鹳山旁边的第二招待所（今富阳宾馆），那地方常有会议包租，床位相当紧俏。我们入住当天，大堂里川流不息都是人，正好有两个大型会议报到。一个是"华东六省一市蜂窝煤科技开发研讨会"，一个是"十七城市废品次品残损物品标准化工作会议"，前者简称"蜂窝煤"，后者简称"废次残"。统一兄见人家开会，竟有些莫名的兴奋。

那时已流行"解构"与"建构"一类新词。还有"整合"，统一兄亦常挂嘴边。他说领导开会都这么说。关于"整合"，他有个绝妙的解释,就是老北京话说"一块堆"的意思。

当晚,两个会议都举办接风宴,大餐厅门口熙熙攘攘,两边工作人员各自招呼自己人入座。我找服务员询问散客在哪儿就餐,转过身统一兄就不见了。再一转身,猛然被挨挨挤挤的人群推入门内。您是石家庄的老沈,沈科长吧?有人搂着我肩膀套近乎,上回咱们在连云港你说什么来着……不由分说被拽到"废次残"的餐桌上。隔着老远,看见统一坐在"蜂窝煤"那边,跟人谈笑风生。我摆脱身边的"废次残",起身大喊统一名字。大厅里嘈声杂乱,根本听不见。找到跟前,那边已是酒过一巡,动筷子了,我好不容易将他拽起来。他还真把自己当"蜂窝煤"了。散客人少,我们被安排在另一处小餐厅就餐。统一兄嘟囔说,龙井虾仁你都没让我吃一口,忘了给你介绍,济宁那个阎主任是你们杭州人……

后来我将这事作为素材写进小说《不二法门》。这是哪一年的事情?好像是一九八九。

生活不在别处,僵蛰的心灵渐渐苏醒。一九九○年十一月,中国现代文学学会第五届年会在浙江大学举行。我又见到钱理群、吴福辉。当文学陷入荆棘之地,人们重新认识鲁迅,重新估量五四与新文学,忽而发现还有张爱玲。会后陪老钱、老吴游西湖,从龙井一路走到九溪。下过雨,溪涧淹没了山路,我们脱了鞋,赤足涉水而行。在九溪十八涧"溪中溪"菜馆午餐,偌大的店堂里只有我们三人。喝着烫热的绍酒，老钱谈兴勃发，声振屋瓦。一道西湖醋鱼没等下箸就凉了，初冬气候竟是奇冷。

那几年常跟现代文学那帮人玩在一起。翌年十月，我和育海去济南参加"纪念文学研究会七十周年研讨会"，又见到钱理群和吴福辉。会上还有王富仁、舒乙、陈平原、夏晓虹、黄修己、孔范今、陈子善、蓝棣之、汪晖、王晓明等人。会后游淄博、泰山、曲阜。在淄博参观蒲松龄故居，午间在淄博师院餐厅用膳。上来三道当地特色菜肴：一盘蚂蚱、一盘蚕蛹、一盘蝎子。除当地人都不敢下箸，惟陈子善大嚼无忌，称味道不错。

一九九二年九月间，湖南教育出版社拟出"二十世纪中国文学与区域文化丛书"，请严家炎老师做主编，钱理群、赵园、吴福辉、凌宇、陈平原、罗成琰等人为编委，我亦忝列其中。在长沙开编委会。赵园还带来了一位日本学者，就是京都大学的中岛碧教授。

当时吴福辉正搞"海派文化"研究，对这题目最有兴趣，会上大谈老上海的文化生态。四马路，百乐门，兰心，美琪……从张爱玲苏青说到周天籁的《亭子间嫂嫂》。陈平原提醒大家，这套书切忌做成"上篇是某一区域文化特征的概述，下篇是表现此区域生活的文学作品分析"。他认为"区域文化"基本上是个史学命题，需要许多实证材料，不能"想当然"。他的发言引起中岛碧的共鸣，第二天她写了几页稿纸的意见交给陈平原，对中国学者偏

重感性因素的著述思路有所批评。

长沙的讨论结束后,大家乘车去湘西。每至停车休憩,中岛碧便到路边小店买啤酒喝,我身边有开瓶工具,她总来借用。一来二去也聊些别的,有次问我是否喝过日本酒,我说清酒当然不错,但有一种日产威士忌似亦不差于一般 Scotch。她下次来华时竟专门带了一瓶那个牌子的酒,托王得后转交给我。途中在永顺县王村逗留了一日,那是电影《芙蓉镇》的外景地。青石板街,米豆腐、吊脚楼、船埠……当地政府显然花了心思要营造乡镇聚落的自然形态。至张家界,游天子山,老钱像孩子似的满山乱跑。在一处山坳里,凌宇找了一家农户安排午饭,从人家灶间里觅到熏干的老腊肉和果子狸。

湖南教育社的事儿一完,我就拉着钱理群、吴福辉、凌宇三位去上海,参加我们浙江文艺社举办的"现代作家诗文全编"选题座谈会。坐火车,从长沙到上海,聊了一路。

在餐车吃午饭。豆豉苦瓜、红椒猪肝、蒜苔腊肉。老钱关心地问起做这套"全编"会不会亏本。商品经济大潮乍起,学者们已开始留意出版业的经营状况。不知谁说起可利用文化衫做图书广告。老钱马上想到,可将现代作家书里的妙句印在 T 恤上——

譬如,鲁迅《狂人日记》那句话:"那赵家的狗,何以看我两眼?"大家狂笑,都说这主意好。

老吴拈出张爱玲的名句:"生命像一袭华美的袍,爬满了虱子。"

凌宇想到沈从文《边城》最后那句话："这个人也许永远不回来了，也许明天回来。"大家都说绝对有回头率。

这是途中解闷的笑谈，现在说来倒是文创思路。

"全编"座谈会安排在延安东路大文豪酒店（又称上海新闻出版活动中心）。黄育海偕本社同仁已先期抵达。这次很荣幸地请到上海文化界诸多前辈，有许杰、王元化、王西彦、柯灵、贾植芳、徐中玉、钱谷融等。更有众多学术中坚，如王得后、钱理群、吴福辉、凌宇、周介人、陈思和、王晓明、陈子善、蓝棣之等。《读书》杂志吴彬、赵丽雅、《文汇报》系统陆灏、郑逸文亦应邀出席。

此事王元化《九十年代日记》、扬之水《〈读书〉十年》均有记载。王先生记云："（一九九二年十月二日）晴，上午出席浙江文艺社假座新闻出版中心召开的座谈会，与会者多王瑶弟子如钱理群、吴福辉等。"会议期间，王先生还赠我一册新近再版的《文心雕龙讲疏》。

老先生们对出版现代作家的作品全编不但很支持，而且在许多问题上对我们多有指教。王元化对现代作家著作的版本问题自有见解，告诫我们切忌偷懒采用坊间俗本。贾植芳特别强调，新文学的发展不是左翼右翼那么泾渭分明，选题布局要避免以偏概全。贾先生山西口音太重，往往须陈思和翻译才能听懂。与会的中年学者大多承担着这套书的编纂工作，发言中对许多问题都抠得很细。

那几日伙食安排得不错，酒店后边的餐厅叫"南海渔村"，

育海专门去厨房叮嘱。就餐时,育海总是拉着老钱坐到老先生那桌,陪贾先生、钱先生他们喝酒。

我的大学同学孙苏、小梁原先跟我是同行,后来改换门庭做了大学教授。有一次在西湖边聚会,她们问起,你怎么没去高校谋一席教职?在她们看来,我来往的师友一多半是大学教师,以为我有一种学院情结。九十年代以后,作家、评论家和文学编辑投奔院校逐渐成为一种风气。尤其大学扩招一来,许多学校都忙不迭进人。可我知道,我做不来这一行,教师并非适合自己的职业。

有一部外国电影,说的是一位英国教授卷入军情六处与俄罗斯黑手党的暗斗,脑子里已连不起故事情节了,却记得某个对话场景。在卡萨布兰卡的派对上,有人问教授在大学里教什么课程,教授搪塞说,只是教些很枯燥的东西。追问之下,他说是教"诗学"。对方不解,研究诗歌不是很有意思吗?教授说,当你把诗歌拿到显微镜底下去研究,就不觉得有趣了。

我跟她们说,冷盘点杭州酱鸭肯定没错。她俩不是本地人,不太熟悉杭帮菜。以我个人口味,鸭子的吃法仅此三种最佳:北京烤鸭、南京盐水鸭、杭州酱鸭。至于杭菜的老鸭煲,不过是一般家庭主妇的做法(餐馆里只是舍得多搁笋干)。淮扬菜的三套鸭很有名,曾在某次筵席上见识过,但我更不喜欢那种过于复杂的菜品。

黑大中文七七级在浙江连我一共六个同学,除了两位教授,老黄、老付和宇清是公务员。过去各忙各的,最近七八年以来每年聚会一次。现在都退休了,聚到一起多是怀旧的话题,有时亦聊文学。文学不用拿到显微镜下去看,话里话外勾连着我们的青葱岁月。

九十年代初,程德培办《海上文坛》,邀朋友们写稿,我给他写过一篇小说《社会贤达范鹤屏》。好像只写过那一篇,德培的刊物以纪实文学为主,我不擅作那类文字。

不过,那几年去上海,常有德培兄的饭局。德培在饭局上谈锋甚健,指点文坛,评骘人物,妙语迭出。他说起吴亮的段子不输给周立波的海派清口——并非编造,只是放大了某些行状和细节,被叙述的吴亮基本上是发噱的呆萌形象,跟真人形成有趣反差。

德培后来下海办书店(当年文化人办书店蔚然成风,如北京万圣、上海季风等),亦时常张筵招待远近朋友。他那些朋友三教九流的都有,不仅是文学同道,更多是书店老板、公司高管、乡镇企业家、出版社跑发行的……记得有一次,一桌十八罗汉,我身边挨着两个台湾人,不知做什么生意,不停地跟我说话,从旧城拆迁说到虫草雪蛤行情。桌上我只认识陈子善、韩石山、谢泳几个。那回饭局没有吴亮,对了,有黄育海。饭桌上印刷厂老板缠着育海拉业务,那时尚未有九久读书人,他还在贝塔斯曼主事。我想起来了,德培找我和陈子善来,是要做一套"边缘书库"丛书,那套书推出的第一种就是苏青的《饮食男女》。那应该是本世纪头两年。

八十年代，吴亮、德培是评论界的神荼郁垒，从九十年代开始各玩各的。德培沉潜书市，吴亮跑到艺术圈里去了。吴亮不在场，德培就少了那些有趣的段子。生命像一袭华美的袍，爬满了虱子。大概彼此都在想：这个人也许永远不回来了，也许明天回来。

那些年吴亮走到哪里总有几个画家朋友相随。他带南京画家汤国、徐累来杭州，我和文敏陪他们游玩吴山。那时吴山尚未重修城隍阁，山顶的老房子还没有拆迁，屋前屋后是豆棚和菜畦。我们找了一户人家，在墙垣颓圮的天井里喝茶聊天，听两位画家说他们圈里的八卦趣闻。到了饭点，让主人烫一壶酒，蒸一碗酱鸭，再弄一盘酱肉炒青菜，就在那儿喝上了。那时的吴山有一种旷废的世外之意。

有一年冬天，吴亮带画家孙良来，正好吴俊也在杭州，我和文敏陪他们游西天目。抵达当晚，景区谭局长请吃火锅。第二天上山，沿着古木参天的山路蜿蜒而上，爬到开山老殿，已过了午餐时间。让火工道人现炒一盘青菜，各盛一大碗剩饭，吃得津津有味。举目四望，山上融化的积雪，长满苔藓的石阶，庙檐破碎的屋瓦，皆是武侠片的场景。

离开文学的江湖，感觉走入江湖的文学。

有一回，沈公昌文偕同京中一位文化公司女老板来杭，三联分销店的叶芳在杭大路"新世界"请饭，也把我叫去。大抵是九十年代中期，金庸过后是高阳，武侠和讲史承包了文学与影视。女老板得意地说起，她的公司已拿到高阳小说《红顶商人》的影视改编版权，准备投拍电视剧《胡雪岩》。据介绍，北京还有另一家公司也要拍摄以胡雪岩为主人公的电视剧。饭局上女老板兴致勃勃，话头全在电视剧上。

"新世界"是当年流行的粤菜风味，清蒸石斑、白灼基围虾、广式烧腊，一道道美味佳肴堵不住女老板的嘴：你说他们的脚本会怎么写？她意思是，对方肯定绕不开高阳小说，必然要挪用高阳的情节和细节。她就等着打侵权官司了。我泼了她一盆冷水，高阳的情节细节从哪里来？她说，胡雪岩的史料不多，加到一起不足两千字——她说是听人说的。我说不可能，高阳编故事肯定有其来源，人家找到更早的文本就能绕开他的路径。虽说道光至同治间朝野掌故我并未特别留意，偶尔过眼的零星史料也远不止她说的两千字。

回到家里翻书，胡雪岩的史料竟不胜枚举。欧阳昱《见闻琐录》从胡氏发迹说到破产，差不多就有四千字。胡替左帅办粮台之事，亦见李慈铭《越缦堂日记》、曾纪泽《使西日记》、醒醉生《庄谐选录》乃至《左文襄公奏议》诸书。刘体仁《异辞录》关于胡雪岩有十一条之多。邓之诚《骨董琐记》对胡雪岩金融事务有详细考辨。还有李宝嘉《南亭笔记》、陈云笙《慎节斋文存》，有胡雪岩渔猎女色及阄闱嬉戏诸事。徐一士《谈胡雪岩》一文，辑录各种笔记达一万五千字，尚未能打尽。其实，晚清小说也有写

到胡雪岩,《海上花列传》的黎篆鸿、《二十年目睹之怪现状》的古雨山,写的就是胡雪岩。无聊中钩稽这些资料亦足够无聊。

我不知道那个电视剧后来拍了没有(我从不看影视古装剧),也不知道那两家公司是否为是否侵权上法庭掐过,只记得女老板自信满满的样子。文化,有时因气场而呈现。

华师大老校区后门枣阳路有一溜小饭馆,那儿给我留下不少美好记忆。马路对面华师大二村,是徐中玉、钱谷融先生的住处,黄育海和我曾去拜访,陪两位老先生在枣阳路的小馆里午餐。满街是"跟着感觉走"的歌声,听着让人心头痒痒。钱先生望着窗外川流不息的男生女生,感慨地说,这条马路变化最大。

一九九三年十一月,全国文艺理论学会第六届年会在华师大举行,我和育海一同赴会。我们给王元化先生做的《清园夜读》正好拿到样书,趁这机会给他送去,此事育海在《一个编辑记忆中的王元化先生》(见《书城》2008年7月号)一文中已有叙说,这里不赘述。那次年会是换届,王元化先生辞去会长一职,由徐中玉先生接任。除此,年会本身好像没有什么重要议程。

不过,会议之外搞了几场"人文精神大讨论"的务虚会,影响很大。由王晓明、张汝伦、朱学勤、陈思和、蔡翔、许纪霖等学者发起,一连搞了几个晚上。一个中型会议室满满当当坐了许多人,在座的不光是教授们,还有不少学术新锐和研究生,如罗岗、倪文尖、毛尖等,《读书》杂志沈昌文、吴彬在座。发言很热烈,从后现代文化处境说到拉康、哈贝马斯、德里达,一个个议论风发,满嘴理论名词。之前《上海文学》发表了王晓明和几位研究生的对话《旷野上的废墟》,讨论现代化进程中精神失落问题,而这次座谈无疑将问题放大到更为广泛的文化范围。从第二年春天开始,《读书》陆续登载了深入讨论人文精神的六篇对话。多年之后,回过头看,那种精神诉求自有其发展逻辑,从悲悯到崇高的心路历程,以他者设置排他性的话语游戏,植入了某种意识形态的美学动机。

我们住在华师大校内培训中心,每天晚上我和育海喊上吴方、吴彬、吴俊等,到学校后门的枣阳路上吃夜宵。酱爆螺蛳、四喜烤麸,碎米空心菜。灯火阑珊的小酒店里,醉眼蒙眬中听吴方大谈民国掌故,真是有滋有味。回来时校门已关,一个个笨手笨脚地从铁门上方爬进来。跟吴方一起参加会议,那是最后一次,不到三年他就走了。

会议最后的晚宴,与法国文学专家郭宏安坐一桌,我刚读过他译的波德莱尔几篇文论,趁机向他讨教。席间,有人起哄让张德林教授唱京戏。他唱须生,有沪上名票之誉,一开口果然技惊四座——"适才离了汾河境,一马儿来在柳家村。"

绍兴"咸亨酒店"绝非鲁迅笔下的模样,那回我们带了二三十人杀到那儿,在楼上摆了三桌。茴香豆、醉河虾、糟鱼干、霉干菜扣肉、白鲞鸡块……都是典型的绍兴菜,自然不是当垆饮酌的吃法。怎么没有油豆腐？王富仁问我，还记得鲁迅《在酒楼上》提到的四样菜吗？我支吾了半天也只想起油豆腐。我们带去的这些鲁迅研究专家，是来出席新版《鲁迅全集》编纂会议的，其间专门安排了这趟绍兴之行。

自浙江文艺社出版鲁迅几种"全编"之后，育海就有意要搞新版《鲁迅全集》。当时浙江出版集团领导很支持这项工作，仅就出版资源角度而言，这也是值得一抓的大项目。不过，育海和我更看重编纂工作本身的挑战。通行的人文社八一年版《鲁迅全集》毛病不少，因为那是在粉碎"四人帮"之前投入的项目，限于当时政治文化环境，留下了许多令人遗憾的问题。在我们看来，编纂出版新的《鲁迅全集》已是当务之急。

我们对编纂事宜作了充分准备，事先去北京、上海拜会了一些专家学者，包括楼适夷、钟敬文等曾亲聆鲁迅教诲的老一辈文化人。综合各方面意见，对重编《鲁迅全集》有了一个基本目标。编纂会议在钱塘江东岸之江度假村举行，邀集了二十几位鲁研专家和现代文学学者，有钱谷融、王得后、朱正、王富仁、吴福辉、陈漱渝、陈平原、夏晓虹、陈子善、马蹄疾、陈琼芝、姚锡佩、王锡荣、裘士雄、郑择魁、王嘉良等人，其中约半数学者参加过八一年版的编纂、校注工作。考虑到注释涉及的学科范围，我们还请来几位精于古代文献的学者，有葛兆光、冯统一、尚刚、张鸣、戴燕等人。现在哪家出版社也难以拉起如此强大的阵容。

我查了当时的工作记录，那是一九九五年八月。育海和我在

与朱正先生、陈平原兄（右），1995年初夏在绍兴禹陵

浙江文艺出版社任职期间，策划过两个大项目，都没有搞成。一个是八十年代后期编纂《新时期文艺理论大系》，因形势变化而胎死腹中；另一个就是这个重编《鲁迅全集》计划，编纂会议开完不久，就被上边叫停。当时上边有一个说法，即八一年版是"国家法定版本"，不容更动。更有人借此攻讦，说是要"警惕歪曲、污蔑、贬损鲁迅"。

此事虽已作罢，但八一年版的问题不容忽视，朱正先生率先撰文指谬，我亦以该版第一卷《坟》的注释为例，写了《想象生伪》一文（刊于《读书》1999年第10期），举述纰缪有二三十处。其实，朱先生和我发现的问题只涉及少数几个集子。直至十年后推出的二〇〇五年版，才改正我们指出的那些舛误。

一九九九年十一月，新世纪来临之际，《出版广角》连续在北京、合肥召开"二十一世纪出版论坛"会议，我参加了合肥这一站。与会者五六十人，记得有贺圣遂（复旦社）、汪家明（山东画报）、肖启明（广西师大）、刘景琳（江西教育）、胡守文（中青社）、王国伟（东方出版中心）、王建辉（湖北新闻出版局）、王一方（青岛社）、阿正（福建人民）、张秋林（21世纪）等人。能与这些极富创造力的同行切磋交流，自是人生一大快事。到会第一天晚上接风宴上，我跟刚认识的贺圣遂把盏交谈，说起他们复旦社新出的葛兆光《中国思想史》，对贺兄的眼光和魄力赞佩不已。

酒筵阑珊，别人都撤了，老贺拽着我不让走，想把我灌醉，结果他自己也醉翻了。

会议主题是瞻望二十一世纪出版的前景，但"瞻望"这种事情总是不大靠谱。当时几乎没有人意识到电子读物将改变今后的出版格局，也没有人谈到出版如何"走出去"的文化战略。其实，未来是由权力、资本与技术所决定，不是我辈能够窥识的方向。大家都知道将面临新世纪的挑战与机遇，也都在谈论出版改革，但当时所说的"改革"与后来出版社的"改制"完全不是一回事。

二〇〇一年秋天，黄子平来浙江大学文学院作访问研究。暌

与贺圣遂，2009年在上海参加《书城》茶座

隔已久的重逢让人喜出望外，整整十二年了。他八十年代末出国，后来定居香港，在浸会大学任教。那次他在杭州待了四个月，我时常陪他各处走走，有时也请他来家里小聚。

寒假临近，他准备打道回府。我建议，不妨让玫珊和孩子一起来杭州过春节，两家凑一起热闹些。子平一想也好，就将玫珊、阿力叫来。大年三十，我们两家在"新花中城"酒家吃年夜饭，第二天一同去了富阳。那时富阳还是杭州郊县，我想带他们看看浙江乡下过年的情形。我们住在富阳宾馆,就是当年跟统一兄遭遇"蜂窝煤"和"废次残"之处,我将那事儿说给子平听,他也忍俊不禁。在富阳,当地文史专家蒋增福先生替我们安排了一些节目,蒋公是我相识多年的忘年交。

初二,蒋公借了几辆车,偕家人陪我们一行去龙门古镇。我向子平介绍,给我们开车的小伙郁峻峰乃郁达夫长房长孙。子平特感荣幸。午前至镇外"龙门客栈",休憩及午餐。客栈建在山坡上,屋前屋后养鸡种菜,纯是农舍格局。午餐是可口的当地土菜,最受欢迎的是一道笋干炖土鸡。

龙门是那种少见的大型村镇,保留了大量明清建筑。在家家张灯结彩的大年气氛中,我们在迷宫般的村落转来转去,之前我多次来过这儿,每次都转晕。

二〇〇四年四月,浙江文艺社同时推出库切小说五种,与《文汇读书周报》联合举办库切作品讨论会。邀请上海诸多文学人士参会,有王安忆、王晓明、陈思和、夏中义、赵长天、马原、陆灏等。主持库切项目的曹洁女士还请来了郑克鲁、李景端、黄梅、陆建德、余中先一干外国文学专家,以及译者文敏、北塔。

讨论会借用文新大厦一间会议室,食宿安排在近旁的棠柏宾馆。曹洁做书一流,却疏于饮食之道,让棠柏安排的饭食实乏善可陈。

九十年代初,我给黄梅《女人与小说》一书做过责任编辑,那回还是第一次见面。陆建德亦早有耳闻,他是杭州人,之前却无缘得见。以后,建德兄来杭州出差,只要有时间我们都会找地方聚一下。往龙井村三台山吃农家菜,去郭庄饮茶吃片儿川,在西溪河渚街吃油爆虾……他离开家乡几十年,还是杭州人口味。这些年建德兄的学术兴趣显然更多转向中国问题,尤其从外文所转到文学所之后,对近现代文学乃至晚清以后的社会文化事件多有独到见解。他研究的问题,有些我有所涉猎,彼此看法往往相左,每次见面都有争论。有机会与朋友争论问题,是一大快事。

二〇〇五年春秋两次去上海,住在衡山路庆余别墅。当时王元化先生在那儿养病。秋天那次,黄育海说要请王先生和钱谷融先生吃饭,让我帮他安排一下。考虑到王先生行走不便,就让别墅伙房办理筵席。那天在楼下餐厅摆了一桌。育海派车去华师大接来钱先生。

两位先生年事已高,平日难得凑到一起,见面聊得很开心。连同我们夫妇,那天总共五个人。育海带来茅台酒,钱先生喝得畅快,他酒量不错。王先生因身体原因不能饮酒,话说得多。王先生说,有两点很羡慕钱先生,一是学生出色,二是自己身体好。钱先生说,学生好是他们自己有出息,我是不管他们的。钱先生散淡而温厚,自谦"饱食终日,无所用心",说到能保持健康的秘诀也是这句话。钱先生有一本散文集《散淡人生》,可谓人如其书。

两位老先生彼此相契而敬重,性格却是截然不同。王先生为人做事刚直严整，一丝不苟。九十年代初，育海替王先生安排《清园夜读》出版事宜，让我做责编，我算领教了先生那种严谨作风。当时讨论书稿和校样的信件就有一大摞。往往是白天刚收到寄回的校样，晚上又来电话。第几页第几行要如何改一下，卢梭那个说法还要再查对……

那天晚餐我多喝了点，后来就有些晕晕乎乎。第二天清晨迷迷糊糊听到有敲门声，我去开门。王先生一身运动服，一脸粲然地出现在眼前，来邀我们一起去晨练。见我们还没起来自己就走了。下午再碰见，他摇头说，你们年轻人太懒。

二〇〇五年秋天，我个人情况有一个变化。出版界改制，社里让我提前退休。翌年春天，加入《书城》杂志编辑团队。从那以后，一两个月去一次上海。这种状况一直持续至今。

在上海，工作之余总有朋友们的饭局。起初育海兄多半在宝鼎大厦旁边的"新开元"设馔，或是徐家汇路重庆南路拐角上的"川国演义"。有次他得了一笔稿费，带我们杀到闵行吃韩式章鱼火锅。上海老朋友中，林伟平、蒋丽萍夫妇知道我喜欢川菜，好几次在他们家附近一家"巴国布衣"请饭。蒋丽萍英年早逝，走了快有十年了，她最后想写的一部作品是《吴敬琏传》，但她说很难落笔。我还记得在她家楼顶小木屋喝茶聊天的情形，屋旁是她精心打理的小花坛。那次陆公子陆灏也在，话题说到陈巨来《琐忆》中的掌故。

上海的美食版图经常在变化（其实哪儿都一样）。《书城》编辑部在宝鼎大厦时，旁边日月光中心冒出了许多时尚餐饮，以致编辑部小女生钞票"日月光"。作协附近，进贤路有两家私人小馆，本帮菜做得很地道。襄阳北路那家湘菜馆，半肥半精的腊肉最吊人胃口。陕西南路上还有一家"鱼羊老镇"，是上海崇明菜，红烧羊肉，三黄鸡，两道硬菜就把你打倒。作协的朋友们常在那几处雅集。在那些饭局上又见到了程德培，有时还能见到金宇澄和孙甘露。重返文坛的德培有如王者归来，年轻同道尊之德公。德公厚德载厚物，如今专写长达数万字的巨幅典论，不遑他顾，我替《书城》向他约稿十年而未得。

与文敏，2007年4月在英国利兹大学

后来，那家崇明老店突然就消失了。

二〇〇七年四月，我和文敏去英国利兹大学参加哈罗德·品特国际学术讨论会。我对戏剧有点兴趣，却并不研究品特，自费前往，主要想去旁观英美学术会议的开法。

那是开放式的学术会议，参会者都在网上报名，须缴纳会务费和餐费，住宿自行安排（会议指南开列了学校附近各家旅馆，并标明价格）。英国人做事严谨细致，大小事宜网上都有说明。E-mail 报名确认后，利兹大学戏剧工作室主任马克·比提即与你保持联系。出席会议的有不少研究品特的大腕，也有一些戏剧爱好者，甚至像我们这样的非专业听众。主持人请来了品特本人，还有著名戏剧表演家亨利·沃尔夫。关于会议情况，这里不能细述，文敏写过一篇《利兹日记》（刊于《书城》2007 年 8 月号），有详尽介绍。

要说的是，那几日会议餐实是魔鬼训练营的食物，英伦四月寒气砭骨，居然全是冷餐，嚼不烂的培根，冰冷的约克布丁还粘牙，唯有咖啡是热的，却甜腻得没法喝。会议结束那天有晚宴，安排在市内一家意大利餐馆，离校园有好长一段路，赴宴的队伍跟着马克走，前后拉开一两百米。马克突然回身走来，叫住正与文敏交谈的一位尼日利亚学者——你没有订餐吧？说着将那人请出了队伍。英国人太较真，这里没有"蜂窝煤"和"废次残"。

有时会突然想起范用先生，他去世也快十年了。范老是出版家，也是美食家。早先他住东总布胡同，吴彬、赵丽雅她们带我去，那天范老亲自下厨，做了许多菜（他做菜不用别人帮厨）。后来他搬到方庄小区，我也去过那处新宅。

有一次，只是我跟他两人，他让我陪他喝酒，喝绍兴花雕，就着几碟小菜。有一样是牛肉切成很细的肉丁，加豆瓣炒制，口感很好。他跟我说过烹饪方法，好像很简单，可我试过竟做不出那种味道。喝着酒听他聊了许多早年出版界的事情。抗战爆发后，他所在的读书出版社（三联前身之一）已歇业，他说，老板当时就忙着一桩事儿，设法用社里剩余的部分资金接济一些作者（作为预付稿酬），当时文化人都生计窘迫。老板让他带着一笔钱给沙汀、艾芜送去，他在路上辗转数月才找到他们，两家人正好都在断炊的节骨眼上。最困难的时候还想着作者，老板是坚信终有复业的一天（指抗战胜利）。范老说完便大笑——他也不怕我这小伙计携款跑了！当年出版人有这样的担当，让人感佩不已。

二〇〇七月初夏，上海大学举办"文学周"，蔡翔叫我去凑凑热闹。他们请来作家李锐、蒋韵夫妇，还有毕飞宇、林白几位，除李锐之外都是初次见面。二十年前，我写过李锐系列小说《厚土》的评论（《古老大地的沉默》，刊于《文学评论》1987年第6期），以后曾在《上海文学》一次活动中见过，当时还有史铁生，那也过去好多年了。我还记得有天晚上从餐馆回宾馆路上，李锐和史铁生唱民歌的情形，一个唱走西口，一个唱信天游。民歌的原初文本尽是赤裸裸的男欢女爱，根本不用绮语廋词。我一说，李锐也想起那事儿，感叹不迭："可惜现在铁生不能出来了。"（其时史铁生病情已加重）

两年之后，李锐夫妇偕女公子笛安去千岛湖旅游，途经杭州下榻新新饭店。我和文敏去看望他们，两家共进晚餐。我们要了二楼一个带阳台的包间，看样子是客房改成的。我说这房间没准当年胡适、徐志摩他们住过（徐志摩《西湖记》记述一九二三年与胡适、朱经农等来杭，就下榻这家饭店），李锐一听忒兴奋。新新餐厅主打杭菜，我们要了杭州酱鸭、龙井虾仁、西湖醋鱼、宋嫂鱼羹等。杭菜略有汴梁、淮扬底蕴，北方人容易接受。

二〇一一年五月，全国书展在哈尔滨举办，我撺掇文敏一起去，她没去过哈尔滨。我说那是一座很有特点很有风情也很有故事的城市。我还特意约了尚刚一同去。

可是这次重回哈尔滨，连我自己都有些失望。城市的特点正在消失，新修的宽马路和高楼大厦跟别处没什么两样，而中央大街一带特意装饰的俄式风格显得童话般的夸张。离开哈尔滨三十年了，中间只是一九八九年回去过一次，一切都变样了。尚刚请我们在华梅餐厅吃西餐，感觉不如记忆中美妙，也许学生时期是难得有那么一回。在省文联工作的老同学韦健玮陪同我们回学校看看，当年我们八条汉子的宿舍居然还在，这让我和尚刚兴奋不已。

在哈期间正遇我六十岁生日，韦健玮兄张罗了一桌寿筵，按我的意思吃东北菜。东北菜是天然去雕饰的自然主义，口感爽利，吃着过瘾。可是那家餐厅弄得过于精致，不像是东北菜的口味。那天，老同学诗人张曙光也来了，赠我新出的诗集《午后的降雪》。

记不得是哪一年，十年前还是十几年前，梁晓声来杭州，陪他坐船游西湖，在湖中小瀛洲登岸，遇上作家柯云路夫妇一拨人。

与韦健玮，2012年在杭州

我跟柯云路没见过面，晓声热情地向他介绍我。旁边的柯夫人听说我是搞评论的，马上问晓声，他是评论家？写过柯云路的评论吗？晓声见我摇头，感觉柯夫人有些不待见，婉言解释说：我跟庆西是相识多年的老朋友，他也从未评论过我的作品。这说的没错，我做文学评论确实不考虑评论对象跟自己有没有关系，譬如评论李锐的《厚土》，其时彼此尚毫无接触。

晓声也许不知道，我倒是给他的电视剧《雪城》写过评论，不过那部电视剧的编剧另有其人，只是根据他的同名小说改编，不能说是他的作品。大约是一九八八年初夏，《雪城》一剧开播之前，《大众电视》杂志邀集若干记者和文艺界人士观看录像，并在刊物上做了一个评论专栏。我是被邀请者之一。那天在《大众电视》编辑部（就在杭州）看录像的情形还历历在目。一间看片室里坐了十几个人，满屋子烟雾腾腾（那时许多场所允许吸烟），大家盯着一台十八吋电视机看了一整天，连着将全剧十六集都看完，差点将眼睛废掉。当然，中午管饭，编辑部事先告知有饭局安排，在马路对面一家粤菜馆享用生猛海鲜。餐桌上啤酒管够，有诗人即席赋诗一首《啊！倪萍》（倪萍扮演剧中女主角），有人竟将剧中刘欢唱的主题歌一字不差唱了下来。这般热闹的饭局那时对我还挺有吸引力，大抵就是冲着那顿饭去的。可是代价也太大，十几个小时盯着屏幕看，弄得两眼红肿，过了一周还是红肿。

王得后、赵园夫妇好多年未来杭州了。赵园先生上次南来还是九十年代末，当时我陪她去王店朱彝尊曝书亭、盐官王国维故居等处。浙江文艺社拟议重编《鲁迅全集》时，请得后先生来过，那就更早了。这回，二〇一七年九月间，得后、赵园先生来杭逗留三日，我和文敏兴奋之中又觉遗憾，只有短短的三天。

我们一起坐船游西湖，在茅家埠吃农家菜。由于时间短，没去几个地方，也没走得太远。最后一日，请他们来家里吃饭，文敏做了几个菜，两位先生颇为捧场。他们回去后，赵先生给文敏打了一个长长的电话，不知说到什么事儿还唱了一段。文敏说没想到赵先生唱得这么好，我说人家早年是文艺活跃分子。不过她的歌喉我也只聆听过一次，那是一九八五年去湘西途中，她和钱理群、吴福辉他们一起唱苏俄歌曲。

其实，跟他们在一起，更多是聊天。赵先生研究明代士大夫，得后研究鲁迅，我个人兴趣正好两头都沾点边，向他们请教学问也是一个话题。自编辑《书城》以来，前辈学人中，他们夫妇对我帮助最大（当然还有钱理群先生），前后给我们的杂志写了不少文章。得后这些年对"鲁迅左翼思想特质"有深邃思考，可惜因眼疾加重，那组系列文章没写完就搁笔了。

分别的时候，赵先生说，这回可能是他们最后一次来杭州了，希望我们多去北京相聚。

几年前，钱理群先生入住养老院，成了一桩新闻，国内媒体和自媒体多有报道。我们一直想去看看他。二〇一八年五月，我们专程去了一趟。黄子平夫妇正好在京，十八日那天文敏租了一辆商务车，我们带上得后、赵园、子平、玫珊，还有《书城》编辑齐晓鸽，一起前往京郊昌平南邵镇的泰康之家。

看上去，老钱和他太太崔可忻老师身体都不错，他说搬进养老院是为了方便写作。那个泰康之家条件甚好，硬件堪比五星级酒店，我们看了一处健身区域，那些器材都是进口的。崔老师是文艺活跃分子，经常参加养老院合唱团演出。老钱写作之余还玩摄影，得意地向大家展示他的作品。中午，老钱夫妇在餐厅设馔招待我们这些客人，那儿的菜品很上档次。老钱席间谈笑爽朗，说起这些年遇到的一些趣事和尴尬事，令大家捧腹大笑。这些年他仍是笔耕不辍，说是在写几部大东西，言语思维状态极佳。

（未料天有不测风云，我们走后崔老师检查出癌症，于二〇一九年八月间去世。）

第二天，我们去吴彬家。每次去北京，吴彬和统一兄便邀集朋友们在家里聚会，通常有张鸣、岑献青夫妇，尚刚、高燕宁夫妇，有时还有陈平原、夏晓虹夫妇。碰上子平、玫珊在北京，也将他们请来。这回吴彬家中在重新装修，餐会改在附近一家咖啡馆。是从别处叫来的冷菜热菜和烤鸭，还有女士们喜欢的甜点。茅台、红酒、普洱、咖啡，中西合璧，全是混搭。统一、尚刚、张鸣都是海量，子平和我也喝得不知天高地厚。相识三四十年的老友，樽俎之间追忆逝水年华，攒下一段段悲欣交集的故事。

平原、晓虹没赶上那天咖啡馆聚会，是因为我将日子弄错

左起：冯统一、张鸣、李庆西、吴彬，2015年秋在吴彬家包饺子

了。早在两个月前平原就打招呼说他们一定来，三月十五日发微信说："庆西兄，听子平说你们五月来京，那段时间我们恰好赴港。赶紧调整行程，昨天已弄好，改二十日中午回京，参加聚会。"那天我还以为他们被什么事儿耽搁了。隔日，他们在白石桥一家日料店定了座，请我们过去。那家店刺身特别美味，我一般不吃冰镇食物，文敏劝我尝一块，竟连着吃了不少。平原说，他可能明年会来杭州待一段时间，我一高兴又多喝了几杯。

在河边散步，雨下得很大，有垂钓者在桥洞下简餐。卤牛肉，鳗鱼杂拌，野餐篮里还有芥末和胡椒，很讲究的样子。见他

一丝不苟地摆弄，拿出一个扁形金属酒壶啜饮着，不由让你想象一种闲暇的满足。这时忽然觉出一种缺憾，自己这辈子竟未曾享受野餐的快乐。

有陌生号码来电，海宁皮革城旺铺首付仅二十万……我说不要。他说你再想想。你看现在学区房都涨什么样子了，P2P之后总该回归理性不是？

想起读大学时，星期天出门，到处都能看见在外边野餐的哈尔滨市民。学府路、和兴路的马路牙子上隔几步坐一堆人，铺一块塑料布，摆上红肠、罐头和啤酒，哥们几个或是一家老小就在那儿嘬上了。那些地方根本不是什么景点，人来车往的马路而已。一个孩子问大人，咱们为什么不去江沿（松花江边）？父亲告诉他，江沿人多，人挤人的，塑料布都摊不开。母亲说，你瞅这儿多好，有树，有房子，还有大汽车，那边还有许多小朋友……你听有人弹琴！随着吉他乐声，我听见有人在唱，"灌下七瓶八瓶，你没事儿哥就放心……"

那时候哈尔滨人很擅于在简陋的物理空间里营造诗和远方，就像现在的我也学会了如何享受这满世界的荒谬。

二〇一九年四月至九月记

原刊《上海文化》二〇一九年七月号/九月号/十一月号